嫡策 4

風文創 193

董無淵 著

目錄

第六十一章

行景出行定在三月初，春寒料峭的，方祈和桓哥兒一道將行景送到了城門外，邢氏與瀟娘站在裡頭看幾個老爺們小聲小氣地說話。

方祈一直攬著行景的肩頭，沈了沈音，隔了良久才將話頭交代清楚。

「不許在福建逗貓惹狗的，撩撥幾下就不動了算什麼好漢子，打蛇不死，反遭蛇咬。看到蛇，就要狠下心腸，按住七寸，手一捏，掐死了，你才安全。」

行景咧嘴一笑，重重點了點頭。

方祈狠狠拍了拍少年郎的肩，指了指天晴方好的城門外，朗聲笑說：「去吧，風景又豈是只有這頭獨好，闖出片天地來！」

行景眼眶一潤，俐落翻身上馬，摸了摸心口行昭縫製的匕首套子，又按到了胸口那枚冷硬的玉牌，深吁出一口氣，佝了脖子一把掏出來，俯身交給方祈。「煩勞舅舅帶給阿嫵……」

方祈手一滑，輕嘆一聲。

上頭分明是個賀字。

行昭自然是沒看到城門口百里送君的那幕，那時那日小娘子正著了寒，病得頭暈眼花地臥在床上，心裡默默怨怪自己。

拿自己身子不舒坦去敷衍旁人，是會遭報應的！

這不，才敷衍了黎太夫人一把，拿自個兒著了寒把事給扯遠了，這下當真就病了！

風寒也不是大病，可病起來當真是要命。

這一年過得這樣艱難，行昭都打足了精神，哭過痛過絕望過，可就是沒病過。

如今塵埃落定了，只管守著日子慢悠悠過了，渾身上下一鬆懈反倒還病了下來，先是發熱，燒得混日都睡在床上，春寒還沒過，料料峭峭的，黃嬤嬤也不十分敢放冰帕子頂在行昭額頭上。

行昭整日都躺在床上，頭暈得不得了，睜開眼都艱難，兀地想起了前世裡臨死前的情形，也是每天臥躺在床上，像一個活死人一樣看著丫鬟們進進出出，除了惠姊兒來還能笑一笑，平日裡動都不樂意動。

那時候是真想死，人生的意義了無指望，自己的缺陷造成了別人的寡情，別人的寡情又讓自己心死，一顆心都死了，身體怎麼能繼續活下去呢？

如今想起來都覺得好笑，太自私的理由和選擇，活該輪不到她過好日子。

那時候的她怎麼就這麼蠢呢？她這麼一走，她的惠姊兒又該怎麼辦呢？

行昭覺得自己是燒糊塗了，作夢盡是夢見上輩子的事，惠姊兒、歡哥兒、母親的臉交替出現在她眼前，噍在心裡頭堵得慌，一口氣悶在那裡，總不見舒坦，可萬分努力地睜開眼睛，困擾她的夢魘便也就隨之消失不見了。

取而代之的是，落紗樣直直垂下的一件乳白色綃紗罩子，還有安靜地燃著暖光的羊角宮燈。

一切是安謐且寧靜。

是啊，前世她以頹靡的姿態面對世間的無常，今日她卻只是一門心思地想讓這場病好得快一些，再快一些。

前方還有更好的日子、更好的事在等著她。不對，是她還能活出更好的日子，做下更好的事，遇見更好的人。

良藥苦口，行昭每次都捧著藥碗「咕嚕咕嚕」地幾口喝下，就著帕子，十足豪爽地抹乾淨嘴角。

方祈聽小娘子病了，下了早朝便過來瞧她，見小娘子喝藥的這副架勢，便直笑。「小娘子總算能有一個拿得出手的優點了。咱嬌是嬌，喝藥卻不怕！下回跟舅舅一道喝酒，咱也一口乾！」

行昭端藥碗的手抬也不是，放也不是，仰著臉，眨巴眨巴地看著方祈，再弱聲弱氣地點了點頭。

方皇后額頭上一溜冷汗冒出來，索性將他打了出去。

一避開行昭，方祈便從懷裡頭將那個玉牌拿出來給方皇后瞧。「景哥兒出發之前給我的，請我轉交給阿嫵。妳嫂嫂覺著沒必要再拿賀家的人和事去煩兩個孩子了，我想一想也覺得是這個道理。」

方皇后接過玉牌，上下打量了一番，玉是好玉，雕工也好，篆刻也好，只是上頭的那個賀字太刺眼了。

心裡輕輕一嘆，血脈親緣，上天注定，到底只是個半大的少年郎，折磨了自己這麼久，如今才算徹底將父族的恩恩怨怨放下。

「哥哥替景哥兒收著吧，沒必要給阿嫵了，平白惹來煩思。等景哥兒往後娶妻生子了，你再把這個玉牌給他，是傳下去也好，是毀了也好，那時候都隨他。」

一個人無法選擇自己的出身與父母，可是卻能夠選擇自己認定的對錯與漫漫前路。

方皇后深重的思慮，行昭自然無從知曉。

受了寒便要養著，幸好日光明媚，偷得浮生半日閒，每日便將四角窗櫺撐開，暖陽從中而入，曬在身上暖得喲，叫人一下子能甜到心裡頭去。

行昭身子軟，腦袋暈，不輕易動彈，這回一場病好像把一年的晦氣都攢在一起齊齊發了出來，來勢洶洶，二、三月的春日都過了，行昭仍舊是全身都沒氣力。

夜裡睡得也沈，行昭習慣睡前靠在床沿上看會兒書，看著看著想睡了，索性便將書放在了床頭的黑木匣子上。

可一大清早起來，卻發現床頭上的那冊書沒了影蹤，一找卻在內廂裡的木桌上瞧見了。

一次兩次的都還好解釋，可三次四次的，行昭卻是生了疑竇。

莫非是年歲大了，記性便差了？

行昭丈二和尚摸不著頭腦，問蓮玉，蓮玉也說不曉得，只笑著說：「大抵是下頭的小丫鬟放的，亂動主子東西，我下去便教訓她們。」

從此往後，便再沒出過這等子事，行昭的心放下了。

太醫過來瞧，只說：「小娘子瞧上去身子骨健實，可幾個月的病都積在了一起一併發出來，不得好好養幾個月啊！」

瞅瞅，大夫都讓好好養了，行昭便安安心心地守在鳳儀殿裡，時不時讓人去拔個草，要不就搬個椅凳子在遊廊裡坐著看花，或是聽其婉講書。

其婉的聲音脆，跟著蓮玉學識字，捧著話本子磕磕絆絆地唸。

行昭便笑，笑的不是話本子上的故事，而是其婉時不時地唸錯個字，或是卡在上文，久久讀不了下文的小模樣。

淑妃聞訊也過來瞧她，神色上並不十分擔心，照舊笑得風輕雲淡地親手溫水給小娘子擦了擦臉，細聲安慰。「小孩子發熱都是在長高，等阿嫵好全了，便同妳歡宜姊姊一般高了，到時候我就給阿嫵做酥皮糕吃。」

方皇后性情倔強硬氣，當然不會這樣哄她，邢氏也是個務實的，寧願多給小娘子餵兩勺藥，方祈……

算了，不說他了。

前世加在一起，行昭都沒被人這樣溫柔地哄過，當下便臉上發了燙。

突然覺得偶爾這樣小小地病上一病也沒什麼不好，至少病了就能讓人無條件地、心安理得地軟弱下來。

陸淑妃滿眼是笑地看著小娘子一張紅彤彤的臉，笑得越發真心。娘都來了，女兒還會遠嗎？

自從方皇后幫行昭在崇文館請了假，歡宜得了空暇便過來坐一坐，方皇后怕歡宜也跟著染上，不許小娘子久待。

歡宜便抓緊時間和行昭說話，宮裡頭長大的學得好一副喜怒不形於色的模樣，能讓歡宜三句裡有兩句都在提著的人，大多是真的戳到了歡宜的厭惡點了。

闔宮稱頌的顧青辰，便有這樣的本事。

「常先生說要教琴，那個便來問我『能不能跟著姊姊去重華宮練琴，太后娘娘還病著，在慈和宮彈驚擾了鳳駕，臣女擔當不起』，原也不是什麼大事，母妃喜歡乖乖巧巧的小娘子，我也便應了。可哪曉得她挑時辰得很，每回都挑老六來給母妃請安的時候過來。那個安的是什麼心，我也不好猜，捕風捉影的事也不好做，可就是心裡不舒坦。

「自從我允了她來練琴後，她便時不時地過來給母妃問安了，有時候帶著點心有時候帶著做好的繡活，話裡話外說得都挺妥帖的，但我就是不歡喜。德妃娘娘那兒不去，鳳儀殿不來，王嬪那裡不去，偏偏往重華宮來得勤。昨兒個四哥都在問我了，問說我什麼時候與顧家娘子處得這樣好了？我真真是欲哭無淚，我什麼時候與她處得好了！

「課上，常先生要默寫文章〈燭之武退秦師〉，那個默完這篇還跟著默〈曹劌論戰〉。都是《左傳》裡頭的文章，都是年少得意的，她倒會找共通點，顯得她多聰明、多伶俐多會舉一反三啊，倒顯得我又蠢鈍又懶。」

歡宜說起顧青辰，真是滿臉的厭惡。

一個聰明的、很明確地知道自己想要什麼的小娘子，行昭見得多了。說實話，她倒不是很討厭顧青辰，一個小娘子能在這樣短的時間內就贏得交口稱讚，手腕一定是有的，心機也不差，敢拚能闖，這是很多人想要卻沒有的東西。

可顧青辰到底還只是個年紀輕輕的小娘子，顧此失彼，得了郎情失妾意。她若是想要接近六皇子周慎，好好地與歡宜相處便是當下頂要緊的事，是小姑子重要，還是心急火燎地想要入老六的眼重要，用腳拇指想一想也能想出個所以然來。

這司馬昭之心，淑妃又不是眼瞎，歡宜更不是耳聾，哪裡會體味不出來？

歡宜說話雖是不太客氣，可行舉言語之間卻仍舊是得體得很，行昭只躺在軟緞背墊上笑咪咪地看著這位金尊玉貴的公主。

其實顧青辰配六皇子當真不錯，皇帝對顧家懷著愧疚之心，難保就沒有想給顧家小一輩作媒，以保住顧家一門榮華富貴的心思，男才女貌的，又有聖意推動，不是佳偶天成，是什麼？

歡宜這樣大的反應，行昭下意識地想勸，可囁嚅了幾下嘴，始終說不出話。

大約是著涼，病久了，一口鬱氣便悶在胸腔裡，難受極了。

行昭是女眷，二皇子都是要成親的人了當然不好往內廂裡闖，可少年郎到底還記得一起嘮嗑的情誼，遣了宮人送了幾匣子川貝過來，說是搜羅到的四川當地產的貢品，行昭吃了兩天，覺得嗓子是好受了些。

四皇子也適時地表達了關切。

可就差了一個人。

吃著川貝枇杷熬的膏湯，行昭嘴裡甜甜的，心裡卻有些說不清道不明的悵然。

日子過了又過，纏綿病榻幾個月，行昭終是身上有了氣力，夏天也跟著來了，天家小輩的第一樁喜事也接踵而至。

行昭想了想，其實認真算起來，這並不能叫做是喜慶事。

二皇子納側室，能算什麼正經的喜慶事啊？

二皇子納側妃，是欽天監算了又算，拿著紙箋進進出出鳳儀殿幾天，方皇后點了頭才能算作是准了的好日頭。

五月初三迎親，雖然是納側室，可到底是天家人添丁進口的大事，側妃能進宗祠上牌位，也算是正正經經地掛著布幔嫁娶的大喜事。

可惜，掛的布幔不能是正紅的就是了。

可就算掛的是絳紅色，六司也要打起精神來全力應對，方皇后裡裡外外都忙，行昭萬分心疼，幫著對冊子找東西。「您呀，就是什麼都要一手抓，可宮裡頭的事就有這麼多，做完這件做不完那件，二皇子要納妾室，您就放點權讓王嬪去管，到最後再總的查帳就是了，自家兒子的大事，她還能不用心做？」

方皇后不習慣把事情交給別人來辦，可再一想想，她就是個勞碌命，憑什麼她累死累活地要給自家的庶子做盡顏面啊？

到底還是躲了一回懶，交代德妃與王嬪一道將事辦好。

行昭身子漸漸養好起來，正如陸淑妃所說，小孩子家發熱就是長高，行昭一康復便被方皇后拉到中庭裡的那棵柏樹上去劃身高了，方皇后拿小鐵片在柏樹樹幹上刻了幾道印子，就像民間的尋常人家那樣，孩子長高一寸便劃上一道，也算是成長的記錄。

行昭兩世為人，可看到柏樹上那幾道深深淺淺的刻痕，仍舊是不可抑制地歡喜起來，心裡明媚得就像這初夏的天。

可就算她好了起來，她也不能去湊這個熱鬧，到底是居母喪，身上帶孝。

歡宜無比惋惜，五月初一的時候特意過來勸。「既是納側禮，可也算是喬遷之禮，二哥好不容易從皇城搬出去住，也算是一輩子一次的大事了。」

歡宜渾然沒將納側禮當回事。

「阿嫵已經選了幾件好東西給二皇子和石側妃送去，左右身上戴著孝，總也不好沖了二皇子的喜氣不是？」

行昭卻不能不將納側室當回事，石側妃便是安國公家的亭姊兒，明明很平順的一段人生卻被應邑那樁事突兀地打斷。

皇帝要安撫石家，給個妾室的名頭，卻讓亭姊兒先於閔寄柔出嫁，一個一早便摸清楚王府裡門門道道的側妃；一個初來乍到的正妃。將兩個人放在了對立面，皇帝這件事做得其實挺絕的，可也還算聰明。

沒有敵人便給你樹一個敵人。有了敵人，才能無暇顧忌其他，一心只想著在困境鬥爭壓倒對方。

大家都是犧牲品，又何必互相為難？

「妳啊，就是太規矩了。」歡宜笑一笑，壓低聲音說起另一樁事。「你們兩兄妹已經算是守規矩得很了，雖說是守孝三年，可定京城裡哪一家不是明面上做得好，暗地裡髒兮兮的？平日妳連雞蛋都不吃，連給妳送個綠豆糕都要用花生油做。朝堂上的言官卻還是咬死妳哥哥要去福建做司經歷不放，武將戰場之上原就不談丁憂。莊德年間就有武將守過百日的孝，便重新領差出征的前例。明明是父皇下的『奪情起復（注）』的諭令，幾個御史卻偏偏直咬住妳哥哥『不孝忤逆』的話頭。」

託黃家那幾口子的福，行昭對言官、御史這些人是當真沒好感，完全是看戲的不怕臺高，恨不得天天掀起三尺浪，淹死一個算一個。

行景去福建是做什麼去了？是去鎮壓海寇了，又不是甩開膀子去和花姑娘摟摟抱抱，是要拚血拚汗的！

一早便有「金革之事不避」的說法，也有「墨絰從戎」的道理。大周以文立家，到今朝，拿得出手的武將寥寥可數。梁平恭死了，皇帝不會考慮起用方祈且給予實權了，秦伯齡尚要鎮守川貴。行景選福建，也有這一層道理。

蜀中無大將，廖化都能當先鋒，於公於私，無論皇帝出於哪種考慮，都會允了景哥兒的自請外放。

行昭多了個心眼，笑咪咪地替歡宜斟滿一盞茶。「妳是從哪兒曉得的啊？」

歡宜抿嘴笑一笑。「是老六同我說的。幾家御史死死咬住，幾家御史沒什麼反應，幾家御史卻上書讚頌揚名伯『忠孝不能兩全之時，忠義為前』，父皇偏偏皆留中不發，可批那幾個死拽著不放的御史的摺子時一個字也沒往上寫──這個就是阿慎問的向公公了。」

向公公是皇帝身邊第一得力的人，幾個皇子見他都要客客氣氣的，又要離得遠遠的，生怕惹上了結黨群聚的火星子。六皇子向來明哲保身，卻敢去和向公公套近乎，問皇帝批摺子時的動靜……

想到「阿慎」兩個字，行昭心裡就堵了一堵，喝了一天的決明子菊花茶，總算是舒了舒氣，當天夜裡就同方皇后說起這件事，卻言語含糊地略過了是誰探聽到的這層消息。

方皇后一早便曉得了，笑一笑。「甭理他們，狗咬狗一嘴毛，賀家已經勢頹，如今連幾個言官也掌不住了。往前還能掌住朝中言語風向，如今卻硬生生地出現了三家之言，窩裡內訌，妳舅舅這時候鐵定會乘亂推上一把。」

方皇后認為這是賀琰出的壞水，行昭也並不驚訝，心裡便沒那麼多寒氣了。

能將髮妻逼死的人，憑什麼要求他在萬劫不復的時候，對自己的骨肉還留存著一絲善心？

五月初三晴方瀲灩，納側禮是黃昏時分開始，石側妃將坐四人小轎在晌午過後從王府的

注：奪情起復，又稱奪情，是中國古代丁憂制度的延伸，意思是為國家奪去了孝親之情，可不必去職，以素服辦公，不參加吉禮。

偏門入內。

端著皇家人的矜持，歡宜愣是等到用過午膳才和顧青辰一道出了皇城，青幃華蓋小車從鳳儀殿旁邊的宮道過，車輪輾壓在青石板路上，「軲轆軲轆」地響，明明瑰意閣在鳳儀殿的深處，行昭仍舊覺得自己聽得清清楚楚的。

耳朵邊上有隱隱約約的聲音，行昭看著眼前閔寄柔的臉，便覺得小娘子像被罩在了一道微暖的光暈中似的，連帶著閔寄柔的話也顯得空靈而深遠。

「今兒個皇后娘娘召母親與我入宮，這樣天大的好意，我心裡頭都明白。其實我是不惱的，尋常的公卿貴家公子哥成親前屋子裡都要放幾個通房丫頭，實屬尋常也是慣例。」

行昭隨著閔寄柔的聲音漸漸回了神，抿唇一笑，閔寄柔心思深，從始至終都是。可膽子也大，竟也敢將聖旨定下的亭姊兒說成通房丫頭。

「姊姊不惱便好，自己能放寬心比什麼都重要。」

人以真面目待己，吾亦將以真相待人。

行昭讓蓮玉掩一掩窗櫺遮光，笑著回頭與閔寄柔說起後話。「沒了石家姊姊，也會有李家姊姊、張家姊姊、王家姊姊，惱怒有什麼用？姊姊還能去王府去把掛著的那些幔布給扯下來，不讓二皇子納側啊？前些日子二皇子還說起妳，一說妳，一張臉便紅得跟個大紅燈籠似的。納亭姊兒也不是他自己求的，到底是造化弄人……」

八、九歲的姑娘說出「造化弄人」這四個字，閔寄柔想笑卻扯了扯嘴角，笑不出來。

可不就是造化弄人。

三家人入選，看見了皇家的絕密醜態，還能脫身就算是萬幸了。何況她的際遇算是三個小娘子中最好的了。陳家姑娘嫁了個瘸子，亭姊兒卻成了側室，她嫁的那個人也還好，至少還會時不時地在信中侯府左右晃蕩，奉年節生辰也曉得託人送個禮進來。

她該知足的。

方皇后特意選了今兒個召閔家人入宮敘話，是在給她做臉面，可她坐著小車過城東頭的時候，挑開簾子看了看路邊的情形，一派喜氣洋洋，心裡還是不由自主地痛了。

「是啊……到底也不是他自己去求的恩典……」閔寄柔聲音陡然軟下來。

話裡雖用了「恩典」兩個字，可行昭卻聽不出任何崇尚。

前世二皇子登基，陳婼一躍成了陳皇后，豫王正妃閔寄柔卻是未央宮賢妃。那時候的閔寄柔都能不認命，奮起一搏，如今的閔寄柔更不可能認命了。

安國公石家大奶奶不是個省油的燈，識女看母，亭姊兒又何嘗是個能讓人省心的？

勢均力敵之時，兩虎相爭，必有一傷。

行昭私心卻不想受傷的那個是閔寄柔，只因為在臨安侯府的那場大火裡，是閔夫人給了她一個擁抱和支持。

可站到了閔寄柔這邊，那亭姊兒又怎麼辦？

行昭嘆了嘆，終究是忍不住，啟言勸道：「其實石家姊姊也無辜，好好的貴家娘子成個親連大門也不讓走，雙囍也不讓掛，又不是自己貪圖享樂非得爭去做小，陰差陽錯的……」

她說到一半說不下去了，無辜，誰不無辜？難道嫁了四皇子的陳家姑娘就不無辜？皇家大過天，誰無辜都得忍著，若要想興風作浪，先掂量一下自己的本錢。

「左右二皇子歡喜的是閔姊姊，姊姊又是正室，天時地利人和的，日子也不能過差。」閔寄柔斂眸垂了垂首，面頰上紅了一紅，二皇子歡喜她嗎？好像是吧，見著她便要嘛結結巴巴地說不出話來，要嘛前言不搭後語，橫豎不敢盯著她，哪裡看得出來是個天潢貴胄的皇子啊？

小姊妹間東拉西扯，好歹把這一晌午的難熬也熬過去了。

閔寄柔要走的時候，行昭拉著她悄悄求了求。「煩勞姊姊無事時，便遣個人去瞧一瞧我家三姊姊。欣榮長公主的夫家才下了定，三姊姊不好出來，估摸著也悶，您便讓人去瞧一瞧她，看看她過得好不好。」

行明的事壓在行昭心頭也挺久了，一聽見賀家，行昭便支愣起耳朵細聽，沒聽到行明的消息，便長長鬆口氣，沒有消息就是好消息，至少意味她沒亂來。

行明個性朗直，要嘛走進死胡同裡，要嘛想了想自己便走出來了。

行明的事不能叫方皇后知道，行昭只好託閔寄柔幫忙去瞧一瞧。

閔寄柔滿口答應，過了幾天便讓人給行昭遞封信箋來，信上說了幾樁趣事，有說她與行明通信往來的事，也有說五月初三那日，二皇子和人喝酒喝得酩酊大醉，連屋也回不了的事。

行昭反覆幾遍看了看，曉得這是行明沒出事的意思，可後頭的那樁事卻讓她在腦子來來回回過了幾遍。

得。

五月初三是納側禮，二皇子晚宴上喝得酩酊大醉，就算灌了幾碗醒酒湯也動都動彈不得。

新郎官醉得動都動不了了，又怎麼可能去和女人圓房呢？

第六十二章

五月初夏，日頭漸盛。

世間有些人喜歡冬天，有些人卻更喜歡夏天，可誰也不能只過冬天或是只過夏天。四季循序漸進而來，這是老天爺安排好了的。

這個憑人之力，永難變更。

可人世間還有好多事是多個心眼、使個勁就能留意或改變的，比如閔寄柔心思活泛，極早地便曉得了石家亭姊兒尚屬完璧的消息。

「閔娘子心思深，還沒進王府裡當主母呢，便什麼都能知道。」

午後的瑰意閣靜悄悄的，蓮玉捧著瑞獸香爐進來先讓小宮人出去，麻利地選了沉水香借火摺子點燃了個頭，拿小勺舀進香爐裡，再鼓了腮幫子輕輕將火摺子垂滅，這才一面低聲說，一面將香爐放在高几上。「知己知彼，百戰不殆，也不曉得閔家姑娘是放了人進府，還是另找了條路。同您來信時說這些事，卻顯得有些失禮了……」

蓮玉難得地出言僭越，行昭抿嘴一笑，蓮玉這是擔心自個兒被閔寄柔利用了吧？

「閔姊姊心思深，可立身卻是正的。」否則前世裡她與陳婼針鋒相對之時，也不會堅持不對陳婼兩個女兒下陰招了。「先做好準備也好，否則讓旁人占盡先機，拱手白白讓掉好處，吃虧的還是自個兒。」

行昭也有自己的堅持，就算重來一世，這個堅持也不能消磨掉，人不犯我，我不犯人，人若犯我，必當加倍奉還。

「出了瑰意閣就不要再說這些話了，閔姊姊願意和我說這件事是想讓我放心，和別的沒干係。若叫旁人聽見了，又是一樁官司。」

蓮玉忙斂容稱是。

說起官司，朝堂上倒是出了樁官司，有個死咬行景的姓孫的御史被別人咬出樁事，他在宮裡做才人的女兒哭哭啼啼地貼著鳳儀殿求情。

「說是子不言父之過，父親做了些什麼，嬪妾哪裡有這個臉再明明白白地說一遍啊！只求皇后娘娘看在嬪妾安安分分了這麼些年侍奉皇上的面子上，出面勸一勸皇上，能給父親留個顏面。年老致仕也是隱退，被斥責發還也是隱退，就不能讓老臣風風光光地回鄉嗎？」

行昭一手捧了盆小花石文竹，一手撚了撚裙裾隔著遊廊靜靜地聽。

想不到孫才人還有把好嗓子，暢亮高昂的，一個哭聲唱出來九曲蜿蜒，三日繞梁。

那個孫御史在朝堂上做出一副大義凜然的樣子，痛斥行景「忤逆不孝，三年之期已為短少，這廝守孝一載卻已無耐心」，要是行景在他跟前，怕是唾沫星子都能噴到行景的額頭上。

就這廝，前幾日被人咬出來在外頭養了個外室，是戲子出身，下九流的身分實在是上不了檯面。可孫御史還和那女子生了個小郎君，再往深裡扒，不扒不知道，一扒嚇一跳，那小郎君出生的日子正好在孫御史他老娘死了一年過後。

這下好了，聖人的畫皮被撕下來，皇帝勃然大怒，順勢就把壓著的火氣一併發在了那幾個死咬行景的言官身上。

孫御史被火燒得最嚴重，皇帝要打他五十大板發還回原籍，其他幾個大抵都是降職貶謫，倒都還悶著聲不出氣，算是對這個懲戒挺知足了。

只這罪魁禍首仗著女兒在宮裡頭給皇帝做小，偏不服，孫才人好好的一個嬌滴滴的美人兒，行過早禮了就趴在方皇后腳邊哭，哭祖宗、哭身世，行昭覺得她都能哭出個上下五千年了。

到底不是什麼好聽的事，方皇后這幾日是既不許行昭去正殿，也不許下頭人偷偷摸摸給小娘子說這起醃臢事。

方皇后不許下人給行昭說，可架不住有人喜歡和行昭一起閒嗑牙啊。

二皇子說起這些事時，眉飛色舞地都快歡喜上臉了，隔著常先生的課，跑來崇文館說得繪聲繪色的，少年郎到底還是曉得點分寸，沒直說「外室」這兩個字，用了「紅顏知己」四個字來替代。

歡宜端著架勢當面沒理，轉過身便小聲給行昭說：「妳舅舅真行。」

所以說淑妃教的兩個孩兒都聰明，一眼便望見了這背後的伎倆，歡宜都看清楚了，皇帝還能看不清楚？可這事又該怎麼說呢，你打我一下，我再反擊回去，這很正常，要是方祈由著別人詆毀自個兒外甥，他也就不是方祈了。

清風拂面，吹得中庭的柏樹窸窸窣窣地鬧開了花。

行昭回了回神，裡間的孫才人還在哭，哭得一抽一搭地，柏樹的枝椏也被清風拂弄得一下一下地點頭。

蔣明英遠遠望過來，便看見行昭左手捧了盆綠得翠濛濛的文竹，靠在紅漆落地柱上，眼神迷迷濛濛的，像是罩了層紗，便笑著朝方皇后附耳輕言，方皇后正專心看著冊子，聽蔣明英的話，這才抬了抬眸，眼神落在哭得梨花帶雨的孫氏身上，溫聲說道：「才人能跪過去點嗎？妳擋著本宮的眼了。」

孫才人一口氣憋在喉嚨裡，脹得一張臉通紅，頭回也不是，低也不是，屏了口氣側過半個身子。

方皇后這才看見行昭，笑咪咪地朝那頭招招手，連聲喚：「進來吧，外頭熱！」

方皇后先頭不許行昭去正殿，如今總算是得了允，行昭才敢將文竹交給蓮玉抱著，提著裙裾便小碎步邁腳進了正殿，一進正殿，這才清楚看見那孫才人的長相。

和王嬪是一樣的人物，婉和柔弱，五官比王嬪長得好，比顧婕妤稍遜點，眼角邊的一顆淚痣將所有的風情都顯露了出來。

皇帝心軟、耳根子軟，好像也特別偏愛這樣軟軟柔柔、孌孌嫋嫋的女人。

顧婕妤慢慢也學得聰明起來了，既然皇帝不喜歡嫵媚妖豔那一套，乾脆也換了衣裳，日日荷色、蓮色還有月白色輪著穿，隆重雅貴的杭綢不喜歡，只讓司線房送綃紗和輕薄的軟布，大約是臉長得好，學什麼都像那回事，沒有東施效顰的可笑，反倒有青出於藍勝於藍的架勢。

翻一翻彤史冊，就曉得顧婕妤有多得寵了。

是不是這樣的女子都很會哭？明明看起來沒力氣，哭起來卻纏纏綿綿地斷不了音。就連行昭進了正殿，那孫才人的哭音也只是小了小，沒見停。

方皇后置若罔聞。「捧個文竹過來是什麼意思啊？」

「看您正殿裡頭只有花，單調得很，其婉照料這些花草有一手，便讓她照顧了一盆文竹特意帶過來給您擺上，不珍奇但看上去舒服。」行昭回了話，朝孫才人頷首示禮，笑言。「阿嫵原本是等才人小主哭完再進來的，沒承想阿嫵腿都站軟了，小主也沒見停……是阿嫵無禮了。」

方皇后望了望孫才人，也倒是個知機的，不說求情，只說能讓她爹風風光光地致仕返鄉。

孫才人就著帕子輕拭了拭眼角，餘光裡瞥到那溫陽縣主，小小娘子話裡頭軟硬兼施，分明活生生又是個方皇后。

「哪裡是縣主無禮，是嬪妾的錯……」孫氏抿了抿薄唇，眸光流轉，心裡頭斟酌了下該如何說下去，還沒張口便被行昭打斷了。

「自然是小主的錯。」行昭順勢接起後話，沒客氣。「皇后娘娘是掌六宮之事的主子，皇城有多大？裡裡外外每天有多少事？小主行過早禮便守在鳳儀殿哭，皇后娘娘慈心，只能讓您進正殿來哭求，您便也欺負皇后娘娘好性兒。您哭完了便回宮好吃好喝好睡了，可皇后娘娘卻還要點著燈繼續對冊子、看帳本，昨兒個便沒睡好，誰承想您今兒個還來。」

都用上「欺負」兩個字了。

孫氏嚇得一頓，她吃了豹子膽才敢欺負皇后！她原想哭上兩聲，搏個孝順的名頭，好叫皇帝記起她來，她本就是庶女，孫御史對她也算不得十分好，否則又怎麼會把她送到這宮裡頭來暗無天日呢？

一連幾日，方皇后任她哭，她也樂得清閒，哭完拍拍膝蓋，便回去補補身子，今兒個卻被溫陽這個小丫頭嗆。再窒了窒，去瞧方皇后的神色，心頭一沈，方皇后並沒絲毫怪責的意思！

庶女長大的從小就會察言觀色，連忙端正了神色，端端正正跪在地上，給方皇后賠罪。「嬪妾惶恐！嬪妾僭越上位，自請罰抄佛經五百張。」

方皇后不在意地揮一揮袖，示意她先告退。「也先別抄了，色字頭上一把刀，有那不知輕重的女人使盡渾身解數要去勾，男人能克制住就不叫男人了。妳父親也老了，該辭官返家了，只是打幾十個板子就有點太不給老臣顏面了。皇帝那頭，本宮會勸，妳自個兒也要努把勁才是，有什麼話見著皇上再說。」

孫才人猛地抬頭，杏眼睜得圓圓大大的，身上直顫得慌。

等見了皇上再說……皇后是要推她去見皇帝的意思了嗎？皇后是想讓她和小顧氏爭個長短出來嗎?!

大戶人家的主母常常會推兩個小妾出來，不希望看見東風壓倒西風，或是西風壓死東風的場面，只是希望看見兩廂對峙的場面。

行昭扭頭望了望被風吹得拉拉雜雜的柏樹，全然沒了將才的愜意。

等到了盛夏，又出了一樁事。

有個慈和宮的宮女跪在鳳儀殿的宮道上死活不挪步。

太陽熱辣辣的，像一團燒得正旺的火球懸在天上。

瑰意閣卻是一派陰涼，白紗窗櫺被能讓人靜下來的寶藍緞面輕輕地蒙上了一層，湘妃竹簾垂得低低的，將火紅的光盡責地擋在了外面，以保一室靜謐。

蓮玉聲音平緩，神色平靜。「昨兒個是各宮拿分例的日子，黃嬤嬤帶著蓮蓉與我整理庫房，只得支了其婉去內務府拿東西。選綾布的時候她便正巧碰見了顧家娘子身邊的錦羅……就是外頭跪著的那個。因您還在服喪，平日裡只好穿素淡顏色的衣裳，其婉一眼瞧中了一疋青色蓮紋的軟緞，正想拿，還沒下手卻被那個錦羅搶了過去……」

行昭正襟端坐於正首之上。話聽到這裡，也不是什麼大事，妃子們之間都會因為內務府派的東西將鬧起來，何況兩個都是寄住在宮裡頭的小娘子。

她輕輕抬下頷，示意蓮玉將話說下去。

「其婉當然不服，宮裡頭講究富貴喜慶，每季也就那麼幾疋您能穿的顏色，您的分例是比照歡宜公主來的，一季三疋布，若沒了這疋，您便只好穿一個杏黃色，一個月白色的了，兩個顏色都不好看，皇后娘娘也不喜歡……其婉原也是謹言慎行的人，只是那錦羅說的幾句話將她激起來了。『既是守孝，本就該粗布麻衣地守。揚名伯伯爺在外頭，溫陽縣主就更應該一個人守兩個人的孝，都得守足了才算孝順，溫陽縣主一向是個溫靜人，也不會在乎這一疋、兩疋布的得失。』其婉一氣之下便同她爭了幾句嘴，到最後棄了布，直接去找司線房的管事夫人。又開了庫房才好好地給您挑了兩疋秋冬穿的緞子出來，哪曉得今兒個一大早那錦羅就跪到了前頭的宮道上來，蔣姑姑過問了一句，便沒再管了，小宮人去勸了勸，她也不聽，便由著她跪到了這個時候。」

「到底是疋什麼模樣的布？」行昭出聲打斷，饒有興致地問立在蓮玉後頭、惴惴不安束著手的其婉。

其婉一貫安分老實，被行昭殺了個回馬槍，猛地抬頭，想了又想，結結巴巴回道：「好像是疋青花蓮紋織錦緞，是蘇繡。繡工很好，蓮花一朵挨著一朵，青底淡得也好看，粉荷嫩得也好看，顏色都很淡。不喜慶但是顯得很雅致，面料摸上去光光滑滑的，和您那件小襖是一個料子。」

擺明了這是內務府給她特意備置下的，是該爭。行昭點了點頭，捧起茶盅小啜幾口，又問她。「我曉得妳是個拙於言辭的，還敢和別人爭嘴了？跟我說說，都爭了哪幾句嘴？」

其婉臉上一燙，卻不自覺地渾身放鬆下來，再想一想昨兒個她的回嘴，一張臉變得又羞又愧，將頭埋在衣襟裡頭，吶吶回話。

「奴婢說……奴婢說……溫陽縣主是個端厚人，不在乎一、兩疋布的得失。難不成顧家娘子就是個小家子氣的，還在乎這一疋、兩疋布了？」其婉頓了頓，再抬頭眼眸子裡含了幾分水意，終是沈了口氣又道：「奴婢還說了……『就算讓妳家主子，顧家娘子來都沒這個資格說縣主不孝順，更何況妳一個奴才。』」

行昭長長鬆口氣，說得還算有分寸，到底沒涉及顧太后。要是話裡頭涉及到了顧太后，她加上方皇后也沒辦法保住其婉。

行昭抬眼瞅了瞅蓮玉再瞅了瞅其婉，手指一下一下叩在黃花木桌沿上。

顧青辰讓那個錦羅在鳳儀殿外頭的宮道上長跪不起，明面上是賠罪，暗裡卻是將題拋還給了她，言下之意無非是我誠心誠意地讓丫鬟過來吃了苦頭賠了罪，那妳是不是也應該投桃報李處置處置妳那個丫頭，兩廂再謙遜一番，握手言和，就又變成「處得好的關係」了呢？

其婉最後其實是讓了那疋布的，顧青辰卻慣會打蛇隨棍上。

闔宮眾人只會看到，是顧青辰率先服了軟，要是自個兒不理會就坐實了倨傲的名聲，要是她理會了……

行昭發現，如今她很能理解歡宜那副扭曲的神情了，她現在也萬分扭曲，顧青辰喜歡做好人當聖人，她管不著，可顧青辰千不該萬不該都不該踩著她的顏面做好人！

行昭沈了聲沒說話，其婉不敢抬頭看，蓮玉心頭也惶惶然，蔣明英問了一聲便沒再過問了，擺明了是方皇后放手讓姑娘自己去解決這件事。

自家的小娘子自家知道，姑娘是個適合出謀劃策的，是適合做軍師的。顧家那個捏著把軟刀子想要壞小娘子名聲，這邊讓那個錦羅隨意起了身，就相當於鳳儀殿對慈和宮服了軟，可讓她在這大熱天的日頭下就這麼跪著，難保不出事。因為一疋布丟了條人命，保准明兒個闔宮上下沸沸揚揚地又要開始甚囂塵上。

明明是顧青辰先搶的東西，這樣來一齣，無論結果如何，顧家那個都是立於不敗之地，都是有利可圖的！

「行了。」行昭聲音清脆打破靜謐，展了笑瞅了眼忐忑的其婉，吩咐道：「沒多大回事，妳也沒說錯什麼，顧青辰確實沒這個資格來教訓我。」邊說，邊偏頭將茶盅擱在案上。「可還是得罰一罰妳，妳這月分的月錢分給下頭小宮人買糖吃，蓮玉和蓮蓉也罰三個月俸祿。」

其婉眉梢一喜，來不及歡喜，卻聽行昭後話——

「狠話都說出口了，衣裳還是沒搶著，真是丟我們瑰意閣的臉……往後要嘛不搶，要嘛就狠下心腸也要搶到，沒道理受了氣和委屈，還半點好處都撈不著，要是讓方都督曉得，鐵定笑妳傻得慌。」

行昭笑咪咪地搭著椅背起了身，示意人把湘妃竹簾捲上來，喚來蓮玉。「讓那個宮人先跪著吧，她主子不憐惜她，還能指望著別人憐惜？走吧，咱們去慈和宮瞧一瞧顧家姊姊穿上青蓮色，到底是好看還是不好看。」

顧青辰喜歡耍心眼，由她去，只一條，別將別人拖下去。

是，宮裡是個戲臺子，敲鑼打鼓之後，眾人便咿咿呀呀地粉墨登場了，可她顧青辰又不是名角兒，沒道理強求一群綠葉去襯她這朵紅花。

湘妃竹簾一寸一寸挪上來，日光便帶著熱辣熱辣的氣傾灑而入。

其婉愣了愣，待行昭走遠了，這才悄聲悄氣地給蓮蓉賠不是。「是其婉連累兩位姊姊了。」

蓮蓉抿嘴一笑，伸手彈一彈小丫頭的雙丫髻，笑道：「沒妳事，姑娘是惱我與蓮玉沒一早將這事告訴她，倒讓慈和宮那個先下手了，算起來我們的過錯比妳大，姑娘沒明面上責怪我倆，是在給我倆顏面呢。要這月分沒錢買零嘴吃儘管來找我們，別的不敢說，蓮子酥管夠！」

若叫行昭聽到蓮蓉這番話，一定心下大慰。

可她應當是聽不見了，一路盛夏，繁花似錦。

兩世加起來，行昭來慈和宮的次數，滿打滿算，一隻手就能數完，原先顧太后還好的時候，不喜歡她去，可以看做是老人家守舊怕行昭身上的孝沖了她的福氣，可行昭卻覺得顧太后未必就沒有怕。做賊必定心虛，顧太后不想見她也是有道理的。

日頭曬得很，行昭選了條廊橋路走，避在陰涼下，走得不急不緩。一面走，一面腦子裡在想顧青辰的事，將走過太液池，行昭卻陡聞身後一聲喚。

「溫陽縣主！」

扭頭回望，看見六皇子提著長衫，快步走過來。

行昭不自覺往後一退，規規矩矩地斂眸問禮，餘光卻瞥見了六皇子兩鬢有汗，走得很急，心裡暗嘆一聲，自個兒也說不清楚嘆了個什麼名堂。

六皇子好容易站定，少年郎頷首回禮，朗聲一笑。「身子不是才好些嗎？這幾日熱得常先生的課都停了，日頭這樣大，還出來走動？」眼神又往蓮玉那頭瞧一瞧。「也不叫丫鬟拿個罩蓋來，風寒如體最忌再加風熱。」
這是她頭一次聽見六皇子這麼多話。這好像是她今年第二次見到六皇子吧？第一次是在除夕家宴上，他隔著人朝她舉杯致意。
行昭眼神落在六皇子微微捲起的長襬上，是拘於禮數，更是拘於規矩，並不敢抬頭看。
「謝過端王殿下關心。」行昭答得簡潔明瞭，陡然發現她欠六皇子好多句謝謝，給信是一次，託歡宜給她遞消息是一次，送石頭是一次，謝謝攢多了，她都沒這個臉面道謝了。
行昭抬了抬步子又往後退一退，顯得有些侷促難安。「從鳳儀殿去慈和宮也不算很遠，再穿過春綠殿就到了……」
六皇子面色一滯，眉心沈了沈，小娘子許久不見，是長高了許多。往前到他的胸口，如今險險要到他的肩了，仍舊微不可見地彎了彎腰，與之平齊緩言問：「慎冒犯多問一句，縣主去慈和宮做什麼？」
老六湊得越來越近，眼神變得越來越亮，行昭心裡頭就越慌。
和前世見到周平甯的情竇初開不一樣，這回是貨真價實的慌張，慌得想趕緊跑開，行昭下意識地撇頭避開。「是去瞧一瞧顧家姊姊……」鬼使神差地加了後句。「她的侍婢跪在瑰意閣的宮道上。」
六皇子先是神色一黯，接著眉頭愈鎖愈緊，沈聲接其後話。「顧家娘子辦事老道，又一向目的明確，請皇后娘娘出面雖是殺雞用了牛刀，可也好過妳……」
話頭一頓，少年郎陡然想起第一次見到行昭的模樣，小娘子明明心裡是發虛的，可還是強硬起來去詐那個市井婆娘，一直是神情篤定，神采也很飛揚。

無端放了心，可還是轉了話頭。「千萬莫硬扛，什麼名聲都是小的，名聲當不了飯吃。顧家娘子口甜心苦，妳若覺得委屈就放聲哭出來……」越說，原本放下的心就越提了上來。「要不慎陪縣主一起去?或是叫上大姊？」

大姊就是歡宜。

行昭緩緩抬了頭，眨了眨眼，眼裡酸酸澀澀的。

六皇子不是一向是個風度翩翩，做事、說話都是緩聲緩氣，書生氣十足的小郎君嗎？什麼時候變得和黃嬤嬤一樣嘮叨了？

春綠殿倚在太液池畔，暖光瀲灩，藕色似煙。

從遊廊走巷裡望過去，一向霧濛濛的皇城深處都難得的澄澈起來，湖面泛光，一波貼著一波，再泛起漣漪，往湖畔上湊，最後水波打在微濕的壤上，留下了幾點明明暗暗的光，還有一、兩點透亮的氣泡。這還是行昭頭一次將身邊的景象都看得這樣細緻入微。

抬頭看一看拖拖遝遝走在面頭的老六的背影，陡然覺得自個兒還是埋首去瞧煙波微茫的湖面比較好。

是的，到最後她也沒有拗得過六皇子，人家連「縣主去瞧顧家娘子，慎就去給太后娘娘問安，只是攜伴同行罷了。莫不是縣主想要攔著慎去給自個兒祖母問安？」的話都有臉說出來，行昭臉皮再厚，心事再深，後話也被哽在了喉嚨裡。

兩廂同行的結局，全都倚仗六皇子的堅持，和無賴。

六皇子走路不喜歡說話，小郎君老神在在地瞅著眼前的青磚專心走，心裡頭在想些什麼，行昭不得而知。行昭如今連自己心裡頭在想些什麼都摸不清楚，更何況去猜別人的心思。

日子好不容易能夠平平穩穩地往前進了，行昭她是再不想陷入是非的圈子裡了，情竇初開的少年郎有夠格的腦袋發懵，可她沒有。她心裡明白得很，她是很難嫁的，複雜的身世，父族的頹勢，母族的勢大，牽連極廣的過去……

方皇后如今是皇后，可她膝下無子，二皇子登基，她雖是太后，可到底血脈相隔，怎麼會安心容忍沒有親緣的外戚坐大？賀家已顯頹勢，牆倒眾人推，一大堆爛攤子誰會主動去收拾？

娶她，可能會娶到榮華富貴，可更多的可能是娶進一連串的麻煩。

淑妃聰明，膝下的一雙兒女也聰明，六皇子不可能看不到這一點。更甭提皇子的身分有多特殊，皇帝尚未立儲，非嫡出的皇子去對中宮皇后的家眷示好，其中意味著什麼，六皇子也不可能不知道，可眼前的這個少年卻仍舊不管不顧，我行我素。

年少的綺思大抵都成不了真。前世的她與周平甯，方福與賀琰，應邑與賀琰，方皇后和皇帝，行明與黎大郎。或是一廂情願，或是情投意合，最後的結局沒有一個是好的。

她賭不起。

過了春綠殿，慈和宮便近了，安安靜靜地連蟬鳴都聽不見。

盛夏的日頭下，偌大的宮殿靜得像個墳墓。紅漆還是原來那樣紅得莊重，琉璃瓦也貴重得如同舊日，可終究是不同了。

一種從往日的得勢飛揚，陡然沈寂下去的不同。

顧太后說不了話、起不得身了，可耳朵還沒聾，慈和宮的小宮人連走路行舉都是躡手躡腳，恨不得腳後跟不著地，前腳掌踮起來走。是丹蔻出來請的安，笑著特意壓低聲音。「顧娘子住在小苑裡，這會兒怕是午睡將起來，奴婢先領溫陽縣主過去。」又喚來個絞了劉海的小宮人給六皇子上茶，深彎膝給六皇子請了個安。「太后娘娘正要喝藥，您是預備等太后娘娘用完藥進去問安，還是如今便進去呢？」

丹蔻是方皇后的人，闔宮上下應當沒幾個人知道。

可當丹蔻先給行昭屈膝問安的時候，六皇子的眼神一斂，隨即鬆了神色，是他多慮了。關心則亂，以方皇后的心智一定是留了後手，這才敢讓小娘子氣勢十足地來尋釁顧青辰。

「現在去同太后娘娘問安吧。」六皇子釋然，展顏一笑，佝腰同行昭輕聲交代。「日頭這樣大，那丫鬟一直跪在宮道上也不是個事，索性快刀斬亂麻，早些交代早些好。」

六皇子一張臉陡然放大，眼神亮亮的，好像瞳仁裡還有水波在流轉。

這就是男人的桃花眼吧？

薄唇、眼勾、眉長，分明每一點都是薄情郎的樣子。

行昭走神走得遠，等回過神來，六皇子早進了裡間。

行昭抿一抿唇，埋頭重重甩一甩，將心頭的雜思都甩下去，整理好思緒跟著丹蔻去小苑見顧青辰。

第六十三章

是不是老天爺沒給顧家人腦子和好心眼，便全拿一副好皮囊給補足了？

這是行昭見著顧青辰迎著暖光，盤腿坐在炕上做女紅時，腦袋中浮現出的第一個念頭。

行昭沒先行禮，卻笑著先開了口。「這還是阿嫵頭一回見姊姊做女紅，阿嫵手笨，總分不開線，每每都是丫頭們幫我。姊姊的丫頭跪在瑰意閣外頭，想是幫不了了，姊姊手巧，沒丫鬟幫忙也能細細摸摸地繡下去。」

行昭一進慈和宮，便有宮人來給通稟了，說是六皇子在半路碰上了便一道過來給顧太后請個安。

鳳儀殿這個小娘子會直接過來，出了她的預料，六皇子會一道來更是個意外。她一向看不透六皇子，摸不清楚是偶然巧遇呢？還是蓄意為之？正想打扮打扮去正殿候著，卻又想端起矜持，兩廂一猶豫，賀家那丫頭就過來了。

顧青辰心頭暗悔，面上卻是略顯驚愕，連忙起身趿鞋，先親手替行昭斟茶，這才啟了口。「錦羅還跪在妹妹宮外頭！」語氣驚詫地揚了揚，頓一頓，又抑了下來。「叫她吃點苦頭也好，我也是一早才聽到那丫頭和妹妹的丫鬟搶東西，便讓她去給妳認錯。這丫頭認個錯都不會認，自個兒吃了一身苦頭，卻不叫妹妹曉得！」

不得不說顧青辰極會說話，三兩句就定死了行昭折騰人的名聲。

踩著別人的名聲往上爬，顧青辰當真是家學淵博。

「跪了個大活人在宮外頭，阿嫵又不是瞎的，哪裡會不曉得？」行昭單手接過茶盞，小娘子的手稍比茶盅蓋大上一些，再輕擱在了小案上。「定京城盛夏的晌午，天熱得能將人給憋悶得慌，阿嫵看著心裡怪心疼的，讓小宮人去拉，錦羅也不起來，話也不說上一句，就這麼跪著，背也濕透了，膝上的布也磨破了，看上去狼狽極了。阿嫵膽子小，總往不好的地方去想，宮裡頭女人多，陰氣重，原以為錦羅是撞了什麼邪氣，才冒冒失失地跪到阿嫵宮外頭去，又不敢讓人用強去拉，也不敢靠近了去瞧。這不，聽姊姊說了，才曉得那錦羅原是去賠罪的。」

行昭一番話說得平平順順的，說到撞邪氣的時候，小娘子身子往後一傾，顯得有些後怕。

「阿嫵原先還有些怨怪姊姊，鳳儀殿住的是皇后娘娘，怎麼叫自家屋子裡中了邪的宮人往鳳儀殿趕？驚擾了皇后娘娘算誰的？」

話說得顧青辰心口一窒，面上扯開笑，和這小娘子處了有些日頭了，賀氏是性子看上去溫和馴靜，內裡卻不讓人。她搶人布疋名聲傳出去不好聽，可她卻不服氣，憑什麼，憑什麼啊！

都是寄人籬下，誰又比誰尊貴？

最後不也是那個其婉先軟下來，將那疋布讓了出來嗎？

「妹妹屋子裡的人沒同妹妹說？」顧青辰眼落在深褐色的茶湯之上，決定硬氣到底。如今敗下陣來，以後便只能一直矮上一頭了！

「錦羅去幫我拿分例，看見那疋青蓮紋的緞子還不錯，便想選回來。誰能料到妹妹屋子裡的小丫鬟也看上了，兩個丫頭爭了幾句，錦羅不懂事，還是妹妹屋子裡頭那個明事理，當下就讓了出來。今兒個早上，錦羅回來說與我聽，我便氣得發抖，當下發落她到妹妹宮外頭跪著，不得原諒不能回來。」

一個字也沒錯，可還有好多句話沒說出來。

以偏概全，擇其善者而選，到最後也有推拖的餘地。

行昭笑一笑，接其後話，壓低聲音反問一句。「顧姊姊是覺得錦羅冒犯了阿嫵？」

顧青辰愣一愣，若是將此事定性成冒犯，那錦羅就不是跪一場了事那麼簡單了。

可不說冒犯……

「世人既有兄友弟恭之言，也有君子不奪人所好之說。」顧青辰遲疑片刻。「錦羅個性倔強，冒犯了妹妹屋裡的人，便也算是冒犯了妹妹。望妹妹看在錦羅誠心致歉的態度上，網開一面。皇后娘娘是個善心人，又頗有容人之量，妹妹是養在皇后娘娘身邊的，品性自然也錯不了……」

行昭大怒。她一個顧家人上哪裡來的膽子對方皇后品頭論足，以方皇后的臉面來步步緊逼?!

「那照姊姊的意思，是錦羅冒犯了我宮中的其婉了？」行昭氣勢盛了起來。

顧青辰話已出口，眉心一蹙，猶豫中點了點頭。

「其婉是上的鳳儀殿的冊子，翻了年就要添上女官的候補，是株好苗子。錦羅既是冒犯了其婉，便讓錦羅提上四色禮盒去鳳儀殿給其婉行禮賠罪便好。照她那樣跪在宮道上，來來往往的見著其婉多少次，也沒說出口來，到底是小姑娘臉皮薄。姊姊對自家宮裡人也太狠了些，半分臉面也不留，倒嚇得阿嫵午睡也來不及歇，頂著日頭就過來細問。」

行昭一句話連著一句話，六皇子沒說錯，是應當快刀斬亂麻，顧青辰喜歡打嘴仗，自以為面面俱到，實則漏洞百出。

行昭偏不同她繞。

「其婉性子寬和，既然能讓得了衣，也能諒解得了人。若錦羅當真是誠心誠意賠罪，哪裡需要隔著宮道跪下來給其婉賠罪啊？都是宮人，其婉何嘗又受得起這份大禮？尋個黃昏，就後日吧，叫錦羅沐浴更衣過後就來瑰意閣吧，有阿嫵看著，其婉也不敢不給錦羅臉面。」

顧青辰張了張口，一張臉發白，她爭的就是一口氣，就是一個高低先後，也想叫闔宮眾人看一看她顧青辰是個多麼謙遜端賢、吃得虧的小娘子。

她屋裡人去跪賀氏，僕從跪主子，這沒什麼丟人的。

可她屋裡人去跪賀行昭的丫鬟，她的臉都丟到了驪山外了！

可說錦羅冒犯其婉的人是她，說要賠罪的人也是她，搬起石頭砸了自己的腳，卻憋屈得連疼都不能叫，這是什麼道理！

顧青辰的臉色精彩，青變白，白變紅，紅變青，來來回回三個顏色，好不熱鬧。

慈和宮的小苑也是安安靜靜的，處處點著檀香，做出一副安寧沈靜的模樣。

行昭在等顧青辰說話，半晌沒等到，便搭著木案起了身，抿嘴一笑朝顧青辰頷首致意，便告辭欲離，將行至門廊，想一想，側過身，平心靜氣說了句話。

「人上一百，形形色色，聰明伶俐的人數不勝數，人哪，最忌諱自個兒覺著自個兒最聰明，下一步棋能看三步招，偶爾笨一些，安分一些，是吃不了虧的。」

她不怕事，更不怕別人來挑釁，若是前世有人在她身上算心機，她早就一巴掌揮上去了。重來一次，才感覺到率性而為其實是個很淺薄的詞，只有束手無策的人，才會放任個性，做事不顧後果。

顧青辰手蜷得緊緊的，眉色一抖，再輕輕展開。

抬首望了望，行昭已經出了門庭，小娘子素青色的衣裳和著澄澈日光，像一杯靜靜透透的水。

賀行昭穿青蓮紋是好看。

顧青辰腦子裡無端浮起了這樣一個念頭。

慈和宮的錦羅在鳳儀殿外頭跪了一下午，最後還是顧青辰遣了人過去扶回去的。第二日錦羅沒親自過來給其婉賠罪，讓個小宮人提著四色禮盒過來，說是「錦羅姊姊跪久了，腿腳便有些立不起來」。

行昭不置可否，讓其婉安安心心地收下，再找了兩盒跌打損傷膏給顧青辰送過去，讓人帶話。「叫錦羅好生休養，別人不曉得好好將息她，自個兒總要懂得好好將息自個兒。」

一個耳光狠狠搧在顧青辰臉上，這耳光可不是別人搧的，是顧青辰自己搧自個兒的。

行昭的手，不會疼。

和方皇后說起這件事時，行昭避重就輕。「顧青辰到底沒有顧婕妤能屈能伸，算計錯了人，到最後還端著一張臉面。千人千面，不是誰都賣她面子，更不是誰都會委曲求全。」暖燈之下方皇后的神色顯得很恬靜，眼神沒離過手上捧著的冊子，卻心有七竅，眼觀六路，耳聽八方。

「所以世家子願意求娶世家女，靠女人發的財、造的勢，都不長久。顧家沒男兒漢立身，沒富貴個幾年，就想躋身世家。底蘊不夠，既沈不住氣，又彎不下腰，偏偏自己覺得自個兒聰明得不得了。」

方皇后話裡話外的意思，其實只有兩個字——

淺薄。

行昭笑一笑，撚了撚針線，沒答話。

那天從慈和宮回來，小娘子便靜了下來，方皇后抬眼瞅了瞅，合上書頁，笑道：「聽說老六和妳一道去慈和宮的？他來給我請安也是為了將妳送回宮吧？老六倒是一向心思細。」

那日她從顧青辰的小苑出來，卻見六皇子早就候在了中庭的籬笆下，細細摸摸地上下打量了幾遍，便笑一笑。「眼圈沒紅，臉上也沒水，總算是放心了。」又將她送到了鳳儀殿門口，進來給方皇后問了安，順水推舟，接過方皇后的話頭，留在鳳儀殿一道用了晚膳，暮色將遲，這才大大方方地提著盞羊角燈籠回重華宮。

歡宜說她六弟是個內斂羞澀的。

那天晚上，死乞白賴留下來蹭飯的時候，請問一下，他的羞澀是被狗吃了嗎？

行昭手頭上的事頓一頓，又斂了下頷，她想同六皇子說明白，可嘴都張開了話卻一個字也迸不出來，人家老六可是什麼也沒明說，她冒冒失失張嘴，倒顯得自作多情和自以為是。

大不了避開些吧，就像行明一樣，一年想不明白，就兩年的時間，少年郎總有想明白的時候。

行昭正繡著丹鳳朝陽，正好繡到了鳳凰銀灰色的眼珠，埋頭將針刺下去再把絲線「唰」地一聲拉直，一邊輕聲回應方皇后後話。

「往後的端王妃是個有福氣的，也不曉得花落誰家，一定是位性情溫和、容貌娟麗的小娘子，往後呀，和六皇子站在一處看上去就像一雙璧人。」

方皇后眼底黯了黯，自家養的小娘子自己心裡明白，行昭愈是神色平靜地說這麼長番話，其實愈是上了心。

老六好不好？

平心而論，很好。

相貌出色，品性尚佳，對行昭上心，生母、姊妹也不難纏，萬般都好。

只一條，他是皇家人。

方皇后嘆了嘆，沒再繼續試探下去。

宮裡頭久未出事，兩個小娘子明槍暗箭的交鋒冒了頭，連皇帝也過問了，方皇后笑著解釋了一遍。「青辰才進宮，做事情難免謹慎些，阿嫵膽子小，一覺起來發現有個人哭哭啼啼地跪在自個兒道上，把小娘子嚇得夠嗆。」

皇帝都是高處不勝寒的，笑呵呵地當作家常瑣事聽，隔一天便吩咐向公公給行昭和顧青辰一人賞了五疋上好的織錦緞。

行昭自己作主，選了三疋讓蓮玉給歡宜送過去，歡宜過來道謝，和行昭獨處時，神色有些不好。「妳是受了委屈，可她顧青辰卻是那個煽風點火的罪魁禍首，到最後卻蓋棺定論成兩邊都要安撫著。」

皇后的外甥女有，太后的娘家姪孫女兒也有，只有她這個正正經經的天家公主沒有。行昭完全能理解歡宜的彆扭，所以說皇帝一時精明，一時糊塗啊。

行昭握了握歡宜的手，仰頭笑著開解。「難不成還要皇上放在檯面上去偏私不成？阿嫵和顧青辰是因為什麼住進來，姊姊又不是不知道，又何必爭一朝一夕。」

歡宜面色鬆了鬆，要說多舛，行昭和顧青辰都算是命途多舛，論旁人看上去再尊貴，沒親生的爹媽庇護，心裡能舒坦？

「二皇子的新家在城南？聽皇后娘娘說是個正院三進，東西兩邊都有跨院的大宅子？」行昭打鐵趁熱，岔開話頭。

二皇子搬出去住了，閒磕牙的人又少了一個。

城北哪家的閨女長得醜，城南哪家的公子哥兒包了戲苑子裡的當家花旦，城西哪家的老爺和外室來往甚密？

沒了二皇子的魔音貫耳，行昭現在是兩眼一抹黑，啥都不知道。

她無論如何也不能將前世那個暴戾嗜血的君王和現在這個眉梢眼角都飛揚青春的少年郎聯繫在一起，奪嫡立儲腥風血雨，其間發生了什麼，行昭不知道，可閔寄柔由嫡變庶，陳家一躍而上，處處透露著詭秘。

行昭心頭一動，陡然發現前世二皇子上位之後，竟然是王嬪娘家與陳家人獲益頗多，等等，賀琰好像隨著新帝即位，三公三孤（注）都包攬全乎了。

看誰動了歪念頭，就要看是誰笑到最後。而這三家究竟做了什麼？

「是呢，王府大得很，有湖又有山，二哥闢了一大塊地來種瓜果菜蔬，又是拿青竹竿子紮籬笆又是特意養了苔蘚鋪在階上。」歡宜斂了斂心緒，順著話頭走，說著便笑起來。「石側妃住東跨院，抬著小轎進來繞那片果蔬地，繞了一圈，轎夫說是腳都走瘦了，二哥便又多加了賞錢。」

歡宜無論遇上什麼事，說話都是一副平心靜氣的模樣。

小娘子低吟淺淡的聲音，像在唸一冊清雋詠麗的遊記，行昭緩了神，笑著將話扯開了。

話說到石側妃，入了深秋，臨近初冬，亭姊兒便入宮來請安見禮了。新婦講究個三朝回門，亭姊兒是側妃，說好聽點是妃，說難聽點就是妾室。長輩們想見便宣來見見，不想見亭姊兒便連宮門都進不了。

王嬪想見見她，不和方皇后說，偏偏湊在侍寢的日頭同皇帝提起這事來。

注：三公是指太師、太傅、太保，三孤是指少師、少傅、少保。

「雖是偏房，可也是您御筆下旨納娶的，也是阿恪頭一回風風光光抬進門的側妃，皇后娘娘重禮節，臣妾總怕惹惱了皇后娘娘……」

皇帝耳根子軟，不代表他是蠢鈍得不像話的，王嬪分明是想藉他的口，抬老二的體面。一個側妃，還需要勞他和皇后通氣，堂而皇之地叫進宮來看看？

皇帝沈了沈聲，當晚沒在王嬪宮頭住下，返身折去了孫貴人處。

是的，那日哭得百轉千回的孫才人已經變成孫貴人了，到底不是一枝獨秀，和顧婕妤、惠妃三足鼎立。行昭私心想，若是方皇后再推個美人兒出去，正正好能湊個四角俱全，四美一桌打麻將。

宮裡的事沒影都能起風，何況這還是一向穩如泰山的王嬪跌了顏面，傳得沸沸揚揚。

「王嬪狂妄得不行。仗著自個兒是二皇子生母，竟然妄圖讓二皇子的側妃來給她行禮問安了咧！」

王嬪嚇得不行，急急慌慌地來鳳儀殿辯白，柔柔婉婉的女子掩眸安寧。「臣妾也就是這樣一說，哪曉得皇上生了氣，連帶著宮裡頭的話也不那麼好聽了，臣妾心裡惶惶然，怕連累老二不受待見，又怕皇上龍體為臣妾這般無足輕重的人氣出個好歹來。」

行昭停了停手上的動作，心裡頭確定了皇帝就喜歡這樣弱不禁風的女人。

男人們千奇百怪地，這都什麼癖好啊？

方皇后怎麼可能不曉得前因後果，後宮的事王嬪越過她去尋皇帝，她也有足夠的理由生氣。

王嬪恭恭謹謹多少年，會出這種岔子？

「老二向來心寬，妳也別多慮。」方皇后同王嬪說話，是和顧婕妤、孫貴人之流完全不一樣的腔調。「妳想見石氏就來和本宮說，本宮琢磨掂量一下，再給皇上通氣，妳冒冒失失地惹惱了皇帝，怕是老二沒被牽連上，石氏倒先遭皇上嫌惡了。」

王嬪斂首垂眉，安安靜靜地聽方皇后的責難。

多少年了，皇帝惱了，只要來尋方氏準沒錯，一物降一物，皇帝寵外頭那些光鮮漂亮的年輕女人，可心裡頭只敬重愛護方氏，否則怎麼可能方皇后捧誰，誰就能受寵呢？

顧家那個且不說，就說近來的這個孫氏，若不是方皇后的力捧，皇帝看都沒看過那孫氏一眼。

「臣妾不是……臣妾也不敢同您說，就怕惹您誤解，心想石氏到底是皇上欽賜的側妃，皇上總還是滿意的，這才壯著膽子僭越了……」王嬪神色惶恐。

方皇后揮揮手，算是一錘定音。「後宅不安寧，男人們一輩子都不安定，妳的顧慮本宮也曉得，哪日見一見，安安心也好。」

方皇后口中的哪日便是十月初八，一同還宴請了才生產完的欣榮、平陽王妃、中寧長公主、未來的四皇子妃陳媛、二皇子妃閔寄柔，定京城裡的幾家小娘子，有黎三娘、方祈家的瀟娘、陳媛胞妹陳婼，還有另幾家烜赫世家的嫡長女。

全當作是皇親國戚小娘子的一次盛會。

方皇后想做什麼？

行昭看來看去也沒看出個所以然來，待等到方皇后讓蔣明英一個一個都先對一對屬相，小娘子屬相是鼠的，便在名字前頭打個記號時，總算是摸清楚了真相。她屬狗，行景比她長五歲，行景屬蛇。

蛇鼠一窩要打架。

方皇后總算是開始大手筆地著手操辦行景的婚事了。

方皇后掌後宮之事二十餘載，一向以內斂莊嚴之姿示以眾人，莫說山茶筵，連妃子們在曲水流觴擺話會，她也只是賞幾匣子東西下去。

連給二皇子選妃也是先在平陽王府看了看，最終確定了三個人，這才領到鳳儀殿來相看的。

共賞山茶一番話一出，方皇后的一反常態，闔宮隨即譁然。

上頭令一下，下面人跑斷了腿，六司的管事捧著或粉或紫、或重瓣或曲瓣的山茶一天要到鳳儀殿八百次，方皇后沒這個空閒審視，便讓行昭和蔣明英去看，只交代了一件。「有些小娘子膚色白，簪什麼花色的山茶都好看，有些小娘子膚容沒那樣白皙，就要選一選花樣的顏色了。」

不僅是賞花，還要簪花啊。

人有高低，花有貴賤，總不能每一株山茶都是瑪瑙茶、寶珠茶、一撚紅那樣的名品吧？

來的小娘子算起來能有五、六個，一定有配貴的山茶的，也一定會有配不那麼尊貴的，這又該怎麼分呢？

仲秋午後，天便暗了下來，沒一會兒，雨就像簾幕一樣撲撲簌簌地砸了下來。

歡宜從煙霧朦朧中走來，一面抖索了袖子撩簾進瑰意閣，一面眼神黏在了中堂裡一盆接著一盆的山茶上了，口裡稱奇。「好看是好看，怎麼沒有像南山茶那樣碗口大的？花團簇成一團，大朵大朵的，好看得很，味道也清雅。」

行昭正捧著冊子選花盆，抬眼見歡宜進來，笑著招呼她，便偏頭同蔣明英商量。「粉的用白瓷斑紋，白的、黃的用木柵欄，白底紅點的用青瓷花斛，姑姑妳看可好？」

蔣明英笑咪咪地給歡宜問了安，便領了冊子佝身而出。

行昭轉了頭笑著回歡宜。「大的怎麼往鬢間去簪啊？」又招呼她喝茶。「外頭突然落雨，也不怕身上打濕了。」

歡宜多瞅了那白瓣紅點的山茶幾眼，這些山茶的品相都滿好，可還是這株蕉萼白寶珠最名貴，笑一笑也沒揪著這話頭了。「出來的時候沒落雨，走到廊橋那兒才落的雨，一路都在遊廊裡頭，身上也淋不到……」

話頓在這處，心裡過了一遍，壓低嗓子，輕聲問：「皇后娘娘怎麼突然想起邀小娘子來賞花了？多少年了，這還是頭一回，無緣無故地……」

哪裡是無緣無故，明明是有的放矢。

行昭眨了眨眼，她總不好說方皇后是為了給行景相看妻室，才搞出這樣大的陣勢吧！

文官有貪墨收受賄賂的，武官有私藏糧餉的，可皇后擅用權柄為娘家外甥相看小娘子的，這還是行昭頭一回見，對方皇后的敬佩之情，再次深重到了無以復加的地步。

「或許是想乘機熱鬧一下？」行昭打著哈哈。「定京城就這麼大，小娘子大門不出、二門不邁的，往後出了閣嫁了人，再想認識認識便也晚了，還是從小就交幾個手帕交比較好。」

瞧瞧黎太夫人，就是念著手帕交的情分，直衝衝地還在為賀太夫人抱不平。

「小娘子們的手帕交……」歡宜默聲重複其前話。

行昭笑道：「皇城裡統共三個小姑娘，來來往往都是這些人，皇后娘娘是怕咱們孤單吧。」

歡宜偏了偏頭，想了想，對行昭的說辭不置可否，心卻放下了。

宮裡人精明著呢，草往哪頭倒，就能斷出今兒的風往哪處吹。上上下下都在咬耳朵猜測，說是方皇后要為六皇子周慎定正妃了，淑妃不以為然，坐下來平心靜氣地給老六細析。

「給你娶媳婦兒能不和我說？我和皇后的交情多少年，王嬪和皇后的交情有多少？二皇子相看正妃的時候，連王嬪都跟著去鳳儀殿瞧了瞧。皇后若是起意給你相看，能不告訴重華宮一聲？」

老六當著淑妃面，氣是沈了下來，可背後便給歡宜塞了個紅瑪瑙石榴開花樣式的擺件，託她過來探一探。

若當真是為老六操心，行昭能不同她明說？

功成身退，歡宜心安理得地收了擺件，又給六皇子遞了信後，便安安心心地等著十月初八山茶筵了。

第六十四章

一場雨來得急，傾瀉而下，一連幾日都是夜裡落雨，到了早晨反而放了晴，大清早起來，霧氣散不開，迷濛著團在了一塊兒，濃得像化不開的乳酪。

到了正日子，行昭起了個大早，麻溜地用了兩塊翡翠酥，吭哧吭哧地喝下一大碗乳酪，又吃了一碗素三鮮銀絲麵。

黃嬤嬤看得眉開眼笑，端著碗燴竹蓀、山藥泥、小黃瓜塊的雞蛋羹跟在行昭屁股後面，直勸。「吃幾口雞蛋羹壞不了事。往前閔太夫人去了，信中侯夫人還偷偷摸摸往閔家娘子嘴裡塞牛肉片呢！」

宮裡擺宴大多吃不飽，行昭便用得比平時更多些，過會子才能提起精神來。方皇后是擔心小娘子三年不沾葷腥長不了個兒，便鬆了口悄悄讓人加點雞蛋在膳食裡。行昭心裡卻過不去這個坎兒。

到底兩世為人，黃嬤嬤像老母雞似的跟在她後頭，正在試衣裳的行昭登時就不好意思了，紅著臉三下兩下把襦裙穿上了身，左躲右躲避開黃嬤嬤，悶下頭就快步往外走。

黃嬤嬤端著雞蛋羹總不好再跟出去了，巴著門框望著小娘子的背影，輕嘆了一聲。「姑娘到底是長大了……」儘管艱難，儘管多舛，終究也在慢慢地長大，話裡明明是欣喜的，卻還是要拿三分惋惜來掩蓋。

後頭跟著的小宮人捂著嘴吃吃笑，黃嬤嬤肅起神色回頭瞪一眼，卻沒繃住，半道上轉了笑。「便宜妳個小丫頭了，拿去吃吧！」

從瑰意閣到正殿不遠，一路過去，卻賞心悅目。

遊廊邊擺著青石柵欄小間，裡頭種了青幽幽的叢草，又用小石頭壓住，廊外罩著天雲碧色的帳幔，或是繡著雙蒂芙蓉開，或映襯著今日繡了幾朵碗口大的南山茶，或三筆兩筆繡了幾波水紋，沒什麼擋風的用處，就圖個好看。

心隨景動，行昭一進正殿便是止不住的笑，方皇后多看了兩眼，神色便也跟著舒展開來，又囑咐了幾句。

「羅家小娘子比妳長兩歲，性子嬌得很，妳得注意著些。」

「令易縣公家的長女身形有些大，若是遭別人笑了，妳要幫著解圍。」

「都是金尊玉貴的掌珠，誰落了顏，咱麼主人家都沒顏面，八面玲瓏聽起來不好聽，可長袖善舞卻一直是個好詞。」

羅家娘子是新入閣羅閣老的長女，羅家是正正經經的名門望族，詩書傳家，根深扎在川蜀蓉城。羅閣老入閣中央，羅家嫡支這才遷進京來，和方家的情形像得很。

今日，方皇后邀的多是文臣世家的小娘子，要不就是宗室皇親，沒有老牌的勛貴人家，也沒有武將之後。

七月初八生辰之後，方皇后便改了寓教於樂的方式，變成了不講道理直接留課業，方皇后扔了份名單給行昭琢磨，行昭便老老實實地打聽各家小娘子的身家背景，第二天就給方皇后回了話。

「勛貴人家和賀家牽扯甚深，若是哥哥想自立門戶，此賀即非彼賀。念舊情的，念的都是臨安侯的舊情，看揚名伯也是當作臨安侯的兒子在看，一輩子都斬不斷這個關係了。哥哥身世複雜，既有方家血脈又承賀家親眷，背靠武將世家，若再娶武家出身的小娘子，前途或能錦上添花，卻也可能徒惹猜忌。大家名流的清貴世家就很好了，立身不偏不倚，自有一番精氣神在，外能承訓家風，內能掌中饋輔助哥哥，還能教好兒孫。」

日子越久，她便越發覺得教好兒孫最重要，時人重宗祠家族，一代興盛沒什麼了不得，三代都興盛，這個姓氏才算是立住腳了。

哥哥好容易拚出來的一條血路，不能讓一個不靠譜的女人給斷了。

簾帳微動，原是有風穿堂過，透出條縫能隱隱約約看見濃烈奼毓的連綿山茶，行昭埋首吹散了黃褐色茶湯上的沫子，看著水中恍惚著眉眼模糊的自己，鼓了腮幫子又輕輕一吹，面目便立即變得支離破碎。

無論是她，還是方皇后，都只是覺得行景配這樣的女子更好，誰問過行景，他喜歡這樣的女子嗎？

茶沫又重新往裡慢慢聚攏，行昭笑一笑，是生死榮辱重要，還是美人愛情重要？答案在每個人心中都不一樣。

行昭位子還沒坐熱，就有人攙伴而來了，蔣明英迎了出去，撩簾而進的原是方祈之妻邢氏與羅夫人和羅家小娘子，行昭起身斂容問了安，眼風覷了覷羅家娘子。

面容雪白，眉深唇紅，小模樣還沒長開，但是已經能看出美人兒胚子的樣子，只是唇角抿得死死的，眉梢高挑，便顯得有些驕縱。

再看羅夫人，莊青軟緞的棉衣，深藍的綜裙，打扮得是一派大方，神色恭謹，行舉之間自有分寸。

羅娘子是該驕縱些，出身好，有個好母親，又是嫡長女，這樣的女子有驕縱的本事，這樣的驕縱反倒教人覺得理所當然。

賞花宴多半是留用午膳，下午賞花聽戲，晚上再看留不留晚膳，羅家算是來得特別早的了。

羅家開了頭，剩下幾家也都陸陸續續地來了，令易縣公家的小娘子當真是身形有點大，長得也忒有福氣了點。行昭掩了掩眸，心裡默默畫了個叉，若是自家長兄站在令易縣公家的小娘子身邊……

呃，怎麼說呢？

就像一根胡蘿蔔旁邊，配了坨白蘿蔔，雖然都是蘿蔔，但卻顯得特別喜慶……

隨後，閔寄柔和陳家兩個娘子一道出現，給皇后行了禮，便對行昭笑得溫婉。

行昭抿嘴回之一笑，眼神卻落在了陳婼身上。上一輩的孽……她當真是上輩子的孽，不要任何心機和手段就在周平甯心裡頭占據了無可動搖的地位，就連歡哥兒疑竇叢生的死，一旦牽連到了陳婼，周平甯都願意息事寧人。

她衷心祝願，他們今生有情人終成眷屬。

辰光漸過，小娘子們都來齊了，方皇后便笑著每家都垂問幾句，欣榮和歡宜一道過來的，欣榮才生了長女，正是豐盈的時候，面色容光煥發，可腰肢卻仍舊纖瘦，一進殿便喜氣洋洋地給眾人問安，又拉著幾家娘子的手笑著讚了許久，左右看了看，問起顧青辰。「太后娘娘宮裡的那個小娘子呢？怎麼沒見她來？」

方皇后笑一笑。「估摸著是前幾天晚上看書看久了，只說身子疲得很，沒氣力。」

顧青辰安分了許久，皇帝賞了東西，算是明面上不許人再議論這件事了，宮裡頭誰不是人精，看得清楚著呢。這位顧娘子尋釁不成，反遭點撥，是失了顏面不好意思出來了。

行昭暗忖，這於顧青辰來說，也不知是福是禍。對她自己來說，是多嘴多舌，還是防患於未然，她也想不明白。

唉，算了，點撥告誡也算是積德行善了吧。

將近晌午，二皇子府的石側妃才來，亭姊兒一進殿，殿裡便陡然靜了下來。

有拿眼往閔寄柔身上瞧的，也有閉了閉嘴往後靠的，欣榮機靈，笑著招呼亭姊兒進來。「這孩子怎麼來得這樣晚？等妳等得臉都餓瘦了！」

行昭抬眼去看亭姊兒，亭姊兒身上穿了件墜珠織錦福心紋飾的綜裙，青絲綰起，做的是已嫁之人的打扮了。

行昭心裡說不出什麼感受。她自認不是壞人，可她好像也當不了好人了，應邑有孕之事揭開，卻以亭姊兒委身側室為代價，怪來怪去都沒有意義，行昭卻覺得自己難辭其咎。若不是她的謀劃，又怎麼會把亭姊兒牽扯進來呢？

行昭腦子轉得快，耳朵卻聽到亭姊兒這樣一句話——

「豫王爺的扇套找不著了，臣妾找來找去，翻箱倒櫃的，總算是找了出來，王爺這才歡歡喜喜地去了吏部。」

豫王就是二皇子。

亭姊兒這番話一出，殿內又靜了下去。行昭眉間陡然一擰，猛地抬頭，看著亭姊兒遠山如黛，唇紅瀲灩，話不動唇，眼波先行。

亭姊兒……這是在挑釁閔寄柔啊！二皇子連房都沒和她圓，又怎麼可能將繁瑣的貼身之事交給她去做呢？

方皇后眉心一蹙，再慢慢展開。鬥，是無窮無盡的，她們還在，下面的小輩就已經打起精神鬥起來了。該悲還是該喜，她不曉得，可她卻曉得亭姊兒在這個時候說這番話，就是不給她這個皇后顏面。

方皇后正要開口說話，行昭卻先行一步截了話頭。

「豫王就是整日沒個正行兒，口上說著好風雅，十月的天了，誰還要扇套！」小娘子彎了眼，就著帕子捂嘴笑。「阿嫵也餓得慌了……」說著便起了身去挽欣榮。「您摸摸，阿嫵的臉是不是也餓瘦下去了？好像腰也瘦了，腿也瘦了。」

「是餓瘦下去了，但是臉皮又厚了！」欣榮說道。

眾人便笑起來。

行昭插科打諢，欣榮接話賣好，好容易將亭姊兒那番話給揭了過去。

捱到用午膳，行昭一左一右是歡宜和閔寄柔。閔寄柔神色如常，行昭瞅了瞅，瞧不出個所以然，便放下心來。

定了在太液池湖心島賞花，幾架鏤空花雕船鐵鎖連舟串在一起，開得鮮麗的山茶便擺置在花斛瓷器中，擱在船欄裡，船一艘連著一艘，停在太液池上穩穩當當的。

主子、夫人們坐在船上看戲賞花，樂伎苑的伶人們便在湖心島上搭成的臺子上唱，唱腔悠轉回腸，被水波一蕩更好聽。

空山新雨後，天氣晚來秋的時節，皇家的富貴少了幾分，清雅和隨和倒是多了些許。這主意是蔣明英提的，方皇后連聲叫好後，便分給下頭人去辦。

朦朧生煙的太液池，雕欄畫棟的客船，昏黃秋寂的落葉，種種情致，行昭是瞧不見了，有孝在身禁絲竹、禁會宴，方皇后便將行昭獨身留在鳳儀殿裡，領著眾人往太液池走。

鳳儀殿頓時空落落下來，自鳴鐘堪堪敲過三下，蓮玉從外間沈斂步子，踏進殿裡，同行昭附耳一語。

行昭猛然抬頭，手上捧著的書冊一緊，麻利地下炕去瞧。

廊間有個滿臉通紅、喘著粗氣的小丫頭來來回回走著，見行昭過來，三步併作兩步走，腰佝得愈彎，聲音顫得厲害。「求溫陽縣主救救我家姑娘吧！」

「進內間說！」行昭當機立斷，一把將她撈起來，推開內間的門，將其扯了進去。

黃嬤嬤坐立難安，拉著其婉去守在外頭。

將入內室，那小丫頭便「撲通」一聲跪在了地上，再抬頭已經滿臉是淚，話倒還說得很清晰。

「聽戲聽到一半，姑娘就想解手了，畫船上沒地方，只好乘小船去湖心島方便。上了島奴婢便請了宮中的一位姊姊指路，大約是今兒個湖心島上全是唱戲的伶人的緣故，並沒有其他的宮人服侍，那姊姊說什麼，我們便聽什麼了。她往西指，我們便往西去，誰曾料到西邊的廂房……西邊的廂房裡……」

行昭聽得心裡急得慌。

若是瀟娘出個什麼事，邢氏和方祈就不要活了！

小丫頭的話頓了又頓，行昭便不由自主地往壞處去想，是被某個伶人糾纏上了嗎？不，不對，瀟娘穿得富貴，任誰也知道這是宮裡頭請來的客人。難不成是摔著絆著了？可這小丫頭分明是讓她去救人啊！

「有什麼！瀟娘如今在何處？皇后娘娘和舅母知道出了什麼事了嗎？」行昭傾身而出，一句話逼著一句話地問。

小丫頭穩穩心神，嗓子眼裡帶了哭腔。「西邊廂房裡是四皇子和一個衣冠不整的伶人在……在……在親嘴！」

蓮玉一個激靈，伸手將來捂行昭的耳朵。

行昭不可置信地呆在原處，愣了半刻鐘，伸手將蓮玉的手拿下來，微微張了張嘴，才發現口裡苦澀又乾啞，四皇子是在和那個長得和二皇子很像的伶人……親嘴嗎？

說不上晴天霹靂，但是行昭也頓時被震在了原處。

腦子裡一縷一縷的線過得快極了，瀟娘去解手，卻親眼撞見了四皇子和那個段小衣在……在……

「四皇子扣住了瀟娘？妳又是怎麼出來的！」行昭手攥得緊緊的。四皇子扣住瀟娘是想做什麼？威逼利誘瀟娘不將這件事說出去？還是單純不知道該怎麼辦了？

「姑娘在前面走得急，奴婢跟在後頭總覺得有些不對勁，便四處在打望……姑娘掀開簾子後，便叫奴婢快跑……奴婢跟著蔣千戶強身練體，腿腳快些，跑出了湖心島就把後面的人甩開了，奴婢好歹還記得回鳳儀殿的路……一路跑過來也是避著人跑的，也不讓自己叫出聲來……」

到底還是個小丫頭，一路鎮定地飛快跑回來，如今終究是憋不住了，「哇」地一聲響亮哭了出來，邊哭邊哽。「姑娘也習武，可那邊全是男人，力氣又沒他們大，奴婢好怕姑娘打不贏他們……」

行昭愣了一愣，額上冒汗，打不贏他們……

方家都是些什麼僕從啊！這時候還在只怕瀟娘打不過那些男人?!

行昭想了想地形，湖心島說是湖心島，只有三面環湖，一面接著春綠殿，所以這小丫頭才能跑回來，若當真湖心島四面環湖，今兒個的事怕是非得要吵嚷得沸沸揚揚了。

不能讓方皇后出面解決，至少現在不能。

來人既多且雜，一個不好，瀟娘的名聲便毀了！定京不是西北，女兒家驃悍外放些沒什麼大礙，就衝瀟娘撞破苟且之情，定京城裡的口水多著呢，在淹死那兩個苟且的人之後，還有剩餘來淹瀟娘的。

何況事涉皇家，四皇子再瘸、再不得皇帝歡心，他都是周家的種。

皇帝能護短地將石家亭姊兒委身老二為妾，他憑什麼不可能犧牲瀟娘和方家來保住老四和皇家的顏面？

行昭越想越心驚，手指扣在掌心裡，指尖戳在掌心的肉裡，有些疼，可更多的是讓人清醒。

四皇子是個什麼樣的人，行昭捫心自問，她也說不清楚。她說不清楚，可有人說得清楚啊。

沈了沈聲，遲疑了片刻，終是下定決心，連聲將其婉喚進來。「妳去找一找六皇子在不在宮裡。」扶著蓮玉起身，從高架上伸手拿下一件寬鬆的緞面披風，一邊披在肩上一邊讓那小丫頭起身，語聲十分鎮定。「妳就待在鳳儀殿裡，我去湖心島一趟。」

小丫頭鼻涕眼淚全都攤在臉上了，還是空出地方來，露出一嘴大白牙，朝行昭咧嘴一笑。

行昭心裡面一暖，連僕從都是方家人的個性，沒有闖不過的難關，也沒有過不去的坎兒。

其婉帶著兩個小宮人應諾而去，蓮蓉和黃嬤嬤鎮守鳳儀殿，蓮玉扶著行昭過去。

偷摸看著瑰意閣忙忙慌慌中井然有序，那小丫頭心終是放下一半，腦子裡卻陡然浮現出將才那方香豔的場面，紅了紅臉，隨即又紅了紅眼。

鳳儀殿到湖心島不算近，將才那個小丫頭跑得一張臉紅得像隻熟透了的蝦。

宮道狹窄，紅牆一度綿延至天際，天才落了雨，灰灰的像張色彩單調的畫布。

行昭的心被悶在胸腔裡「怦怦」地直跳，一路撚著裙襬走得飛快，腦子裡面將可能遇到的情形想了一遍又一遍——這是在狀況之外的，是偏離了前世預定軌跡的突發事件。

再偏頭想一想，四皇子究竟是個什麼樣的人呢？腿瘸，個性沈默，眼神會閃著光地追著二皇子看，恨不得縮在角落裡叫任何人也不要看見自己。

這樣的一個人，竟然會有斷袖之癖，又對二皇子周恪有超乎兄弟情誼的愛戀，還膽敢扣下瀟娘！

其實四皇子心裡應當也怕極了的吧？因為怕，便走了絕路，犯了糊塗。

穿過春綠殿，小徑將顯，只有兩個一臉稚氣的小宮人守在徑口，怪不得瀟娘身邊的那個小丫頭能順順利利地從湖心島出來！

行昭索性扭頭抄近道入內，拂開擋在眼前的枝椏，湖心島上戲臺後頭連成一片的廊房便出現在了眼前，蓮玉走在前面，牽著行昭的手擋在跟前，戲臺子後頭的廊房都是給伶人們備妝梳洗用的，清水牆，紅瓦房，一間挨著一間都長得一個模樣。

兩個小娘子縮在樹後頭，蓮玉手心出汗，輕聲給行昭咬耳朵。「要不要先等六皇子過來？」

行昭眼裡來來往往的都是素服白衣、臉上濃墨重彩的伶人，咬了咬牙，輕輕搖搖頭。

「六皇子是來善後的，這事壓不下去，宮裡頭來來往往的都是人，我們要先和四皇子交涉好。」行昭邊說邊扭頭往回看了看，樹叢幢幢，哪裡有人，只有風的影子罷了。

這事拖不得，瀟娘不在席上，事情鬧大了，皇家的臉面沒了，方家照舊吃不了兜著走。

行昭人小，佝下腰就從樹叢裡鑽了出來，挺直了脊背，異常平靜地站定在中庭空地之上。

過往伶人突見一小娘子突兀而至，當即愣在原處，有膽子大的便花著一張臉上來行了禮，膝頭還沒屈下去，行昭便做了個手勢。神色淡定，輕聲垂詢。「你可知四皇子在哪裡？」

伶人嚇得順勢膝蓋一彎，眼神便往最西邊的那個廂房望去。

藏青色的布簾半捲，一串用小白石子做成的風鈴高高掛在門廊上，風不大，風鈴便只四下搖曳地動，卻沒響出聲。

行昭順著望過去，點點頭，走出兩步後，朝他比了個噤聲的手勢。「別亂傳，上了臺就好好唱。」眼神一斂，從那群伶人身上一一掃過，笑一笑輕聲道：「段小衣是活不成了，你們要想活，就放聰明些。」

蓮玉身形一篩，黃嬤嬤沒說錯，小娘子到底是長大了。

行昭頭也沒抬，舉步便往西廂去。沈了沈心，猛一抬手，一把撩開布簾，風鈴被風一掃，便響出了幾聲細碎的聲音。

廂房裡頭只有三個人，兩人背對而立，一人坐在左上首的太師椅上。

與其說坐，不如說癱在太師椅上。三寸寬的布條纏了幾圈綁在瀟娘的胳膊上和腿上，嘴裡還被滿滿地塞了一團青絹布，瀟娘一雙眼骨碌骨碌地轉，聽外頭有響動，便猛地抬頭，見是行昭，一雙眼便陡然亮了起來，重重地眨巴了兩下。

四皇子和那伶人也齊唰唰地往回看，一見是行昭，長長吁出一口氣後，心又懸吊吊地掛了起來。

四皇子囁嚅了唇，卻沒說出話。

行昭怒氣衝到了腦頂上，心頭一痛，好像那晚賀琰逼死母親時，讓兩個僕婦捂住她的口鼻一樣，顧不得說其他，上前兩步，準備麻溜地給瀟娘鬆綁，小娘子手還沒下來，卻被一隻手死死捏住，蓮玉衝上前來拉，男子到底力大，怎麼樣也拉不開。

「溫陽縣主先莫慌，阿憬也沒惡意的……」聲音柔柔綿綿的，軟到了骨子裡頭。

行昭順勢抬頭一看，卻是那段小衣，是和二皇子眉眼間有四、五分像，只是比二皇子更媚氣，眼波也更柔。

「放開！」行昭手一甩，段小衣便順勢鬆了手，擋在了瀟娘之前。

行昭壓下心頭火，眼神越過段小衣，看向老四，話趕著話地說：「你們困住瀟娘不讓她出去，無非是怕她往外叫，可她出來這麼長時候，皇后娘娘能不找嗎？一找找到西廂來，你們的事便算是昭告天下了，豈不和你們的目的相悖了？」

四皇子眉心擰成一道。叫瀟娘撞破內情，他壓根兒就不知道該怎麼辦！

皇宮裡只有死人不會說話，死了人，正好就地拋到太液池裡，屍體沈下去，再叫人打撈上來，也只會怪罪到小娘子走路不當心，這世間，便誰也不會曉得這件事了！

瀟娘身邊那丫頭機靈，跑得快，段小衣便再三催促他下狠手，他拿著布條也勒不下去啊，只好將這小娘子綁在椅子上，猶豫之間，卻等來了行昭！

他該怎麼辦？怎麼辦？

是立馬放了瀟娘？行昭都找過來了，就算不放瀟娘也沒有辦法了啊！

「方娘子身邊那丫頭跑得倒快，妾身琢磨著便是找您去了。皇后娘娘找過來，妾身活不成，方家娘子一輩子照樣過不好。」

四皇子沒說話，反倒是段小衣斜靠落地柱，白衣長衫垂地，彎了彎腰，媚眼如絲地望著行昭。「傷敵一千，自損八百的事，溫陽縣主會做嗎？若是放了方家娘子，方娘子再四處傳謠，方家家大勢大的，要再秋後算帳，阿憬的聲譽還要不要了？阿憬的前程還要不要了？妾身丟了一條命不要緊，下九流的一條賤命要不要都無所謂，妾身只求阿憬能活得清清白白的。」

這個戲子，倒是個人物。

行昭一仰臉，便能看見段小衣的輕薄衣衫斜斜地掛在身上，一副似笑非笑的模樣。像朵薔薇，渾身是帶著刺的美豔。

這個時候了，他還有心思來跟她談條件？

「瀟娘嘴巴嚴，武將人家出生入死重諾言，一向一言九鼎，你與四皇子的私情絕無洩漏之憂。」行昭輕抬下頷，眸光下斂看向瀟娘，瀟娘應承點頭。

行昭再一抬頭卻是直直望向四皇子，緩了聲調輕聲出言。「四哥……你我相處近二載，阿嫵是什麼樣的人，你一向知道。若當真皇后娘娘過來，這伶人被賜死事小，你又當二哥該如何自處？」

四皇子眉梢一軟，段小衣見勢不對，嘴角一抿，往前一探。「若叫方娘子立時出去也可，方娘子的貼身汗巾，阿憬要拿一條。方娘子親筆所書的信箋情話，也要留一張下來。方家若不動，這些東西自然沒有能見天日的時候，若方家有異動，就休怪阿憬無情了！妾身是下九流出身，卻也曉得義氣二字，照樣是一言九鼎。」

這是在要求行昭和方家使力氣按下此事，拿四皇子和瀟娘的名分保他自己的命！

行昭勃然大怒。

這伶人當真辱沒了像二皇子的那四、五分模樣。

行昭跨步上前，小娘子壓沈了聲，厲聲一句。「荒唐！」

「荒唐！」

行昭話音未落地，忽聞而後風捲簾幔，風鈴輕動。細碎聲響過後，便是少年郎啞啞的、另一句緊接其後的荒唐！

「將這戲子架出去！」六皇子帶了三個內侍進來，其中兩個一左一右架起段小衣，往裡間走。

行昭知機趕緊上前去給瀟娘鬆綁，四皇子情急之下拐著腳上前來擋，一張臉脹得通紅。「老六你是要造反不成？」四皇子腿瘸，幽會情郎，身邊也沒帶內侍，便揚聲喚。「來人！來人！」

外間卻無人應。

第三個內侍將四皇子與行昭隔開，四皇子到底殘疾，幾下掙脫不開，眼眶紅了紅，嘴到底沒說出更傷人的話來。

刻不容緩，行昭滿頭解繩，額上有汗，手上卻麻利得很，從繩頭三下五除二一把將布條扯了下來，快聲吩咐蓮玉。「送她上畫船，就說瀟娘與丫鬟迷了路走散了，半路遇見了妳，皇后娘娘會把這件事揭過去的。」

「船已經備好了，停在岸邊，慎也吩咐了婆子從側面繞過，盡可能不引人注目。」六皇子沈聲添了一句，待瀟娘腿腳麻利地向二人鞠了鞠便快步往外跑後，轉身和行昭緩聲說話。「妳也先回去，這裡不是小娘子該待的地方，慎與四哥好好地說說話。」

行昭扭頭去瞧四皇子，四皇子徹底頹靡地癱在了內侍的身上。

若那個段小衣願意當即放瀟娘回去，根本不會引起這麼大的波瀾，瀟娘是個識時務的，看到了也會當成沒看到，再幸運點，這件事根本就不會捅破，段小衣還能與四皇子一起生活得快活極了。

自作孽不可活，人心不足蛇吞象。

想拿方家和方皇后的把柄來要脅，段小衣一個戲子的心未免也太大了。事情如今鬧開了，以己之力根本掌不住了。

四皇子臉色白得像雪，偏偏眉黛很青，恰似一朵含愁的南山茶。

「四哥……」行昭輕聲出言。「二哥是不會知道的，段小衣心術不正，這事，歷朝歷代都有的。」她想不出詞來勸慰了，輕嘆一聲，扭身向外走。

六皇子讓內侍去送，行昭揭開簾幔，外面早已沒了來來往往、素衣白絹打扮的清雅伶人了，有的只有迴繞在耳畔邊的低吟長嘆。

晚宴是夫人們在船上用的魚膾，行昭便遣了人去道了禮。

待宴席結束時，黃昏已過，方皇后回了鳳儀殿，看不清神色，頭一句話卻是帶了些喜氣。「蕉萼白寶珠最後簪在了羅娘子的頭上。」

一下午的辰光，行昭想了又想到底該怎麼做，卻意料之外地聽見了這麼句話。

方皇后褪了外袍，鬆了鬆身子落了坐，眉梢眼角都是笑意盈盈地。「羅娘子敢說敢做，性子不軟，這白寶珠原是她與陳家小娘子在爭的，她一番話說出來倒叫陳家小娘子卻了步，『姊姊身上穿的是青碧色，配上紅色便是紅配綠，醜得哭了』，小娘子還是個性烈點好，景哥兒自立門戶，就需要能立得起的主母。」

這就把嫂嫂的人選定下來了！

行昭默了一默，微微啟唇，正想插話進去，卻聽方皇后問——

「瀟娘怎麼和蓮玉在一塊兒？去湖心島解個手都能丟，下回非得讓蔣明英跟著她不可。」

第六十五章

皇城蕭颯，雪從北方而來，落至南方而停。

這一年裡的第一場雪，原是小粒小粒地落，雪度過了漫漫長夜，被風一吹，便撲簌簌地一層蓋著一層。

皇城的最北端，掖庭狹長，灰牆肅立，一條道直挺挺地往遠方通去，通往……

究竟是通往哪裡去呢？

阿九也不知道，她從來沒有踏出過那扇門，手裡沈甸甸的，輕輕搖了搖頭，埋首拖著比她還高的木桶在雪地裡艱難地抬腳前行。

聽嬤嬤說南面的宮城裡路上不能有積雪，連雪渣子都不能有，更不能滑地——「否則貴人們就該折了腰，打了滑，一輩子翻不了身了！」

這是嬤嬤的原話。

貴人？

她們這兒僻靜荒涼得連隻蒼蠅也不來，來的都是死人或是要死的人，就連嬤嬤也沒瞧見過貴人，不對，三日前的夜裡，那個被人架著過來的，能算是貴人吧？

就算渾身是血，口鼻滲血，一雙眼睛睜也睜不開，他還是看起來像一個貴人。穿著白絹素袍，鼻梁高挺，眉修得細細也彎彎的，像初一天上的月亮，聲音柔軟，寬肩長腿，就算躺在稻草梗上，脊背也挺得直直的。

可嬤嬤說他也不是貴人。「充其量算是貴人身邊的一條狗。下九流的賤種，活著也是拖累人，上頭交代了等他死了就把他一把火燒了，燒成的灰正好可以給俺的花當養料。」

這也是嬤嬤的原話。

大雪的天，阿九身上卻全是汗，心裡頭苦得像喝下一肚子的黃連水。

他到底犯了什麼天大的錯事？死了便一了百了，還得把他給燒了，鄉下說人死後被燒成了灰，來世就要入畜生道，下輩子都要當牛做馬的。

真是可惜了那麼好的聲音。

「阿九，阿九！新來的那個不行了，妳去收一下屍。」

是嬤嬤的聲音。

阿九應了聲「欸」，俐落地把木桶放下，再在兜子上擦了擦手，小跑步過去。

一推門便看見那人撐在床沿邊上咳，頭髮長得覆面，因為時常死人，北苑的屋子每一間都會長久地蒙上一層黑紗，省得一年到頭地拿下來再縫上去。

光線昏暗，滿屋子都是甜膩的血腥氣，阿九在門口愣了愣，回了神便小跑進去，幫那人順了順背，小聲道：「公公先躺下吧，你要拿什麼？阿九幫你拿……」

那人咳得越發重了，雙手扣在床沿邊，青筋突顯。

公公？

是啊，皇宮裡只有主子們是男人，其他的男人都不算男人，沒了命根子便只能算作閹人。

他完完整整地去了，也算是他為段家做的另一樁好事了吧？

「我姓段……叫……」四個字說完，又是一陣急劇的咳嗽。

阿九心裡慌極了，連忙又去順那人的背，讓他先別說話了。

那人靠了半個身子在阿九身上，手捂著嘴咳，咳得心和肺都快出來了，咳得全身的傷被牽連，痛得渾身麻木，深吸一口氣，鼓起渾身的力氣想睜開眼，大約是冬日天涼，血與淚都被凍住了，試了試，耗盡了力氣，熱淚湧上眼頭，輕聲唱道——

「小尼姑年方二八，正青春被師父削去了頭髮，我本是男兒郎，又不是女嬌娥……」

那人聲音輕輕的，阿九身形微顫，眼裡猛地一酸，卻聽那人聲音漸小，便將頭湊近去聽，方迷迷糊糊地聽見了幾句細碎的聲音。

「我叫段如笙……笙簫的笙……不叫段小衣……這世上……世上只有一個人溫溫柔柔地喚過我小衣……可他不知道，我多麼期望，他能叫我如笙啊……如笙如笙，笙簫皆寂，十里人家……」

聲音越落越低，阿九聽不懂意思，卻悶頭哭得直抖。

臨死前的人大多都會迴光返照，他是要死了吧？

段小衣聲音漸低，熱淚沖化開了血痂，眼睛睜開了一條縫，光化在眼裡落成了一點一點的星辰，最後成了乳白的一片。

段小衣的手在床沿上摸摸索索著，總算是握到了阿九的手，提上了一口氣。「爹好賭，輸掉了咱們家的瓦房和地，弟弟要讀書，妳要嫁人，我是長兄不賣身還債能怎麼辦……可弟弟是讀書人，不能有個下九流賤籍的哥哥，妳也不能縮著一口氣嫁人……他們給你們找的人家，落的戶籍都是頂好的……你們好好過……你們好好過……哥哥在下頭看著你們，你們一定要好好地過……一定要出人頭地，上頭的人不把咱們的命當成命，咱們就一定要成人上人……」

段小衣一隻眼半睜開，一隻眼緊緊合上，臉色烏青，呼出的氣都是涼的。

阿九並不怕，手反握住他的，死死咬住唇不讓哭聲溢出來。

「我……我……我叫段……段……」

到底一句話沒來得及說出口，段小衣眼珠一瞪，腿一伸，告別世間。

阿九「哇」地一聲，仰頭張嘴大哭，口齒說不靈醒，卻仍舊努力接其後言。

「如笙！你叫段如笙！」

雪氣迷濛，白茫茫的天與地壓在一起，好乾淨。

崇文館裡，行昭出神地望著窗櫺之外，眨了眨眼，便又有一片飛雪落到了簷上，沒多久便化成了一小灘水氣。

再艱難的事最後都能塵埃落定，應邑如此，四皇子如此，可塵埃落定，白雪茫茫覆蓋下的真相，到底是什麼樣子，誰也不知道。

行昭輕輕嘆出口氣，回了神，沒再往窗櫺外瞧了。

一到冬天，糊窗欞的桃花紙便被撤了下來，換上了能擋風遮冷的幾大塊琉璃，說是琉璃，其實也只是新燒製的玻璃，宮裡頭什麼都要用最好的，若實在用不到最好的，那明面上的稱呼也必須是最好的。

崇文館的地龍燒得紅旺旺的，常先生在上頭講〈遊褒禪山記〉，一番話老是拖得又長又慢。

所幸教授課業的三個小娘子都是性情溫和的主兒，都規規矩矩地將手放在案上聽他唸書。

常先生抬了抬眸，眼神從顧青辰身上掃過，想起那日鳳儀殿罰跪傳言……好吧，就算不都是性情溫和的，也都是願意做表面工夫的。

「先生！」

綿長的唸書聲被打斷，歡宜拿著戒尺舉了舉，常先生放下書示意她說下去，小娘子抿唇笑一笑，素手纖纖指了指窗欞外。「估摸著是母妃與皇后娘娘有事吧？讓人來接我們了呢。」

行昭順其指尖向外看去，卻看見一個身量頎長，著藏青夾襖長衫，單手執油紙傘，另一隻手還拿著一柄油紙傘的六皇子周慎，落落大方地立在階上，遙遙抬了頭，衝行昭清冽一笑。

常先生回首瞧一眼更漏，大手一揮，算是放了小娘子的學了，只囑咐兩句。「世間山川河流之美，甚於天際之星辰，遊記之美在於前人之探尋。花蕊細微，花梗挺直，都是美。」

常先生喜歡留堂，這時候都還要囉嗦兩句。

行昭抿嘴笑一笑，埋頭收拾書冊。

顧青辰收拾得快走在前頭，行昭便看著她蓮步輕移地給六皇子深福了禮，眉梢眼角皆是笑的，也不知在說些什麼。

歡宜將書放在案上，也不收了，拉著行昭便快步出外，笑咪咪地接過六皇子的傘。「是母妃來尋我了嗎？」

六皇子將傘遞給歡宜，又撐了另一把。「平西侯夫人入宮來了，皇后娘娘琢磨著下學的時辰差不多了，慎正好隨母妃給皇后娘娘問安，便讓慎過來接大姊與溫陽縣主。」

顧青辰移了移步子，往這處靠了靠，六皇子又笑。「顧家妹妹還有事嗎？皇后娘娘說慈和宮晨間又有些不好，顧家妹妹不用回去看一看？」

顧青辰愣了愣，便佝身婉笑。「自是要的……」說罷，丫鬟便撐開了傘，換了小靴往外走。

小顧氏一走，行昭能感覺到歡宜渾身都鬆了。

只有兩柄傘，歡宜拿了一柄，六皇子手裡還有一柄，行昭便讓蓮玉拿傘出來，還沒開口，便聽見了六皇子說道：「雪大風急，溫陽縣主還是同慎共撐一柄傘吧，離得遠了，保不齊說的話便被風吹散了。」

他要與她說什麼？

行昭抬了抬眼，想了想，彎膝福了福身。「既是雪大風急，端王殿下千金之軀，若被風吹涼了，阿嫵難辭其咎。」一語言罷，蓮玉便知機展了傘，行昭湊身進去，笑著扭身招呼。
「還是快走些吧，歡宜姊姊不是說餓了嗎？」

歡宜挑眉望了望六皇子，壓低了聲音。「老六啊，你叫慎啊。」

話還沒落地，歡宜便笑著接過行昭話茬，撐傘追了上去。

六皇子立在廊間默上一默，隔了良久，咧嘴一笑，手握了握傘柄，終是跟了上去。

一路風雪，蓮玉撐傘砥礪前行，行昭握著暖爐走在傘下，走到半道了，歡宜才想起來書冊還放在案上沒拿，也不讓宮人去拿，只讓他們別等著她。「既是平西侯夫人來，母妃也在那處，你們就快些走，只一條，中午的胭脂鴨脯給我留點。」

這廂六皇子滿口應承，那廂行昭笑著點頭。

一時間，狹長的宮道上只剩下了兩柄素青的油紙傘，一柄上頭繪著竹青秀影，一柄素淨一片，只能看見綾絹的細小紋路。

安安靜靜地並肩走了良久，終是聽見了六皇子伴著風雪簌簌的聲音。

「段小衣死了。」

話不長，卻讓行昭猛地抬了頭，她將到六皇子的肩頭，只能從斜下方看見六皇子的眉眼，脫口而出。

「四皇子知道嗎？」問完她便後悔了。

怎麼可能不知道，十月初八出的事，晚上方皇后便從她口中知道了，事關重大，又涉及瀟娘，自然是瞞不住的，便又請了皇帝過來。皇上震怒，召來六皇子和四皇子的內侍問了個究竟，當即將四皇子拘在了小苑裡，又讓向公公親自審訊段小衣，審不出個所以然來，便將人扔到了北苑裡。

北苑是什麼地方？

是鑄下滔天錯處的宮人僕從最後的歸宿，他們決定了你的死法。

本來整個樂伎苑和當天在湖心島服侍的人都是活不成的，皇帝震怒，只有方皇后能勸住。「樂伎苑的伶人們都是不識字的，只要說不出話了，他們還能怎樣和別人說起？當日服侍的人沒有一百，也有五十，摸到點內情的頂多幾個人，更多的只有冤屈，事鬧大了，想捂都捂不住。」

方皇后出面來勸，皇帝妥協，妥協的結果便是樂伎苑幾十人齊齊失聲，事涉機密的僕從全部處死。

別人說皇家人都是福氣重的，到底沒說錯，若是福氣不重，又怎麼能壓得住這麼多的怨氣呢？

風夾雜著雪氣呼嘯而過，行昭身形一抖，她沒這麼多善心，她甚至不敢想像當時若是六皇子沒有以強硬的姿態將場面鎮住，她、瀟娘和方家最後的結局是什麼。

六皇子也沒有回這個讓行昭後悔的問句，少年郎身形頓了頓，傘往前傾了傾，不叫雪花落在小娘子的肩頭。

「二皇子不知道吧？」後語沒問出來，行昭聲音壓得低低的，她相信六皇子聽得懂。

六皇子輕輕搖頭，眉目微斂。「二哥不知道。四哥與伶人糾纏，還企圖讓忠良之後深陷險境，父皇縱然大怒，也曉得輕重緩急。這件事只有這些人知道就行了。樂伎苑上上下下都啞了，這件事瞞不過去，別人只要知道一個伶人不知輕重勾引皇子就可以了，其他的，他們不用知道得更詳細了。」

三分之一的真相，讓大多數人都信以為真，二皇子、歡宜、淑妃……都在大多數人的範圍裡，就連四皇子的養母陳德妃也是。

一向爽利的陳德妃穿著青綾素絹的衣裳，神色憔悴地坐在下首與方皇后痛心疾首地為四皇子開脫。「那孩子一向是個單純的，別人說什麼便聽什麼，他喜歡誰便掏心掏肺地對那個人好，誰對他好，他便對誰好。也怪我，他叫我母妃，我便仔仔細細地養著他，什麼事也不同他說，這不就被人哄了嗎？」

行昭在後廂靜靜聽著，心裡鬆了口氣，沒有二皇子與瀟娘的事便行了，損失已經降到了最低。

二皇子不知道便好了，否則再見四皇子時，兄弟倆又該如何相處？

行昭胸腔裡悶極了，她與方皇后說起這件事時，盡力以一種平靜的旁觀者心態去描述，可她仍舊記得當她提起二皇子時，四皇子陡然軟下去的眉眼——四皇子是真的喜歡二皇子吧。

「那便好。」

「妳讓蓮玉最近都別出鳳儀殿。」六皇子向後看了看，眼神落在離他們三步遠的蓮玉身上。「妳是皇后娘娘的嫡親外甥，又是父皇看著長大的小娘子，就算事涉皇家隱密，父皇都能軟下心腸地對妳，可蓮玉還有其婉就不一定了。一個曉得諸多機密的奴才，就算自家主子願意保她們，別人也不一定能饒過。」

行昭悶聲點點頭，陡然發現就算重來一世，世上比她聰明心細的人都多得多。

小娘子終是沒忍住，長長嘆出一口氣，斂眸輕聲問：「你與四皇子……那日都說了些什麼？」

六皇子握著傘柄的手緊了緊，骨節分明，再慢慢鬆開，油紙傘便隨之往下頓了頓。

「說了很多。有說小時候，他跛腳的時候，下人們都背地裡笑他，他失了母妃，上茶也不給他上溫茶，要嘛燙得嘴都要起泡，要嘛涼得冬天喝下去就要鬧肚子，父皇自然不知道，是二哥一手拿著馬鞭，一手拿著劍，衝到四哥屋子裡當場狠狠打了一個小內侍幾鞭子過後，情況才變得好了起來。

「也說了他住進德妃娘娘宮裡後的場景，四哥有腿疾，德妃娘娘卻還是讓四哥每日都紮馬步、打沙包，四哥吃不住，便去找二哥哭，兩兄弟又在王嬪那裡住了好些時日，父皇下了令後，四哥才又回到德妃宮中去的。」

六皇子抬頭望了望傘沿邊的那抹天，輕輕合了眼，再慢慢張開，動了動嘴唇，繼續輕聲緩語道：「是說了很多。四哥說的時候有哭有笑，可更多的是一種安於天命的知足。」

六皇子明明是很淡的口氣，卻讓行昭聽出了酸澀。

知足？

真的知足了嗎？

喜歡一個人會僅僅是知足嗎？

若是當真知足了，又怎麼會有段小衣這檔子事呢？

行昭嘴裡乾澀，以她的立場，她不知道該怎樣接話，才兩不相傷。

六皇子說這番話的神情溫和極了，讓她無端有了一種踏實感，一個堅持公道，卻仍舊願意維護兄弟的人，就算理性與冷靜，他的心裡到底還是會因為各式各樣的感情變得柔軟而貼心的吧？

兩個人並肩執傘，沿著紅牆綠瓦，緩緩前行。

雪落在傘上，再順著傘沿滑落下來，行昭的眼神便順著雪落下，最後定在了腳尖三寸之外的青石板宮磚之上。

「阿嫵覺得，這件事沒有這樣簡單……」行昭眼神未動，輕聲出言。

六皇子便順著話，輕「哦」了一聲。

行昭仰臉，靜靜地看著六皇子沈靜的側面，笑一笑。「冷靜下來，細想一想，段小衣的身世來歷，四皇子怎麼會突然選在那一天去戲臺後邊？給瀟娘指路的那個宮人是誰？段小衣那天的言行根本就是在存心激怒我，他們不該息事寧人嗎？四皇子個性溫和，段小衣能在四皇子跟前得寵，說話行止也不像是個蠢人，為什麼會選擇以那樣的方式扣下瀟娘，再激怒我？難不成他存心是想將事情鬧大，最後不好收場？若功成，誰會受益頗多？」

六皇子停下步子，眼神回暖，亦是靜靜地看著小娘子。

行昭倉皇之下，將眼神匆匆移開，加快聲調。「一條線引起的許多支點，四皇子只是一個身有殘疾且無足輕重的皇子，誰也不會花這麼大的力氣去構陷他，可若說是劍指二皇子，未免力度又有些太弱了……這一番動作根本不會對二皇子造成傷害。」

行昭一面說一面邁開了步子。

明明半炷香工夫就能走完的路，他們都快走了一炷香的辰光了。

最奇怪的是，歡宜到現在都還沒回來！

六皇子緊跟其後，想了想，正準備開口，再抬頭卻發現鳳儀殿的金簷走壁在煙霧迷濛中顯得富麗堂皇，話到嘴邊頓了一下，輕彎了彎腰，壓低聲音輕喚一句。「阿嫵……」

行昭抬頭，卻出乎意料之外地撞進了六皇子的眼眸裡，愣了半刻鐘，才聽見了六皇子的後話。

「阿嫵，看北邊。」

行昭心頭一窒，壓了壓慌張的情緒，以一種極其鎮定的方式徹底轉了身，往北邊望去。雪霧蜿蜒的皇城最北面，隱隱約約有一縷裊裊而升起的煙霧，青雲直上。

行昭不可置信地往前傾了傾，心裡模模糊糊有了答案，卻聞六皇子輕聲長嘆，緩聲緩氣之後言——

「北苑裡死的宮人數不勝數，或是草蓆一捲扔到了斜煙巷，或是收了別人錢財，便買一口薄木棺材草草埋在皇城郊外，若是上頭有吩咐的，便拿一把火，把那人燒成一抔灰……」

行昭神色半分未動，卻以沈默無言的姿態，安靜地看著那縷隱約可見的煙霧。

好像在看一個，可憐的，可悲的，人。

正殿裡暖香芬馥，方皇后於上首之位，陸淑妃坐於左下首，方祈之妻邢氏坐於右下首，邢氏口舌爽快，神色極亮地從城南的珍寶閣說到城北的絲緞坊。

「往前在西北，人們穿棉麻的多，穿綢緞的少，大抵是因為西北風沙大，好容易攢錢買了件好衣裳，穿出去一天再回來，就能變得灰撲撲的，心疼，肉更疼。」

邢氏眼風望了望門廊，便扭身笑著朝行昭招手，眼神卻望向方皇后。「天涼，小娘子還穿這麼點，也不加件大氅在身上，仔細像妳大表姊似的，吹了風著了涼。」

大表姊就是瀟娘。

「年紀輕輕總以為自個兒繃得住！」方皇后笑著接話，指了指立在行昭身邊的六皇子。「老六不也是，孩子大了，便有了自己主意了，淑妃是愁得不得了。」三個女人一齣戲，總冷不了場，圍著火苗低竄的地龍，暖光之下，相互之間話也說得熱絡極了。

行昭心緒不太好，可眼見著方皇后與邢氏都是一派風光霽月的模樣，長吁一口氣，強壓著將心沈了沈。

歡宜恰好掐著用午膳的時間回來的，親親熱熱地挨著行昭坐，細聲細氣說話。「常先生見我返回去取書，真是一張臉都笑開了花，直說『還是教遊學，小娘子們有點興趣，若擱在教聖人教誨的時候，你們是恨不得將書給撕了，此生不復相見。』」

歡宜分明是為自個兒半道拋下他們不動聲色地在做開脫。

行昭捂著嘴笑，東拉西扯地接著話。

用完膳，淑妃知趣地便帶著一雙兒女告了退，方皇后讓行昭去送，淑妃領著歡宜走在前頭不曉得在說些什麼，行昭與六皇子便落在了後面。

一道長長的宮廊都快走完了，六皇子才低聲開了腔。「是不會對二哥造成傷害，可若當日方娘子身邊的小丫頭沒來向妳求救，這件事暴露在大庭廣眾之下，阿嫵以為誰受到的傷害最大，誰獲得的利益將最為豐厚？」

行昭眼神一閃，緊接其後便聽見了淑妃溫溫柔柔的一句話。

「阿嫵快回去，外頭天涼。快過年了，我給妳繡了個香囊包，下回來重華宮取。」

行昭趕緊屈膝謝禮。

等淑妃和歡宜上了轎輦，一行人浩浩蕩蕩往東邊去，六皇子一個人跟在轎輦旁走得不急不緩，藏青的顏色走在雪色迷霧中，像遠山新雨後的竹影。

行昭在原地踟躕了幾下，終是咬了咬唇，輕提裙裾小跑追了上去，和六皇子壓低聲音，碎碎磨磨說了番話，又提著裙裾向淑妃再行了個安，便折身匆匆往鳳儀殿走。

這回輪到六皇子愣了愣，小娘子的聲音壓得低低的，甜得像街邊巷口彈花糖的聲。

「您是弟弟，四皇子是哥哥，您當日卻以強硬姿態彈壓下了此事。由古至今，帝王多疑，就怕聖上盛怒之後，回過神來便琢磨起了您的不對。鋒芒而露縱能得一時之快，蓄勢待發卻能安長久之力，您在宮裡埋下的暗樁和伏筆，手下掌握住的實力和人手，因此事全浮上檯面，阿嫵還欠您一句謝謝。」

人生最快樂的事，是當自己的好意付出被人看到、接受和感激。

嗯……要是能有反饋就更好了，他一定來者不拒。

行昭後頭的話，六皇子沒太聽清了，因為他素來清明冷靜的腦子好像在一瞬間就發了懵，渾身發熱，一路從鳳儀殿僵回了重華宮。

歡宜便似笑非笑地瞅著他，嘴裡笑著小聲和淑妃說故事。「從前啊，有枝小青梅還是個小花苞，沒開花，長在枝頭上粉嫩粉嫩的……」

六皇子面上發燙，隨手扯了椿事便給陸淑妃告辭行了安，神色鎮定極了，心裡頭卻像三月的初春——

剎那間百花齊放。

第六十六章

這廂六皇子周慎樂得像朵花，那廂的鳳儀殿內間卻靜寂得不堪重負。

方皇后招待外命婦都在正殿，以示莊重，如今卻將邢氏領進了內室，讓蔣明英守在門廊裡，薑黃的暖罩嚴嚴實實地蓋在內間裡，六扇琉璃窗前都罩上了暗紋雲絲幔布，只留了條縫，便有瑩然的雪光透了進來。

淑妃一走，邢氏的好神色便斂了斂，手疊在膝間，身子向外探了一探。「這些時日，阿祈在家不敢輕舉妄動，安國公家亭姊兒的下場，誰能忘記？瀟娘和阿嫵，如今的處境和亭姊兒何其相似，阿祈心裡頭悶了一口氣，性子上來了便有些不管不顧了，在朝堂上默了幾次，也沒見皇上的旨意，又接到您的召見，這才心裡放落了些。」

行昭被允在旁端茶送水，邢氏見方皇后不避她，眸光中含了幾分暖意，便接著說：「我心裡頭也明白，要是瀟娘和阿嫵被擺在了明面上，這事就沒個善了的結果了，如今的狀況總還算能轉圜。」

行昭心頭默了默，她的心緒不好，也是因為這事。

按照皇帝的一貫作風，處死段小衣，毒啞樂伎苑，卻獨獨放過撞破此事的瀟娘和她？

她心裡很清楚，這不可能。

事有因果輪迴，無意對亭姊兒造的孽，如今投到了自個兒和自個兒家人的身上了，能不能算是贖罪？

「只要聖旨一日沒下，事情就還有轉圜之地。」方皇后聲音放得平和，讓人無端心安。「安國公石家頹了幾代人，皇帝行事無須顧忌。可方家不一樣，只要哥哥在一天，西北方家在一天，方氏嫡女就不可能為人妾室。就算是聖旨下了，也還有翻盤的機會，嫂嫂千萬不要自亂陣腳。」

方皇后與行昭不一樣，想的角度不一樣，深度也不一樣。

方家如今遇到了和石家一樣的危機，甚至比石家的危機更大，石家選擇割臂求生，行昭卻知道方家絕對不會做出和石家一樣的選擇，底氣的差異是一個原因，更多的是一個人、一個家族的精氣神。

聽邢氏將才的意思，方祈是寧可闔家傾覆，也不願卑躬屈膝吧？

邢氏笑一笑，單手端了茶盅，茶水溫溫的，先是苦味而後回甘。

「皇上久久沒有動靜，我便叫瀟娘裝病。阿祈縱觀了一下皇上一貫的路數，要嘛是讓四皇子納成側室，要嘛是將瀟娘秘密處死，要嘛是將瀟娘遠嫁韃靼。瀟娘心也寬，回了家抱著我狠狠哭了一場。便直衝衝地表決心，『死也好，遠嫁韃靼也好，就算是吃一塹長一智，原是我蠢，中了套，我心甘情願受著。可若要我去做那瘸子的側室，不，若要我去做任何人的側室，我便去跳絳河！』我聽得心驚肉跳的，倒是阿祈聽了便大笑，連聲讚『不愧是方家的女兒。若是受這樣的折辱，為父賠上一個方家給妳！』」

邢氏邊說邊看兩人神色，方皇后與行昭神色半分未動，心裡陡然暖得跟那地龍一樣。闔家同心，便能其利斷金，什麼事做不成？什麼坎兒邁不過去？

行昭身形陡然一抖，腦子裡有個東西疾馳而過，堪堪從指縫裡溜走。

下這個套的人，給瀟娘指錯了路的人，是預先便料到了方家會是這個反應了嗎?!

若此事傳得沸沸揚揚，瀟娘的結局必定不會善終，皇家為了敷衍顏面，保不齊能將瀟娘拿來做擋箭牌！是賜死還是被四皇子收入府內，全在皇帝一念之間，方祈看似粗獷，卻倔氣得剛直，忍不下這口氣，他會做什麼？

方祈手上握兵，方皇后統領六宮，西北的邊域已經插上了方家的旗幟。

任誰看，都會覺得方家有這個底氣起兵謀反吧！

方祈會不會因為一個女兒造反，行昭一時竟然吃不準了，可為了方家被皇家折辱下的顏面和危在旦夕的親骨血，方祈也不可能穩坐在那。

廟堂之上，處事行止在於一個穩字也在一個巧字，方祈心緒不穩，方家怨聲載道，處事參奏便絕不可能如往常一樣沈穩。

皇帝對方家的態度，會因為方家自身的反應而發生改變，對一個武將最致命的是什麼？不對，對於任何一個臣子最致命的是什麼？

是君臣隔閡！

方家不是石家，一個人手上沒有太多東西自然不怕別人把東西搶走，可方家有足夠多的、能讓皇帝一怒之下奪走的東西，奪到最後，便什麼也不剩了，就像石家一樣。

下套之人只需坐山觀虎鬥，靜待其錯處，揪在手裡便可致命一擊！

行昭渾身顫慄，那人深知方祈秉性，六司那麼大，一定有他的人在宮裡埋下暗樁，方家被鬥下了，誰又能乘勝而上？

行昭腦海裡第一個浮現的就是顧家，沒一會兒便被劃去了名號，顧家靠女人起家，富貴了不過三代，有什麼能力再布下這個局！難道是陳家？陳媛嫁給四皇子，若是四皇子斷袖之癖昭告天下，按照皇帝的個性一定會從其他的方面來補償陳家，是再升一層還是應到陳婼的婚事上，陳家捨了一個女兒博取了皇帝同情，卻獲得了一個家族的榮耀。

「若實在不放心，就早早將瀟娘嫁回西北去，在西北總能護她一輩子。」方皇后仍舊在同邢氏說話，餘光瞥見小娘子手執茶壺身形頓了良久，輕聲喚了喚。「阿嫵……阿嫵……」

行昭一個激靈，回了神來，衝口而出。「表姊不能嫁回西北！」

行昭頓了頓，抿了抿唇，眉心擰緊，垂首先將茶壺輕擱在木案之上。「此事涉及太深，四皇子再不成器，也是皇上的親兒子。若是方家專斷獨行，在皇上做出反應之前，擅作主張將表姊匆匆拔出泥潭，天子一怒，伏屍千里！」

「阿嫵以為該如何行事？」方皇后目光清明，輕頷螓首，問向小娘子。

邢氏也隨方皇后看了過來。

小娘子沈聲，逐字逐句。「事已至此，硬扛無益。舅舅會爭一口氣，皇帝同樣會爭一口氣，兩個都在火頭上，皇上或許還會藉機生事，別忘了舅舅如今身在定京城中。與其硬扛，不如自斷臂膀，以最大的誠意換得方家的安定。」

方皇后譁然，邢氏默了一默，又留坐了一會兒，待香爐裡燃起的沉水香漸漸斷了煙火，味慢慢淡了下去時，邢氏起身告退，行昭照舊送她至狹長宮道之中。

隆冬的第一場雪，也是今年的最後一場雪到底是停了，沒了紛紛擾擾落下的雪花，行昭將邢氏的神色看得清楚極了。

邢氏摟了摟小娘子，壓低聲音溫言軟語。「瀟娘託舅母同阿嫵說聲謝謝……」話到這裡窒了窒，彎腰附耳輕言。「連累阿嫵也被牽扯進了險境，瀟娘如今愧疚得不像話。」

到底是豁達天性，邢氏這時候還願意同行昭玩笑幾句。「瀟娘說阿嫵那天神氣極了，同那人動之以情、曉之以理的，卻沒想到拳頭大才是硬道理，還虧得端王殿下救場。」

行昭臉上紅了一紅，她素來知道自己其實沒有多少急智，魄力更不如方皇后，所以重生之後，她才會養成遇事多想三分的習性——我不能很好地解決難題，總能預想一下局面吧？所以方皇后說她只能當狗頭軍師，不能當先鋒兵。

邢氏見小娘子紅彤彤的一張臉，心緒陡然開闊起來，笑著掐了掐行昭的臉蛋，又叮囑。「妳舅舅唸叨妳了許久，上元節來雨花巷吧。讓桓哥兒帶妳去放花燈。」

行昭一雙眼睇著笑，重重地點了幾下頭。

年關將至，除夕晚上家宴，歌舞昇平，華燈初上之時，比上一年，筵席又少了一個人。

二皇子對四皇子之事有所耳聞，便藉著酒勁在皇帝面前求情。「和一個戲子攪在一起也不是個什麼大事，哪朝哪代沒有？四弟到底還小，又還沒成家立室，等翻了年娶了媳婦兒，慢慢就懂事了。阿恪求求父皇，將四弟給放出來吧。」

二皇子一提起這事，行昭的手都涼了，再抬頭看六皇子，老六周慎正端著壺酒盅，手指一緊，便骨節分明。

皇帝存心想壓的事，沒有壓不住的。

二皇子只聽說了四皇子與一個伶人不清不楚，卻不知道那個伶人四、五分長得像他，要是知道了，會怎麼樣呢？

行昭搖了搖腦袋，明明都自顧不暇，還有心思去想別人的事，當真是閒得慌。

知曉內情的幾個人默了下來，皇帝瞅了眼六皇子後，便讓人送二皇子回寢宮歇息了。

「老二醉了，送回王嬪那處去。」

王嬪沒驚訝，反倒是陳德妃大驚失色，當下戰戰兢兢地將眼眶裡的眼淚給收了回去。

家宴之後，本是除夕之夜，皇帝卻沒往鳳儀殿來，反倒獨宿儀元殿。

大約是喝了酒的緣故，方皇后看上去興致比往常要高些，讓其婉帶著小宮人們在中庭裡踏雪翻花玩，碧玉大方，俏生生地立在中庭裡，迎著月色亮開嗓子唱了首歌。

碧玉是餘杭人，拿家鄉話唱的，歌裡頭的意思其實聽不太明白，可小宮女們笑著拍掌鼓勁之後，全都默了下來。

方皇后也默了默，先吩咐蔣明英親自往儀元殿送了盅熱湯還有軟緞被面去，又讓人加了床被褥，說是「翻了年，阿嫵便十歲了，是大姑娘了，今兒個挨著姨母睡可好？」

方皇后明明和方福長得不像，可柔下聲調來說話，看在行昭眼裡卻是一模一樣的。

正月初一守家門，淑妃遣人給行昭送了壓歲錢來，拿大紅包裝著，裝了一疊，那宮人行昭也認識，是淑妃身邊第一得力的，說話說得喜慶極了。

「小娘子長大了，胭脂水粉、翡翠頭面的都缺不了，拿著錢要買糖就買糖，要買衣裳就買衣裳，索性買著玩。」

行昭先笑著道了謝，打開來看，一看是一小疊一百兩的銀票，數來數去差不多得有一千兩上下。行昭拿著十分燙手，她是以小富婆的名號在宮裡頭所向披靡，可她也從來沒收過這麼多的壓歲錢啊！

淑妃一年的俸祿才一千八百兩，六皇子封了王，可也是住在宮裡頭的，一年三千兩的俸祿，皇帝沒給，全叫戶部給存著，淑妃卻讓她拿一千兩買糖吃。

就算行昭滿心都是事，仍舊不可抑制地想一想，陸淑妃那樣溫溫柔柔的人手裡數著一堆銀票，然後往前一摞，財大氣粗又斜眉橫眼地讓自家親眷「可使勁地玩！沒錢了，有老娘頂著的」的模樣。

行昭隨即抖了抖身形，抖出一身冷汗來。

蓮玉趕忙去翻庫房，翻來翻去也翻不到合適的東西給歡宜送過去，最後驚動了方皇后。方皇后笑著讓她收下，卻開了自己的庫房，選了兩尊實心的赤金擺件送到重華宮去，行昭這下才安了心。

這個年沒過好，皇帝按兵不動，等待方家自己先開價，連方皇后這處都沒來。

一連幾天要嘛獨宿，要嘛宿在顧婕妤處，要嘛宿在孫貴人處，孫貴人更懂事些，侍寢過後的第二天，一大清早就來問早禮，還帶著幾朵自個兒親手紮的鮮麗絹花，方皇后笑呵呵地讓她服侍著簪在了自己的鬢間，孫貴人便長長地鬆了一口氣。

行昭安安分分地候在瑰意閣裡，到了初七，便候到了預料之中，意料之外的消息。

就著清水抿了抿鬢角，輕撚裙裾，穿過遊廊便到了鳳儀殿暖閣之外，方皇后的聲音很輕，帶著些如釋重負。

「早朝上平西侯解了虎符，恭恭敬敬地雙手奉上交呈給了皇上？」

行昭手撐在朱漆落地柱上靜了靜，心頭五味雜陳。都是做父親的，有人對自家骨血棄之如敝屣，有人卻願意以竭力相護。

西北方家軍靠的是家傳虎符和方家的名聲威望而行，方祈將虎符上呈皇帝，無疑是在表達一個訊息——他願意用西北的兵權，換回瀟娘的平安。

自斷臂膀，是行昭的主意，當時她反覆想了又想，方家的立身之本在西北，若是拿方家軍的兵權去交易，會不會太過冒險？可如果不拿出十足的誠意，被人設套挑起的君臣隔閡，是不會自己修復的。

方皇后一句話打消了顧慮。「方家立在西北這麼多年，不是平白立著的，那些將士們是更願意聽哥哥的話還是更願意聽一只虎符的話，這點把握還是有的。」

時人立世，講究一個忠義誠孝，武將更甚。

文死諫，武死戰，流芳千古，聞名於世。

方祈沒死在戰場上，他也不能毀在朝堂爭鬥中。

虎符算什麼？方家真正的財富是在西北一呼百應的氣勢，可方祈、桓哥兒、方皇后都身在定京，離了西北那一畝三分地，就像沒了翅膀的鷹。他們是身處定京，可方家的外甥賀行景卻掌著兵權在外翺翔高飛！

暖閣裡，方皇后大約是得到了蔣明英的肯定回答，語氣變得謹慎了些。「皇上怎麼說？」

蔣明英恭謹垂首，交手而立，輕輕搖了搖頭。

行昭立在外廊，再沒聽見後文了，蓮玉動了動眼神，行昭長吁一口氣輕輕搖了搖頭，轉身而去。

一連幾日，方祈都或明或暗地想將虎符呈交出來，皇帝都不為所動。終是到了第四日，皇帝收了虎符，緊接著下派了幾道聖旨，蔣千戶擢升西北指揮僉事，又領五縣衛所協領之職，即刻往西北去。

蔣千戶是誰？

是方祈嫡系中的嫡系，是方祈最忠誠的下屬！

方皇后聽此信息，朗聲大笑，讓蔣明英將埋在中庭柏樹下的一壺陳年桃花釀起出來，手執琉璃杯，暢飲三百回。

方家捨了虎符，換了個掌實權的僉事，看在外人眼裡還是會品評一句划不來。可有時候吃虧是福，方家氣盛，自己壓一壓，總比別人來幫你壓好吧？

自己吃虧是吃，吃得甘之如飴，別人壓著你吃虧就是丟了面子吃黃連。蔣千戶收拾行裝一走，鳳儀殿就開始著手準備採查，到底是誰壓著方家吃了這麼個虧了！

年味常常是在初一濃一回，十五再濃上一回。

宮裡頭的煙火一飛衝天，衝得老高，就算綻開成一朵光怪陸離的花，旁人始終也能從火星子裡頭瞧出悲涼的意味。

可定京城裡華燈初上的大街小巷不同，熱熱鬧鬧，熙熙攘攘，人挨著人比肩接踵地過，滿耳都是帶了兒化音的京裡話，京裡話敞亮開闊，一句話就像在糍粑上拿棒槌重重打了一下，平白無故就帶了些暖糯的甜香。

行昭笑吟吟地側過身，車窗的紗簾薄薄一層，透過紗簾看出去，根本瞧不出來這已經是入暮的天了，街巷兩邊有攤販一個挨著一個架起竹架子來，上頭一層一層地直直垂下花燈，有繪著畫的，有拿素絹糊的，也有拿堂紙糊的，全都亮著，將天際映襯得亮如白晝。

「要過莫愁橋了，過了橋馬車便不讓走了，下車的時候兩個小丫頭記得戴幃帽。」

是桓哥兒的聲音，又聽他後言。「妳們吃不吃黃糖湯圓？橋上老趙頭的黃糖湯圓好吃，拿黃糖熬的，湯圓表皮硬酥酥的，一咬開裡頭就能吃到黑芝麻餡，餡裡沒放糖，芝麻已經夠香了。」

行昭腦門一股汗。她當初怎麼會瞎了眼以為桓哥兒是一個沈穩寡言的好兒郎？

一路上就聽他說吃的了，從順真門旁邊的豆腐花是甜的好吃還是鹹的好吃，說到這莫愁橋上的黃糖湯圓，她一個兩世加起來在這定京城裡活了幾十年的老骨頭，都不知道一路還能有這麼多好吃的。

說起豆腐花……

桓哥兒為了讓她說到底是鹹的好吃還是甜的好吃，各買了一大碗，眼瞅著她喝完，又巴巴地問她結果，行昭覺得那兩碗豆腐花至今還活在她的肚子裡。

「阿嫵不吃！」行昭當機立斷，扭頭問瀟娘。「表姊要不要吃黃糖湯圓？」

瀟娘身子緊了緊，面上愣一愣，便直擺手。

瀟娘個性一向大大咧咧，神色很難得會有沈下來的時候，永遠都是眉飛色舞著，整個人的氣質都不同於定京城裡的小娘子們，能讓人看著便歡喜起來，連歡宜都在說——「妳家表姊俐俐落落地說句話，我便不由自主地想笑。」

一個能讓別人歡喜起來的人，若自個兒都不歡喜了，又該怎麼辦呢？

行昭便揚聲回了桓哥兒。「都不吃！」又佝下身輕輕握了握瀟娘的手，並沒開口。

上元節小輩們去瞧花燈，原是邢氏的主意，方皇后卻十分贊同。「打發桓哥兒照顧兩個妹子，京裡的小娘子活得憋屈，一年就那麼一天能大大方方走在道上，不論門第，不論出身，就當去透口氣。」

背過身，便遞信讓方祈備好人馬，暗中護著。

是要護著誰？

行昭抬了抬頭，正好看見瀟娘英氣十足的眉鬢，心頭嘆了嘆。方皇后根本也不信任皇帝。

馬車踢踢踏踏地過，臨近莫愁橋了，聲音陡然變得更喧譁。

嘈雜、喧鬧，卻歡樂。

行昭揚了揚嘴角，拉了瀟娘笑呵呵地扶過其婉下了馬車。

蓮玉和蓮蓉都沒跟著來。行昭大手一揮讓兩個人都回家裡去看看，蓮玉的寡母住在外頭。蓮蓉一家子都在臨安侯府，蓮蓉愁了愁，又琢磨了下意思，便麻利地將行昭備下的四色禮盒給提溜走了。

一下馬車，原本在紗簾中朦朧的場景瞬間變得清晰起來，暖黃的燈光，波光粼粼的絳河，浮在河上成荷花形的河燈，三三兩兩隨波逐流。

過了莫愁橋，往回走的人自發地走在了左邊，往裡去的人便走在右側，桓哥兒將兩個妹妹護在身後，小步小步地隨著人流走，行昭瞪大了眼睛，幾乎歡喜得快要哭出來。

人貼著人走，衣角帶過別人的衣角，穿著打補丁卻乾乾淨淨的小襖的小娘子們咧嘴笑著，嗓門洪亮地說著話，手裡或是攥著一盞花燈，或是提著一個小燈籠，腰肢柔軟，眼眸明亮地三三兩兩湊在一起走在人群裡。

兩世加在一起，行昭都未曾有過這樣的體驗。

不用擔心誰會在背後放冷箭，也不用擔心靠在自己身邊的那個人其實是別有用心，更不用擔心走錯了一步路、說錯了一句話，就陷入萬劫不復的深淵。

她好像明白了為什麼方皇后執意讓她與瀟娘出來走走了。

人聲喧闐，行昭想同瀟娘說話只好佝下頭，將聲量提得比往常大三倍。

「其實咱們應當買碗黃糖湯圓來吃的，一路走過去，肚子鐵定又會餓！」

瀟娘處在西北沒見過這樣的場景，歡喜起來，笑著重重點頭。「沒事！過了這個巷口，哥哥肯定還找得到更好吃的！」

說得桓哥兒像隻嗅覺靈敏的……狗。

行昭哈哈大笑起來。

桓哥兒也跟著笑，直愣愣地點頭。「沒錯！過了巷口有家賣餛飩的小攤，好吃極了，餛飩餡裡有木耳和馬蹄果，湯裡下了蝦米和海菜，好吃。」

桓哥兒吃什麼都覺得好吃。

行昭仰頭笑得止不住，隨著人群慢慢梭梭地總算是磨到了河岸邊上，瞧了瞧，總算是有個自個兒知道的了，投桃報李伸手挨個兒指過去，笑說：「那個拿絹花和燈籠搭了並蒂蓮的燈樓是中山侯劉家的，他們家在定京生意場上混跡，胭脂水粉的小本生意也做，紙張綢緞的賺錢生意也做，是定京的財神爺！」又指了旁邊那個做成八仙過海模樣的燈樓，想了想便說：「那鐵定是戶部黎大人家的燈樓，他們家的老太太看戲的時候就鍾情何仙姑。」

行昭手移到最右邊，瀟娘便捂嘴笑。「那是我們家的！做的是烏金馬鞭！工匠問了又問到底該怎麼做，愁得連飯也吃不下去，爹爹便一個馬鞭抽到地上，惡狠狠地說『馬鞭就長這個模樣。看清楚了沒！』倒把工匠們嚇得反而一連吃了三碗飯。」

方家烏金馬鞭的燈樓……呃，怎麼說呢……很別致，一眼瞅過去就能瞅見。

行昭腹誹，那肯定能瞅見啊，一排的花兒果兒，花團錦簇的，方家特立獨行一支鞭……不過要是瀟娘不說是馬鞭，行昭準以為，誰家栽了枝何首烏在地裡頭！

一溜神的工夫，桓哥兒便端了碗還冒著熱氣的餛飩過來。既然是路邊小攤，用的碗，拿的勺鐵定都是路邊小攤的模樣。行昭笑咪咪地捧著這只豁了個口的土瓷碗，和瀟娘一人一支小木勺，躲在店家的簷下，鼓著腮幫子，邊吹邊吃。

咬了口在嘴裡，是素三鮮，只有木耳、馬蹄還有藕丁，連蝦皮都沒放，卻仍舊鮮極了。是桓哥兒特意叮囑的吧？

行昭「呼呼」吹散了蒙在眼底的熱氣，一口一個將餛飩吃下去，又就著碗沿大口喝了熱湯，一下子喉嚨、心裡、身子全都暖和了起來。

還沒將碗放下，就聽見身後有人在喚著阿嫵。行昭扭頭去看，卻是二皇子從河邊過來。

二皇子一張臉笑得跟朵綻開了的花似的，揪了揪行昭的小鬏鬏。「皇……妳家姨母也捨得放妳出來？」又笑著揚手給桓哥兒打了招呼，和瀟娘頷首示意，往後頭看了看。「怎麼沒見老六？」還沒等行昭回話，又迅速轉了話頭，自來熟地搭上了桓哥兒的肩膀。「走，我領你們去吃醬肘子，晉國公家最近有些不太平，哥哥邊吃邊說給你聽？」

一番話變了三個主題，最後還是落在了說八卦上！

二皇子對家長裡短，是真愛啊，他上輩子一定是茶館裡說書的。

行昭仰臉笑，正了正紮著的小鬏鬏，福了福身，只接了他最後的話。「將才吃完餛飩又喝了豆腐花，再吃醬肘子，膩得慌。」偏頭往後瞅了瞅，方皇后沒邀歡宜也沒邀六皇子，到底是天家血脈，擔不起半點差池，何況江南官場的那樁事還沒了結，雪融起水，江南若是又發水澇，那一群官員挨個兒去投江也解不了皇帝怒氣了。

六皇子被這事一牽扯，連重華宮這幾日都沒大回，怎麼可能出來看燈？和二皇子一道來瞧燈的人是誰呢？

行昭抿抿嘴，抬手牽住瀟娘。「您就這麼一人來瞧燈啊？也不嫌悶得慌？」

二皇子手腳蹦了蹦，朗聲笑著打哈哈。「哪兒能啊！呼朋喚友的，總能找著人一道瞧燈。你們好好玩，若是宵禁了，便拿我的牌子回宮。」

行昭默上一默，再探出半個身子朝二皇子身後瞅上一瞅，那幾個僕從簇擁在中央的身形，分明就是石家亭姊兒。

男人的石頭心腸終會被女兒家的繞指柔腸變成憐憫。憐憫之後呢？

行昭心裡頭嘆了嘆，這個世間本來就對女子不公平，否則又哪裡來那麼多，既見君子，云胡不喜呢？

乘著馬車打道回宮時，行昭透過紗簾，一眼便瞧見了一盞花燈高高懸在竹架子上，素淨得很，青絹之上只有一行大雁從南往北而歸。

寂寥筆墨，大雁歸。

蓮玉與蓮蓉一早便回了瑰意閣，蓮蓉附耳同行昭低低說了幾句話，行昭還沒來得及做出反應，便有小宮人提了盞花燈進來，口裡說著。「是重華宮送來給溫陽縣主把玩的。」

行昭一抬頭，眼簾裡便映入了其上那行大雁寥寥幾筆的模樣。

這分明就是最後落入行昭眼中的那盞花燈。

第六十七章

「祖……臨安侯太夫人近來身子舒爽些了？」既見了陳顯陳閣老的妻室，也有顧夫人來請過安，蓮蓉回家一趟不容易，回來時被榮壽堂的嬤嬤構陷她順手偷了東西，還是二夫人出手相助，這才脫了身。聽蓮蓉說，她的老子娘在府裡也失了勢，好歹二夫人還願意幫襯，後院裡頭除卻太夫人又沒個正經主子在了，日子倒也過得去。

蓮蓉回去一趟，跟進了龍潭虎穴似的，和老子娘說完話，有人拽著不許她走，有人撒潑來打她，還是二夫人出面才平定下的局面。

賀太夫人這回沒反應過來，反倒讓行昭搶了先。順勢請蔣明英去賀家討了蓮蓉一家子的賣身契，打著給溫陽縣主在外頭辦事的名號，在自家要一房奴僕算不得什麼大事吧？

行昭想一想有些後怕，若叫賀太夫人下了先手，拿捏住了蓮蓉一家子，蓮蓉或許也會反水吧？

可做主子的不能叫下頭人看誰家的籌碼大，再決定為誰忠心，索性將所有的籌碼全攏過來，別讓機會去考驗人心的忠心有幾成，這也是方皇后教導過她的。

過了上元節，日頭漸漸暖起來，六扇窗櫺都支起了角。

宮裡頭喜歡雙數，雙喜臨門，八仙過海，六六大順。連幾個活下來的皇子都是二、四、六排下來的，是不是真是雙數更吉利些？

行昭眸光閃了閃，邊說邊將眼神收了回來。「母親去後，祖母稱病稱了近兩年，哥哥外放去了福建，榮壽堂的大門才重新打開，看著長房嫡孫使盡招數只是為了不認祖歸宗，想是慌了吧。」

三年孝期一過，行景回京，火速訂親成家，更有理由不回臨安侯府了。

賀太夫人這才看清楚，兒子不可靠，就想著要把孫子攥在手心裡了。

怎麼攥？

景哥兒的底氣和靠山是方家，一步步地蠶食下去，方家先失兵權，再失聖心，當靠山自顧不暇，又到哪裡去顧忌自家的外甥！

不得不說，賀琰連他娘的半點心機和看一知三的本事都沒學到。

「獨木難成林，賀家憑一家之力做不成這件事，先要洞悉老四的隱密心思。再找到段小衣，將段小衣送進宮來，最後把握時機誤導瀟娘。」方皇后語氣淡淡的，邊說邊剝了個糖炒栗子，探身塞到行昭嘴裡。「宮裡宮外要面面俱到，找人塞人要做得輕絲暗縫，就連皇帝的反應和方家的反應都要一一算到。顧家是有個顧太后在宮裡頭撐著，可癱得連話也說不太清楚，顧青辰和顧婕妤能做什麼名堂來？陳家倒是很有動機，陳媛是悉心教導的嫡長女配了個沒出息的皇子，對陳家沒多大益處；但攪黃這樁親事沒可能，盡可勾起皇帝的愧疚再尋機哭上一哭表表忠心，皇帝是鐵定心軟的。至於臨安侯家……」

方皇后頓了一頓，手上沒閒著，麻利地又剝了個栗子順手餵食。「全定京城裡最恨咱們家的，怕就是賀家了。賀家太夫人要是沒攪和，我就把這栗子殼給吞進去。」

一個栗子還沒來得及嚼完，又來一個。

栗子香香糯糯的，一口咬下去又綿又軟，行昭邊嚼邊點頭。「走過的路都會有腳印子在，做過的事總會有蛛絲馬跡，慢慢查下去，早晚能查到。」好容易嚼完嚥下去，這才又開口說話。「反正您不查，儀元殿也不能閒著。」

到底是自家兒子，就算尚存一絲疑竇，皇帝都要查下去，可行昭很懷疑究竟能查出個什麼名堂來？

走過的路是會留下印子，可大雪一覆過去，就什麼也瞧不見了。做過的事毀屍滅跡之後，便什麼也找不到了。要不然那日段小衣怎麼會慫恿四皇子乾脆對瀟娘下狠手呢？矛盾激化是一個原因，可他未嘗就沒有閃過一絲一了百了，收手甘休的念頭。

行昭的懷疑在晚間就得到了證實。

「段小衣出身莊戶人家，家在皖州，是家中長子，下頭還有一弟一妹，因為段老漢是個好賭的，輸了田地又欠了賭債，便索性將段小衣賣到了戲班子，拿了筆錢，又輸了個精光，便被追債的打死了。下頭的弟弟和妹妹都在饑荒裡餓死了，段小衣獨條條一個人跟著戲班子來了定京，被樂伎苑的採買相中的，便又被買進了宮裡。」

蔣明英神色顯得很平靜，站如松、坐如鐘，很有鳳儀殿第一女官的架勢。默了默，第一女官的臉上出現了動靜。「至於給方娘子指路的宮人，按照方娘子所說的體貌特徵，來來回回找了幾圈，東六宮、西六宮、六司的宮人、內務府的宮人，哪處都找了，皇上要將這事壓下去，我們便只好暗中去尋去比對，可哪一個都不像。」

主子交代下來的任務沒辦好，這就是她的不力。

段小衣的身世聽上去好清白，活脫脫的是一個苦命的、最後走錯了道的小郎君，可任誰心裡都清楚，這並不可能。

方皇后默上一默，卻陡然聽見懸腕練字，坐在炕上的小娘子清清冷冷的話。

「活人不好找，死人好找。蔣姑姑去找一找從十月初八之後，各個宮裡報到六司的去世的宮人，或是暴斃而亡，或是纏綿病榻最後撒手人寰的，或是因意外身死的，都要尋上一番。」

如果活人堆裡沒有，那會不會已經卸磨殺驢了呢？

宮裡頭死個人容易得很，茶上燙了，四十個杖責賞下來，半條命就沒了，天寒地凍的再被人甩到沒地避風的屋簷下凍上幾天，另半條命又沒了，任誰也不會為他叫上一聲屈。

方皇后執掌後宮之後，這個風氣止住了，哪個宮死了人要先去六司報個信，上了冊子查明了緣由之後，才准重新撥人去那宮裡服侍，算是對風氣的對抗，可也是種無奈的妥協。

蔣明英回了神，眼眸一亮，連聲稱諾。

方皇后便笑。「西北有句話叫跟著好人學好人，跟著算卦學跳神。歡宜和老六都是聰明的，日日攪和在一起，倒還是有好處，至少心智有提升。」

行昭動了動眼色，筆尖一動，筆劃往外一撇，像極了那盞花燈上那一行裡墨色的大雁。

六皇子周慎根本就沒出宮，更沒和她一起逛燈會，怎麼就能送了一盞她心喜的一模一樣的花燈來瑰意閣？

她感覺自己提升了的心智又有些不夠用了，乾脆搖了搖頭，將筆擱在一旁，手撐在盤成八字的雙腿上，探出半個身子輕聲問方皇后。「姨母，您覺得您活得憋屈嗎？日日謀劃，防不勝防的。」

方皇后端著茶盅愣了愣，眼睛定在袖口上一層覆著一層精緻得不像話的花樣子上。

「憋屈？我不憋屈。有人的地方就有爭鬥，饑荒裡和自己兒子搶飯吃的人少了？書塾裡妳唸得好，就一定有人奮起直追要比妳唸得更好。莊戶人家的女人們要憂愁田地生計，高門大戶的女人們要主持好中饋，打理好後院。人無遠慮，必有近憂，每個人都在掙扎，不可能事事順遂的。傻子都知道宮裡頭吃人不吐骨頭，我是皇后，是豎在別人眼前的靶子，別人不瞅準我打，瞅誰打？沒要我去耕田種地掙生活，就讓我換種方式拚力氣，想一想，其實上蒼很公平的。」

過著更尊貴的生活，就要承受波及面更廣的風險。方皇后是這個意思吧？

可惜過哪種生活，從來就不是自己能選，可是人還能選自己該怎麼過下去。

行昭斂了斂眸，一回瑰意閣就讓其婉把那盞花燈從樑上取下來。放進庫房裡了。

第二天一大早，趕在行早禮之前，蔣明英捏了一張單子神色不太對勁地進了內廂，行昭正陪著方皇后用早膳，聽蔣明英沈下聲來一鼓作氣地回稟，便不由自主地放了銀箸。

「從十月初八至今，東、西六宮共有十三個宮人過世，篩了又篩，符合方娘子描述的，只有一個。」

行昭屏氣凝神。

「可……可那個宮人是陳德妃宮裡的人，在十月初十，掛燈籠的時候不小心從高處摔下來，摔到了頸部，當場就死了。」

德妃宮裡的人！

說出去皇帝會信嗎？

陳德妃是四皇子的養母，養了五、六年了，母子情分一向很融洽，德妃就指著皇帝殯天之後，四皇子開了府接她出去養老呢，她會設個套為了打擊方家，而讓四皇子去鑽？

「那個宮人的來歷呢？」行昭的聲音也沈了下來。

蔣明英堪堪鬆了口氣，抬了抬下頷。「那個宮人是十年前入的宮，入宮的時候才六歲，因為年歲小一直在浣衣巷裡當差，後來認了個師傅總算是領到了體面的差事，她師傅去了之後，她便去了德妃宮裡當差……哦，她師傅往前是伺候過賀皇后的宮人。」

行昭大愕之後，竟然有種如釋重負之感。

這不就對上了！

段小衣是皖州人，陳家是皖南世家，按得下也捧得起。

賀皇后執掌後宮多少年？威信有多高？看看她編撰的那本《女訓》吧，就算死後想留下勢力在宮中，她也能做到。賀家就算頹了，百年世家的名聲也不是白叫的！

皇帝沒明說，證據沒確鑿，賀家就還能苟延殘喘，伺機而動。

陳家找人送進宮來，或許目的很單純，只是想挑出四皇子錯處，以家族女子的犧牲得到更大的利益，而賀家卻利用這個時機，乘亂布下了一局棋，劍指瀟娘，意在方祈。

行昭看了方皇后一眼，突然覺得這個虧沒白吃，各家的意圖都能管中窺豹了，在方家難得鬆懈的時候，別家的盤算和角力已經在進行了。

前世的陳家靠著從龍之功成為贏家，賀家與其並肩而立。

卻沒想這一世，陳家與賀家的結盟，如今便已初現端倪。

此番角逐都是小試牛刀，從微處著手，過後的爭儲之戰，才是一場腥風血雨。

一不留神就過了三月，方福就是在這樣一個草長鶯飛的時節過的世，瑰意閣闢了一個小佛堂，拿青竹紮了籬笆，豎在濕意熙攘的泥裡，裡面青煙綿繞，檀香細密的味道好像每一個地方都能滲得進去。

行昭跪在蒲團上，輕合上眼，心裡長長舒出一口氣，心緒好像比往常更安寧了些。

世人皆道，怨懟能更為長久地活在這世間。當人滿足的時候，欣喜與歡快常常只會曇花一現，而一旦心生怨懟後，便像長了幾百年的樹木，根深柢固地牢牢存活於血脈之中。

是啊，痛了才會更深刻地記住，可這樣……未免也太悲觀了點。

行昭緩緩睜了眼，起了身，再恭恭敬敬地敬了三炷香。

瑰意閣離鳳儀殿不過一條長廊，走在簷下，時不時有面生的小宮人在引領下畏畏縮縮地行禮。「溫陽縣主安好……」說完這六個字，冥思苦想後好像再也刨不出可以說的話了。

行昭停了步子，先讓小宮人起了身，便笑著問蓮玉。「春選的宮人不是五月領差事嗎？怎麼還這樣小就來當差了？」

是好小啊，就連行昭看過去都只能俯視，只有七、八歲吧？

蓮玉笑一笑，回得言簡意賅。「各宮都缺人，只好抓緊調教。」

方皇后藉陳德妃宮裡那個宮人的由頭，闔宮開了恩，徹徹底底地將往前殘留下來的死角清了出去，便再選一批年紀輕的進來，新舊汰換，是舊勢的大換血，也是新、舊勢力的對抗和交鋒。

臥榻之側，豈容他人鼾睡？

行昭點點頭，從兜裡掏了幾個金錁子出來賞個小丫頭一人一個，有個絞了平劉海、眼睛大大的丫頭怯生生地伸手出來接了，還曉得深屈膝福禮，一雙眼睛藏在劉海裡，轉來轉去像隻剛斷奶的貓。

行昭便笑。「妳叫什麼名字？哪裡人啊？」

那丫頭手裡攥了攥金錁子，聲音放得柔柔的，奶聲奶氣。「我叫虞寶兒，是皖州人……」

領著這三個丫頭的是碧婉，同碧玉一個字輩的，當下一驚，趕緊出聲斥責。「規矩都忘了！再給溫陽縣主說一遍，妳叫什麼？」

「奴婢喚作寶兒……」小丫頭想哭卻不敢哭，身形瑟縮一下，往後一靠。

宮裡當差的宮女哪兒有姓氏啊，除非妳飛黃騰達了，爬上了龍床，封號前面就是妳光宗耀祖的姓氏；要不然就是妳死了，墓碑上能再見到妳姓什麼。

碧婉便將她掩在了後頭，滿臉是笑同行昭福了福身，解釋道：「這一群都是從皖州僻靜點的小山鄉裡面選出來的，沒多少見識。小丫頭才進宮在您跟前出錯倒沒什麼，若是拖到外頭出了錯，那就不得了了。」

合著是在她跟前練練手。

行昭抿嘴笑一笑，再瞅了瞅那小丫頭，長得亮眉亮眼的，一股孩子氣，眼裡霧霧濛濛一片，怕是沒理解到碧婉的回護之意。

「跟著妳碧婉姊姊邊當差邊學，若學得好，便求了皇后娘娘，將妳要到瑰意閣來伺候。」

碧婉大喜，連忙攛掇寶兒去行大禮叩謝，在鳳儀殿伺候的宮人走出去本就高人一等了。可什麼樣的人能進鳳儀殿？長相好，出身清白，手腳麻利，腦子機靈，每天一句話要翻來覆去想多少遍，才能抱著自己全部身家半挨著枕頭睡過去。在瑰意閣又不一樣了，只要不越過底線，溫陽縣主寬和得很。

底線是什麼？

就是一個字，忠心！

嗯……這是兩個字。

碧婉歡喜暈了，行昭抬眼看了看她，笑著抬步往裡去，這個孩子是叫寶兒吧？長得靈氣，名字也好，白白圓圓的一張臉團在一起，她母親也是長了一張圓圓的臉，長成這樣的女子本來就應該福氣重的。

可惜有人不知道惜福，活生生地將自己折騰成一副要死不活的模樣。

正殿的夾棉竹簾掩得緊，碧玉躡手躡腳過來給行昭附耳輕言。「皇上下了早朝就過來了，向公公說今兒個早朝山西總督趙幟趙大人遣了急行軍送來幾頂頭顱，說是當日刺殺梁庶人的山賊已經就地正法，並且自請降級，職行不當，以儆效尤。」

梁庶人，是皇帝對梁平恭最後的處置。

行昭手一緊。

心頭一聲冷笑，劫殺梁平恭一事，平心而論，是賀琰最後的絕地反擊，同時也為他爭取了時間，可也是他唯一一次按捺不住走上檯面露出破綻！

賀太夫人一出手，就是四面發力。

於外清掃破綻，於內逼迫敵對，每一手都做得乾乾淨淨。是山西總督趙幟捉拿的山賊，是他給整個事件畫上了一個句號；是宮裡的那個宮人引導瀟娘撞破的姦情，可她已經死了，說不出話了。

賀家是失了聖心，保住一條命容易，可勢頹到連自家的兒郎都要不回去，再起復就更難了。可現成就有個能讓賀家死灰復燃的，行景。要想把行景搶回去，賀家不能有任何後顧之憂，不能有任何可以讓人徹底撬起的破綻。

方家留著這個硬骨頭一直沒啃，一是力有未逮，二是總要等行景立身立世才徹底將賀家打下。

十月初八山茶筵一出，方祈便立即讓毛百戶去了山西拜訪趙幟，可到底晚了一步。

行昭悶了悶聲，腦子轉得飛快，這件事皇帝不會特意來給方皇后說。輕了聲響抬首問碧玉。「還有事沒有？」

碧玉眉心一擰，側首望了望被風吹起的竹簾，再想了想，面有赧色。「過後皇上就進去了，內殿一向是蔣姑姑親自服侍的，向公公出來喝魚麵湯時就同奴婢說了前一樁事。」

意思就是皇帝找方皇后說的事，連向公公也不知道了。

行昭面色陡然沈了下去，正殿窗櫺緊閉，薄薄的一層桃花紙還泛著輕油，小娘子索性退後兩步從廊角提著裙裾再跑到門廊裡，揚了揚聲，語氣帶了些急喘。「姨母！姨母！阿嫵……」

聲音戛然而止。

裡殿沈了沈，過了一會兒，竹簾就被撩開了，蔣明英出來牽著行昭又撩簾進去。

內殿沈靜，行昭熟門熟路，乾脆仰首以明風光霽月之態，大大方方給皇帝屈膝問安賠罪。「阿嫵卻不曉得皇上也在，虧得碧玉將阿嫵給攔住了，大呼小嚷地驚擾聖駕，阿嫵自罰再描五張描紅。」

皇帝臉色看不清喜怒，聞小娘子後話，扯開嘴角終是笑上一笑。

「五張可不夠，驚擾聖駕，需罰上五百張。」

行昭抿了抿唇，笑著連聲應是，端了個小杌凳靠在了方皇后身邊，很是規規矩矩的樣子。

方皇后神情看上去平靜極了，亦是笑。「那得趕緊向皇上討兩盒上好的膏藥，平日裡寫個一百張就嚷著手腕又疼又疼的。」

「朕就曉得皇后會心疼阿嫵。」

大抵是氣氛緩了下來，帝王也是人，嬌妻弱女看在眼裡，整個場面說不出的柔和，隨著語氣也變得和緩。「皇后也好好想一想，方家娘子的事，朕應下來了。平陽王是朕的胞弟，方都督是朕的大舅子，大家都是一家人，虧誰也虧不著一家人啊！」

邊說邊拂袖起了身，伸手摸了摸行昭的小鬏鬏，臨出門還回頭笑話一聲。「小娘子出去逛個燈會，還能吃撐得將肚子給吃壞。」

桓哥兒一路上都買吃的，行昭全都賞臉吃下去，一回宮當晚不覺著有什麼，第二天就吃嗝了食。

行昭心裡慌，面上卻笑咪咪地東扯西扯，將皇帝送到了遊廊裡。

折身一返鳳儀殿便看見方皇后臉色沈得鐵青，招手讓行昭過去，環手摟了摟小娘子，心緒總算是平復了下來。

「今兒個早朝過後，皇上便召了方都督留殿，問他一雙兒女都有去處了沒，方都督怕皇帝又記起瀟娘的舊事，只稱瀟娘在西北時就相看好了一樁親事，只是年歲小，就還沒正經定下，但兩家人都是曉得的。皇帝便問是哪家……」

行昭腦門都大了，要敢接下瀟娘，要在沒和方祈通氣之前就完全按照方祈的意圖去做，更要有足夠的身分……沒身分撐著，皇帝能信嗎？

上哪兒去找這麼個人啊！

絕對的服從，絕對的身分夠，絕對的心意相通。

方皇后接著往後說：「妳舅舅便說了蔣千戶，不對，是蔣僉事。」心裡石頭哐噹落地。其實方祈打人家蔣千戶的主意，打很久了吧？

既是方祈的部下，跟著方祈出生入死，已經是手掌實權的僉事了，又身在西北，方祈這是反將皇帝一軍啊！

又怎麼扯上了平陽王的事了呢？

「哥哥沒娶，妹妹怎麼好嫁？皇上便能光明正大地將表哥的親事接下去了。」行昭掌心緊了緊。「要想將方家套牢在定京，其實讓表哥尚主是個極好的選擇，可歡宜是陸淑妃生的，淑妃亦是出身西北，又同您要好；平陽王只有一個女兒善姊兒，就算是庶出，出嫁之前也能名正言順地冊封為郡主，郡主有封邑，身分夠，又是皇家人，等生下表哥的嫡子嫡女，帶著兒子女兒又住在了定京，幾代下來，西北壓根兒就沒方家嫡支什麼事了。」

項莊舞劍，意在沛公，拿刀的人最大，武將也是最讓主上忌憚的，杯酒釋兵權，韓信慘死，哪個不是武將惹出來的下場？皇帝選擇了一種他認為最溫和的方式來削弱權臣，歸集中央。

行昭思路又拐了個彎，她現在由衷地覺得舅母邢氏兒子生少了，生一個獨苗苗，被勢制住了，就脫不開了，人家打虎都還親兄弟呢。

行昭暗自決定，往後無論嫁了誰，十個八個的崽子都要連著生，一個接著一個往外蹦，底氣足足的。

臨近夜幕，皇后問皇帝在哪處。

蔣明英偏頭想了想。「皇上今兒個應當是去顧婕妤那處……」又扭頭瞧一瞧才懸掛上門梁之上的華燈。「估摸著現在將進屋。」

行昭埋頭狠狠地就著小銀鉗子將核桃給夾碎，「哢嚓」一聲清脆得不行，倒把方皇后逗笑了。

「妳親去請皇上，再同顧婕妤賠個不是。」這是和蔣明英說的。

「年紀長了，氣性倒也大起來了，以後叫蓮玉把核桃都給妳剝開再呈上來。」這話是同行昭在說。

行昭默一默，埋了埋首，規規矩矩地將核桃仁挑在一個粉瓷小碟裡雙手呈上去，話說得有些愣。「阿嫵是見過平陽王長女的，脾性還好，偌大一個平陽王府兒子多，姑娘少，物以稀為貴，統共一個閨女兒，平陽王便多寵她一些。得了郎情失妾意，平陽王妃便有些不待見。」又將兩年前去平陽王府時候，安國公石家亭姊兒的母親明裡暗裡埋汰時，平陽王妃沒有反應的回應說給方皇后聽。「善姊兒沒答話，卻瞥了我好幾眼，想是將帳算到了我身上了。」

說的是二皇子讓善姊兒將一行小娘子帶出來他好問行昭那樁耍詐案時，石家奶奶卻怪善姊兒亂跑，善姊兒轉過身又怪行昭的那樁事。

當時應邑在場，行昭便坐如入定，可善姊兒在堂上就敢偷瞄她的神情未免也太明顯了……

再想一想前世的這個小姑子，為人沒什麼壞心，卻總愛嫌人窮，怨人富。是二皇子讓善姊兒帶的人，她乖乖將一眾小娘子帶出去，卻將帳算在行昭身上，這是什麼道理？

方皇后聽了，沒說話。

平陽王妃親手養大的，她都瞧不上，看一看平陽王世子，外頭人說好聽點是溫軟如玉，說難聽點就是沒主見，女人家沒主見還能聽男人的，男人沒主見，聽誰的？還聽自己老娘的？

更甭說妾室所出了，方家的宗婦是個通房扶側生的，方家老祖宗會從地裡頭跳出來打她的臉吧？

桓哥兒逢年過節會隨著邢氏入宮來問安，說話辦事活脫脫又一個小方祈，配個像邢氏一樣大大方方的女子過去就很好；配個這樣為人不大氣的，兩口子成了家，還沒等一道經風歷雨呢，就該散了。

沒過一會兒，皇帝撩簾子進來，行昭趕緊起來福身告退，退到哪裡去？當然是絕佳的聽壁腳好地方——內廂暖閣。

兩世為人，行昭倒是覺得自己聽壁腳的功夫越來越嫻熟了，什麼該聽什麼不該聽，抓哪個詞聽，再從細碎的聲響裡推測出外頭人的情感走向和話語趨勢。

大勢算是穩固下來，行昭便有了心思去琢磨著些旁門左道了。

「您看好的小娘子自然錯不了，可我還是想看一看，總要看看小娘子是個什麼樣的秉性相貌吧？夫妻兩個字不好寫，一寫就要寫上一輩子。就像皇上與我，少年夫妻，老來白頭，一輩子過下來沒紅過臉也沒吵過架。你來我往說的都是大實話，這樣的緣分是天定的。再看看我那可憐的阿福，應邑去的時候還記掛著臨安侯，我倒是想親口問問臨安侯究竟將我家阿福放在心裡頭哪一處了？景哥兒和阿嫵都還沒長成，阿福便去了。這就是夫妻緣分寡淡，強拉在一起，反倒叫兩個人一輩子都過不好。」

方皇后說話聲音淡淡的，有些閒話家常的味道，說到後頭拿方福去將皇帝的軍，說的是場面話，裡頭的酸楚卻滿得像要溢出來。

「不是我說您，您掛心桓哥兒的親事，我這個親姨母就不掛心了？善姊兒出身好，可到底是養在深閨無人識，脾性習慣，我什麼也不知道。今兒一早，您直突突地過來就說起這樁親事，還拿瀟娘與蔣僉事的婚事相提並論，說句心裡話，我心裡頭是有些生氣的，您將我當成什麼了？後宮的事，外命婦和內命婦的事，我還要不要管了？您一插手女人家的事，叫旁人怎麼想？我嫁給您這麼些年，膝下空虛，本來就氣弱。您是我的君，是我的天，您都不給我撐場面，誰來給我撐場面？」

兩番長話，說得皇帝眼淚都快落了下來，方福的死因，方皇后不能產子的內由……是他對不住方皇后。素日裡挺起脊梁的女人偶然軟下來，反倒叫人更心疼。

他心裡明白他對方家有多嚴苛，可將大周這麼幾百年前前後後數下來，哪一朝掌著重權的武將是能一路風風光光到最後的？他願意以這樣一種和平的、保方家一路榮華的方式進行權力的交替，自詡已是仁至義盡了。

賀家觸了他的霉頭，勛貴人家慢慢磨，總能磨到一家子都折到土裡去的時候，就像現在的安國公石家。可方家不行，只要方家願意，只要方家不顧忌忠義名聲，不顧忌血流萬里，他們隨時都能起兵謀反。宋太祖趙匡胤在陳橋是怎麼起的兵，怎麼借的勢，他背得熟得很。

一件東西來之不易，人便會更加珍惜，珍惜到後來，就變成一種變相的偏執。

行昭很明白這種感覺，豎起耳朵聽後話，沒等到皇帝的回答，卻聽到了方皇后輕聲的最後一句話。

「宗室人家有這麼多小娘子，那日來賞花的令易縣公家的女兒瞧上去就很好，八娘、九娘的小女兒也很好，都是我見過的，我心裡也有底。平陽王家的長女，我到底是沒見過……」

方皇后循序漸進，三段話慢慢來，先動之以情、曉之以理，再勾起皇帝心頭舊事，最後又表示了妥協——宗室人家這麼多好女兒，誰都可以。

只要能慢慢看，在皇帝允許的範圍內慢慢找一個品行好、個性好的小娘子，就算是出身宗室也是能夠接受的，不一定非要善姊兒不可。這是預先就留條後路，好方便討價還價。

皇帝心頭一動，終是在圓月將升上枝頭時，點了點頭。

第六十八章

四月二十八，是藥王菩薩的聖誕，方皇后不信佛，可她卻邀了平陽王妃和平西侯夫人兩家一道去定國寺上香，明面上是「給太后娘娘祈福問經」，暗裡卻同行昭這樣說：「宮裡頭能看出個什麼東西來？安安靜靜坐下，安安靜靜用膳，什麼都有人服侍；出了宮，看著碧藍的天，無論是誰都能將心放下，心一鬆，言行舉止才是最真實的。更何況瀟娘才出了那起事，還不如遷到定國寺去，根還沒挖出來，我可不放心。」

行昭卻覺得方皇后壓根兒就是自己想出去走走。藉著公差辦私事，方皇后也不是一次、兩次了。

在哪兒相看影響根本就不大，因為這回無論善姊兒表現出什麼樣的言行，都是不過關的。

皇后出行禮數大，六司忙翻了腿腳，同山茶筵隱晦的目的不一樣，這一回的目的倒叫別人瞧了出來。

歡宜來得最快，一來便直入主題。「平陽王世子婚約在身，平陽王膝下只有一個庶子得臉，是想幫誰作媒？方家姊姊配平陽王庶子未免屈了些，若是談的是方家表哥的親事……」

桓哥兒來問安，十回有八回是年節來的，沾著親戚的名分，歡宜倒是不用避出去。可這個端莊嫻宜的金枝玉葉，每回都紅透一張臉拉著行昭避到偏廂去，歡宜沒說下去情有可原。

小娘子說同歲手帕交的婚事倒還能理解，說起外男的婚事，就有些不妥當了。

誰家議親，都不可能還沒定下就四下嚷嚷，成了倒還好說，沒成兩家的臉面往哪裡擱？更何況這只是走個形式，好讓方皇后有話說。

不過就算方家和平陽王府訂親，這和重華宮、和淑妃、和歡宜，有關係嗎？

行昭納悶，話裡卻不能做實心蘿蔔。「舅舅一家子入京算是外來戶，皇后娘娘便提攜著要同京裡的勛貴們交好，正好又是藥王菩薩的聖誕，去廟裡拜拜，去去晦氣不也挺好？」

歡宜沒接話了，後頭只叮囑了行昭。「自己出門小心些，宮裡頭這些時日是有些不好，沾沾佛家正氣倒也好。」

行昭笑著點頭，抬眼瞅了瞅歡宜，小娘子的神色輕得像漾了幾圈才停下來的漣漪，她也是想跟著出宮去看看的吧？上元節回來過後，行昭便送了歡宜一只從市集裡買的五錢銀子的木鐲子，歡宜歡喜得立馬戴上，一連道了幾聲謝。

歡宜是真高興，從來沒見過宮外之物，就連一只木鐲子都是新鮮的。

行昭緩了聲。「阿嫵一定記得給妳請一副定雲師父開了光的玉牌。要是皇后娘娘准許，就給妳買份定國寺後頭的黃豆粉糯米糕帶回來，說是糯米壓得軟軟地再做成小兔子的樣子，最後撒上一層黃豆粉和砂糖，阿嫵也沒吃過，但是聽別人說很好吃的樣子。」

歡宜眼神閃了一閃，抿嘴一笑，兩頰邊便有個小小的梨渦牽了出來，好像水中漣漪加深的模樣。

到了正日子，兩輛七寶華蓋的馬車從順真門疾馳而出，到了城東就換了輛青幃小車代步，特意繞了繞雨花巷，行昭便下車爬到瀟娘那輛馬車上去坐，邢氏上了方皇后的車。

瀟娘神情看上去好了很多，一張臉紅紅地給行昭煮茶斟滿，不比往常，悄聲悄氣地請行昭喝。

行昭雙手接過茶盞，憋了憋，到底沒忍住。

「蔣千戶……不對，蔣僉事……怕是有二十四歲了吧？」

「他屬馬，今年才滿二十三歲，十五歲入的軍……」瀟娘快人快語，一句話還沒說完，臉便唰地一下紅到了耳朵根上，支愣了下忙斂首埋頭，慌手慌腳地又去煮茶，碰了烏木夾子又去碰茶盞，虧得這個茶杯是空的，否則茶水不得灑一地。

行昭捧著茶盞愣了愣，隨即慢慢咧了嘴，笑開了花。

她就說，方祈其實打蔣千戶的主意打了很久了吧，這不一句話就試出來了。

合著瀟娘便藉著這個時機，當機立斷要嫁心上人！

十五歲的小娘子和二十三歲的少年郎，英氣颯爽的西北小妹和鐵血硬朗的寡言軍人，一個是將軍千金，一個是軍營新秀，在正好的年華、正好的時機、正好的人，注定能成一樁正好的姻緣吧。

馬車顛簸一路。

瀟娘個性不拘著，左右都說破了，乾脆就一路靠挽著行昭從「他比我年長七歲，蔣家是西北的大戶，才入軍的時候就成了爹爹的親衛，教我射箭和騎馬，也教我耍劍。小娘子學這些難免慢一點，他便臉紅脖子粗地唸我，我就直勾勾地瞅著他笑……」，說到「爹爹當天就給他修書一封捎過去，一連兩日那頭都沒動靜，我氣得想立馬衝回西北去，敲開他腦袋瞧瞧，看看裡頭究竟裝的什麼。結果又隔一天，西北總算是來信了，裡頭寫得明明白白的是他的庚帖和十幾頁的聘禮單子」。

小娘子說話聲亮亮朗朗的，有時候會莫名其妙地揚調，有時候又直突突地落下，一顆芳心跟著這一路顛簸上上下下，行昭邊聽邊笑得合不攏嘴。

她是真高興，高興到心裡暖和得像是有蜜糖溢了出來。

原本單單只是為了避開皇帝的發難，可誤打誤撞，反倒將一樁天賜的姻緣名正言順地定了下來。

等過了半橋，就能望見益山山腰處定國寺的廟門了，上回來還是賀太夫人帶著一道來相看黃家郎君的，物是人非事事休，當初一起祈福拜佛的人們早已分崩離析了。

皇后出行的禮數隆重而浩大。

馬車將行至益山腳下，一片靜謐之中，行昭陡然聽見了山上傳來沈凝安詳的鐘聲，本是暮鼓晨鐘，可凡塵俗世間的皇權來了，總要敲一敲鐘，告訴極樂裡大慈大悲的菩薩一聲。

連潛心修佛的僧人都有了慾望和目的，世人的嘴臉好像也不那麼可憎了。

莊重嚴穆的定國寺飛簷高壁，聳立雲中。低眉順眼的尼姑從一百零八道階梯上一溜兒站了兩列下來，鋪地的青石板擦得一塵不染，平陽王妃立在最前頭，她一早便過來候著了，先去請了五百兩的香火，又和定國寺住持定雲師太手談一局，氣定神閒得不像是帶著女兒來相看的，倒十分像藉著由頭出來透口氣的。

要想讓她為善姊兒精打細算，沒門兒！

皇帝要捧殺方家，反倒便宜了善姊兒。她一個偏房庶出，小婦養的，憑什麼能有這樣的運氣嫁到方家那樣的人家去做宗婦？

她倒不急，她嫂嫂方皇后比她急，方皇后絕對不同意善姊兒嫁進方家。

馬車一停，便有小內侍手腳麻利地湊上前去，將下馬車的小杌凳擺好，方皇后垂首斂裙，將下馬車，眾人便齊整地磕頭叩首，齊聲唱福。

這個禮數是旁人受不起的，等方皇后說道平身免禮之後，行昭和瀟娘才竄出了身來，規規矩矩地跟在方皇后身後。

兩廂見過禮，平陽王妃笑咪咪地左邊行昭、右邊瀟娘地牽過去，親親熱熱地給方皇后介紹善姊兒。「長女善姊兒，將滿十五歲，一貫話少，這還是您頭一回見姪女兒吧？」

善姊兒手一緊，趕緊斂眉上前，膝頭一低，脆生生地給方皇后單獨見了禮。「阿善給皇后娘娘問安。」

「養在深閨無人識，是妳自己將小娘子藏得好，反倒怨起本宮不認識姪女兒來了。」方皇后笑著嗔平陽王妃。抬抬手讓善姊兒起來。「名字起得倒好，有沒有乳名啊？」

善姊兒想一想，終究狠了心，面色沈得很低，緩下聲來回方皇后的話。「回皇后娘娘話，小時候母妃常常喚阿善叫做若水，上善若水，水善利萬物而不爭，處眾人之所惡，而攻堅強莫能勝之。」

方皇后眼神從善姊兒身上一掃而過，落在了平陽王妃陡然變得晦暗的神情上。

善姊兒這是僭越啊，當著嫡母的面話裡話外都是自己的生母，又端不住地賣弄，平陽王妃可能高興嗎？

方皇后抿唇笑一笑，揚一揚手。「光站在山腳下做什麼？上頭才是佛堂正殿。」率先抬腳往前走，把將才的話給扯遠了。「平西侯夫人來定京沒多少時日，這還是頭一回來定國寺吧？今兒個是藥王菩薩的聖誕，是先去拜一拜藥王菩薩還是先去正殿？」

「是呢，定京城裡頭雙福大街去了，絳河邊的市集也去逛過了，定國寺倒還是頭一回來。」

「下回我帶平西侯夫人去西郊逛上一逛，賣的小玩意兒不值錢卻難得做工都滿好。」

善姊兒的話沒被搭理，面上愣了一愣，斂眸掩眉，咬了咬下唇，提起裙裾快了腳步跟上前去。

大抵是每一處地方都得有個噱頭才能紅火起來，定國寺這一百零八階山梯就是它的標識，三個小娘子挨個兒跟在自家長輩的身後，靜悄悄的，誰也沒開口說話。

瀟娘是在西北吃牛羊肉、騎千里馬長大的姑娘，一路走得氣都不帶喘一下。

行昭才走過一次，有心理準備，不聲不響地跟在瀟娘身後走，雖說吃力卻能應對。

只有善姊兒，走到一半，臉色便紅了起來，還沒走到最後，便落在了行昭身後。

既然倡揚的是「端靜嫻淑」，自然世家貴女們都不好動，也不愛動，上回行明和黃家一道來，走到半道上歇了半刻鐘，賀太夫人才發話繼續往上走的。

方皇后都沒叫歇，誰中途敢說撐不住了？

最後一步青磚階梯踏完，方皇后長裙委地，笑著回了頭，蔣明英知機趕緊去攙了一把落了三步遠的平陽王妃。

「阿嫵怎麼也不去扶一扶善姊兒？」方皇后面容斂了斂，親自伸手攙了把善姊兒，溫下聲。「可是累著了？過會兒去內廂吃盅熱茶，緩一緩便好了。若身子不舒暢，怎麼不先說？坐肩輦也好，中途歇一歇也好，總好過累成這個樣子。」

行昭上前搭了把手，心頭默數十下，等平陽王妃後話。

果不其然——

「善姊兒這孩子身子骨是不怎麼健實，平日裡黃芪和黨參都是不離口的……」平陽王妃語氣幽幽靜靜地接過了方皇后的話。

行昭心裡一顆石頭終究是落了地。

善姊兒心裡哽了哽，嫡母這番話其實沒有一個字是說錯了的……她的父親，平陽王好風雅，亦好美人兒，她生母只得了幾天的寵就被拋到一邊去了，生了她這個長女之後才從通房扶為側室，便看她看得像看眼珠子似的，不許她吹風，不許她受涼，甚至連書也不許她多看，素日煲湯燉藥忙得不亦樂乎。

可嫡母也不想想，若是平陽王長女多病好藥的名聲傳了出去，她還能攀得上什麼好親事啊？

方家這門親事，在她看來，頂頂頂頂好。她攢了八輩子的福氣才能嫁進方家嫡子嫡孫當宗婦，嫡母……嫡母這番話……是在斷她後路啊！

不，是她生母的小家子氣，斷了她的後路。

善姊兒手縮在雲袖之中緊了緊，指尖扣在掌心裡頭，肉疼得緊，面上掩了掩眸，心裡默唸——阿彌陀佛，菩薩在上，信女周平善若如願嫁入方家，定當以半生身家供奉其上。

想了一想，突然悲哀地覺得唸佛還不如祈求皇帝堅定立場，既然起了心給了她希望，求求他，求求他，一定要將這門親事堅持下去。

皇帝會不會堅持呢？善姊兒戰戰兢兢地在祈求，可行昭卻十拿九穩。

拜過藥王菩薩之後，靜一師太請方皇后入內廂將幾卷供奉在佛前的經書請下來，又請方皇后入內室講了半個時辰的經。等暮色四合，晚鴉歸巢，兩架青幃馬車便「軲轆軲轆」往皇城駛進。

皇帝一早便過來了，方皇后服侍著用過晚膳，便斟了盞茶親手奉上。

暖光搖曳，屋裡屋外都靜悄悄的，宮人們候在遊廊裡，從糊窗櫺的桃花紙上投映出幾個青鬟雲婉的剪影，氣氛顯得安謐且寧靜。

皇帝在炕上靠了靠，單手接了茶盅，卻對懸腕描紅的小娘子溫聲發問。「阿嫵今兒個見著平陽王家的姊姊了？」

「是！」行昭朗聲回話，一面回一面將筆放下，接過蓮玉遞上來的溫帕子，拭了拭手，沒接著說下去。

「朕記得平陽王的長女大阿嫵五歲吧？」這是皇帝問方皇后，下頭的話又是在和行昭說：「大五歲懂不少事了，和阿嫵說得來，和歡宜也說得來，哪天阿嫵下個帖子請平陽王家的姊姊來宮裡可好？」

叫她下帖子給善姊兒正名聲，交手帕交？她才不下。

「那張院判能守在鳳儀殿裡嗎？善姊姊走兩步便大喘氣，阿嫵瞧著心裡頭有些怕，本是和歡宜姊姊約好踢百索和毽子的，善姊姊一來，就只能去妙音閣聽戲了……」行昭仰著臉說得有些遺憾，下頭的話就不該她說了。

「行了！常先生的功課還沒做完，阿嫵進內廂去描紅。」方皇后言簡意賅打斷行昭後話，等行昭福身告了退，這才緊緊抿了抿嘴角，一句話直截了當。「令易縣公家的女兒也好，八娘的女兒也好，都可以，我都喜歡。平陽王妃都說了平陽王長女身子不健實，沒走幾步路就撐不住了，往後怎樣生兒育女綿延子嗣？皇上再聖明也是男人，總有想不到的地方，眼裡光看見了小娘子的好，卻沒有我們女人想得多……」

方皇后邊說邊側了身，眼圈登時紅了。「哥哥統共就這麼一個兒子，方家除非年過四十無子，否則不能納妾，皇上是想瞧見方家長房斷子絕後嗎？」

放在東、西六宮，這話只有方皇后敢說，只有她敢掂量著幾十年的情分說出來。

皇帝心裡當然是想方家斷子絕後，或是生養不出成器的兒孫來，可方皇后明明白白地問出來，他能大大方方說出口？

方皇后沒在他跟前哭過，皇帝偏偏吃這一套。

善姊兒端不住，沈不住氣拂落平陽王妃臉面在前，平陽王妃一錘定音說出善姊兒身子不好在後，因果因果，當真是有因才有果。

在皇帝面前，方皇后一向是個溫和有主見，又自有一種堅持在的女人。

皇帝是願意看那些柔婉俏媚的女人言笑嫣然，可那些是什麼？是玩物，是妾室，是有了下一個就能忘掉上一個的。可方皇后不同，她是他的妻室。

眼前的女人妝容精緻，眉眼舒朗，皇帝在一瞬之間恍了恍神，好像又見到了十六歲的方禮，穿著一身大紅喜服坐在床沿邊，雙手規規矩矩地交疊放在膝上，兩隻腳卻藏在綜裙裡頭踮了又放，放了又踮……

想一想便不由自主地想笑，那個時候阿禮便是個明面上端莊嚴肅，內裡卻閒不住的小娘子。

正殿的窗櫺沒掩嚴實，風不大，卻還是將攏在角燈裡的燭光吹得四下搖晃，映照下來的影子也跟著閃了腰桿。

皇帝嘴角將揚起，卻又慢慢斂了下來，舒了舒拳頭，再沒開口，起了身，輕輕捏了捏方皇后的肩頭，長嘆了口氣，徑直向外走。

遊廊裡的燈籠是暖暖的絳紅色，一團又一團的殷紅氤氳在青磚地上，紅的外面再團上一圈黑色。

皇帝背有些駝了，愈往前走，身後投下的影子便被愈拉愈長，影子在階梯上折了幾回彎，便變得坎坷曲折。

他也老了。方皇后抿了抿嘴角，心裡有些悲哀。

外間久無聲響，行昭便佝了身子從門縫裡去瞧，一瞧便瞧見了面目模糊，脊背挺直，久久坐立在上首的方皇后。

蓮玉附耳輕聲道：「皇上已經走了，您去正殿哄一哄皇后娘娘吧。」

行昭沒應話，隔了半晌才搖了搖頭，輕聲出言。「不去哄，姨母不是母親，哄這個詞兒只會讓她覺得自己軟弱。」

哄就是表示可憐，方禮不需要任何人的可憐。

一夜輾轉反側，第二日沐休，行昭卻起了個大早，頂著素白白的一張臉來請安。正好在行早禮之前到，方皇后正在內廂上妝，從菱花小鏡裡瞧見了行昭，便笑。

「無論何時，小娘子處事行止都應當處變不驚，若皇上堅持，大不了叫桓哥兒娶便娶了。又不是把咱們家嬌滴滴的小娘子嫁過去，桓哥兒五大三粗的少年郎關上門還管不好自家婆娘了？再者說了，往前毛百戶總不樂意梳洗換衣，妳舅母花了三個月拿著馬鞭將他給糾正回來了。一個小娘子往前沒教好，落在妳舅母手裡，不是個好人都能變成個好人。」

反倒叫方皇后來寬慰她。

行昭暗罵一聲自己沒出息，面上扯了扯笑，順手接過蔣明英手上的絹花，手腳麻利地幫忙簪到了方皇后的鬢間。

盡人事，聽天命，就算皇帝不那麼英明，他也是天。

方皇后將「斷子絕後」這四個字都說出來了，皇帝若還執迷不悟，就是當著眾人打方家的臉、落方家的勢，方祈拚死拚活擊退韃靼保住西北，方福被皇家人逼得命都沒了，方禮母儀天下，誰不說她這個皇后做得稱當？

方家一族，滿門忠烈，皇帝可能在方皇后的話都擺到檯面的分上，還心下堅持嗎？不大可能了。

頂多換人選，行昭昨兒夜裡睡不著，乾脆坐起身來拿著筆挨個兒數下來，換成誰都比善姊兒好。天家到了皇帝這一輩除卻平陽王，宗親貴胄們離的血脈就和皇帝遠了，一遠了，受天家的牽連自然就小了些，這是其一；平陽王是皇帝胞弟，王府地位不一般，連帶著他家庶女的地位也水漲船高，皇帝敢把善姊兒許下來，他敢把令易縣公家的庶女配給桓哥兒嗎？這是其二；善姊兒著實不太大氣，這是其三。

一枝筆劃來劃去，到最後只剩下了兩個人選，令易縣公家的胡蘿蔔和中寧長公主家的長女，都不算太好，可也不算太差，胡蘿蔔除了身形是福態了點，其實人家小娘子的品性教養都還是可以的。

行昭一走神，方皇后便笑著搖頭，一手牽著行昭，一手拿指尖蹭了點蜜粉搽在行昭烏青的眼下，邊往正殿走邊嘮叨。「別拿手去揉臉蛋，叫旁人看見臉上有蜜粉，回頭御史就彈劾妳。小娘子仗著年紀輕不好好睡覺，往後不睡覺就起來抄書，保管常先生誇妳勤奮。」

方皇后本來是免了淑妃的早禮，今兒個難得見淑妃來一次。

陸淑妃一見方皇后牽著行昭過來，便笑。「可見臣妾與溫陽縣主是有緣的，一來便見著了，歡宜那丫頭這些日子也不曉得是怎麼了，門也不大願意出，整日都怏怏的，臣妾要請縣主過去瞧瞧她，歡宜不幹，小娘子使性子到最後還嘔上氣了。」

行昭一愣，歡宜嘔氣？嘔誰的氣？她的？歡宜為人聰明伶俐，又知機識趣，心裡有話也能換個法委婉地說出來，歡宜為什麼要嘔她的氣？

行昭真是百思不得其解。

笑呵呵地向淑妃屈膝問禮，正想開口問，惠妃和顧婕妤一道撩簾進來了，便住了口。人陸陸續續地來，暖香芬馥，鶯鶯燕燕地坐了一堂，行昭久沒跟在方皇后身邊行早禮，看著滿眼的美人兒只想垂下頭來當作什麼也沒看見。

王嬪是最後一個來的，打頭一進來，惠妃便清泠泠地笑一聲。「王姊姊昨兒忙，今兒來得遲些，倒也尋常。」

皇帝離了鳳儀殿，原是去了王嬪那裡。

行昭泛起一陣噁心。

王嬪面上一紅，眉梢一斂便就勢落了坐，笑著拿話岔開。「怎麼沒見孫貴人？昨兒她便沒來，今兒又躲懶。」

「她身子骨有些不好。」方皇后言簡意賅，抬眼不經意地往窗櫺外頭望了望，回過頭來笑了笑。「老二的婚事等過了夏就辦，秋天天氣好，新娘子穿了裡三層外三層也不覺得太熱。」

「算算日子，那就和王姊姊的姪女差不多的時候辦親事了吧？」惠妃接著後話，仰了臉，眉間有些妒意。「王姊姊家世不顯，王大人靠著您從餘杭小縣鎮裡的縣丞做到了五品京官，如今還有福分和陳閣老做了親家，您這是託了二皇子的福氣啊。」

行昭猛地一抬頭，王家和陳顯陳閣老家做了親家?!

兩個完全陌生的家族，靠什麼能最快地湊在一堆去？

自然是姻親關係！

二皇子的母族不能是八品縣丞，這些年皇帝明裡暗裡提拔王家，沒升王嬪位分，卻撥了五品的閒職京官給王父，學得文武藝，賣與帝王家，行昭看來這句話得改改，生個好女子，賣與帝王家。

二皇子一直都是熱灶，有嫡立嫡，無嫡立長，大周建朝幾百年，從來沒打破過，今朝誰是長？二皇子是長。所以安國公石家就算是側室也認了，帝王的側室不叫側室，那也是娘娘！

陳家長女板上釘釘嫁四皇子，陳家卻在拉攏王家，燒二皇子這門熱灶。

行昭終於能明白前世的爭儲奪嫡裡，陳家和賀家為什麼會成為最大的贏家了，老六沒心思爭雄，方皇后誰上都可以，前世沒有方祈入京這回事，方家安居西北不問中央。

二皇子背後那些人持續發力，老二是個不知譜的，陳家和賀家在建朝之初便搶占先機，恃功而行，借新舊兩朝交替之際，鞏固勢力，光揚門楣，甚至把持朝政。

行昭手頭攥了把冷汗，民間有老僕仗勢欺主，把持家財，甚至有惡的扛起小主人便賣到了荒山野嶺。

朝堂之爭何其凶險，二皇子遇事便是直線，算得過蓄謀已久的陳、賀兩家？手上的權柄是空的，自己屁股下的龍椅是別人施捨的，這不是一言九鼎的君王，這是一個傀儡。

一個傀儡能做什麼？在允許範圍內暴戾獨行，得過且過，這是二皇子最後的掙扎？

率真梗直的少年郎，被一群心懷鬼胎的人架上了龍椅，最後變成了那個鬼樣子。

行昭半合了眼睛，埋了埋頭，耳邊聽王嬪還在柔柔慢慢地接著說後話——

「高門嫁女，矮門娶媳，陳閣老夫人喜歡王家娘子家教溫馴，出身清白；惠妃妹妹後話便說得不大對了，嬪妾是託了皇上和皇后娘娘的福，二皇子懵裡懵懂一個少年郎，嬪妾是日日掛心，夜夜憂心，就怕他一個不細心就壞了差事。若說福氣，還是淑妃娘娘的福氣最好，兒女雙全，六皇子處事穩妥，歡宜公主也是個端端正正的小娘子，一雙兒女看在眼裡，夜裡都怕是要笑醒。」說到最後，便扯到了兒女經上。

惠妃沒有生養過，根本插不進嘴，手頭揪了揪帕子，蜀繡絲帕哪裡能受重力，立馬就變成了一褶一褶的了。

行昭眼神定在那幾番褶子上。王嬪是個聰明人，有的聰明人明哲保身，有的聰明人激流勇進。她從來也沒想到，王嬪瘦瘦小小的身子裡還有這麼大的出息。

話扯得遠了，女人間一說話便發散得無邊無際，坐了約有半個時辰，向公公沈著聲，走得舉步生風地過來了，一將手撈起來，行昭便瞅見了一方明黃色的聖旨。

前頭的話太長又晦澀，行昭沒記住，耳朵牢牢地抓住了後面的一句話——

「朕之長女歡宜公主，毓德佳滿，秀婉鍾靈，賜婚下嫁於平西侯方祈長子，擇吉日完婚，欽此！」

平西侯方祈的長子……

不是桓哥兒嗎?!

要嫁給桓哥兒的不是胡蘿蔔，也不是中寧長女，是……是歡宜！

行昭頓時覺得這個世間活得真是太忐忑刺激了。

第六十九章

聖旨駢文蹩口晦澀，向公公挺直脊背，唸得綿綿長長的，總算唸完了，往前鞠了鞠，蔣明英便起身，雙手領了聖旨。

滿堂譁然。

陸淑妃張了張口，有些說不出來話，隔了一會兒才直愣愣地問他。「這是皇上什麼時候宣的旨？」

「今兒早朝下得早，下了早朝皇上便起了這道旨意，奴才往您這處走，又一撥人去了雨花巷平西侯府，您當真是好福氣呢！」向公公面上帶善，十分和氣，笑著將拂塵往臂上一搭，不著痕跡地恭維淑妃。

淑妃手往椅上一搭，身子不由自主地往後傾了傾，整個人顯得有些詫異。

淑妃沒接向公公的話，方皇后便只能強壓住心緒挽場面。

「向公公還沒用早膳吧？」方皇后笑著讓蔣明英請向公公去外間吃麵，只說：「皇上記掛著淑妃和歡宜，自然是淑妃的好福氣。淑妃的好福氣既是自己掙出來的，更是皇上賞的，也是因為淑妃素日裡為人和善積的福氣。宮裡頭辦完老二的婚事，就該緊著歡宜的婚事了，小娘子不禁留，留來留去留成愁。」

淑妃面色緩了緩，扯開嘴角朝皇后笑了笑。

滿室黑鴉鴉的一群人，摸清楚實情的沒幾個，有真心誠意朝淑妃道謝的，也有語氣酸溜溜地不情不願的，正殿裡頭鬧鬧哄哄一片，倒顯出了來日的喜慶。

方皇后最後終是一錘定音。「都回去找東西給歡宜添妝吧，等正日子的時候再熱鬧！」

德妃最先告了退往外走，開了先頭，下面的人就三三兩兩地起身告了退。

最後偌大的正殿只留了方皇后、淑妃和行昭三個人，原本滿當當的大殿瞬間變得寂寥，淑妃沈了沈聲，嘴角扯了扯，發覺笑不出來，終是出言。「我本是想叫歡宜嫁個清貴的翰林，日子過得平淡點也沒什麼不好，卻被皇上拿去當了槍和擋箭牌使了……」

話到這裡輕輕搖了搖頭，淑妃笑得有些無奈。「尚了公主的武將，就像被皇家招安了，既是榮耀也是拘束。等歡宜生了桓哥兒的兒女，襲了爵，一代一代安安分分地在定京城裡過著紙醉金迷的富貴日子，恐怕就再也看不見西北蔚藍的天和翱翔的鷹了。」

淑妃都看得懂的局，皇后和行昭會看不懂？

善姊兒身分不夠，那歡宜總夠了吧？善姊兒身子不好，歡宜總好了吧？

尚主是多大的榮耀啊，可滿朝問一問，除卻那些已顯頹勢的勛貴世家看中公主帶來的嫁妝和聲勢，誰還願意娶一個公主回家來供著？尚主就意味著入贅皇家，住的是公主府，用的是公主的長史官，連別人稱呼的都是公主駙馬的頭銜。

駙馬聽起來好聽，卻是個虛銜，否則當初渴望權勢的賀琰憑什麼不娶應邑，反而選擇手握重兵，稱雄一方的方家女？

桓哥兒是獨子，尚了主，另闢了公主府，那他到底是算姓方呢？還是算姓周呢？

皇帝這到底算是補償、籠絡，還是進一步的捧殺？

昨兒個的皇帝是軟了心腸再不提善姊兒，可今日的皇帝卻牢牢記得他最初的目的。不惜選擇與皇后親厚的淑妃之女去壓方家，這到底是算飲鴆止渴，還是穩操勝券後的膽大心細，就要看皇帝後面的動作了。

方皇后靜默不語，淑妃一番話說完心裡頭倒是釋然了。

四月的晨光還未褪去，探出個頭的枝椏早已抽出了藤芽，行昭眼神靜靜地落在窗櫺之外，塵埃落定之後反倒心安了，抿嘴笑一笑，小娘子的聲音清清脆脆的，一番話卻說得斬釘截鐵。

「凡事都有兩面，歡宜姊姊溫和大氣，表哥率直寬厚，拋開固有成見和猜忌，其實皇上也算是歪打正著。暫且不提這樁親事帶來的不便和拘束，只一條，舅舅家能有一個歡宜姊姊這樣的媳婦，主持中饋，教導兒女，總是不愁的吧？親上加親，錦上添花，更好。還請淑妃娘娘代阿嫵向歡宜姊姊帶個話，歡宜姊姊嘔氣不來尋阿嫵，阿嫵過些日子便找上門去興師問罪。」

淑妃展了眉眼，笑著點點頭。

淑妃一走，方皇后的身形便徹底軟了下來，長長舒了口氣，瞇了瞇眼，隔了半晌才說話。「他到底沒心軟，善姊兒不行就歡宜去，存了心要將方家捧上了天，若方家再有過多置喙，或是有任何異動，史冊上只會提一句『西北方氏過猶不及』，他還是他的清白明君。」

這個「他」自然是指皇帝。

行昭探過身去，為方皇后攏了攏鬢間的那朵絳紅絹花，抿嘴笑一笑。「皇上其實是心軟了的，歡宜和善姊兒的作用是一樣的，可歡宜總比善姊兒好上一百萬倍。如果這是皇上的底線，至少他定下了底線之內最好的選擇。」

行昭一邊說，一邊腦子轉得飛快，有一個模模糊糊的，從未考慮過的想法陡然竄了出來。

淑妃和皇后的關係不需要鞏固，退一萬步說，平心而論，方皇后一定是想六皇子上位的，不需要再用歡宜將六皇子和方家綁得更緊，皇帝不可能沒有考慮到這一點。

在逐步削弱方家的同時，皇帝還想做什麼？

老二、老六誰上位，方皇后都是名正言順的太后，矛盾不大，只是六皇子上位相對更好些。等等……按照前世的軌跡，如果皇帝是鐵了心扶二皇子上位呢？

二皇子一旦上位，方家是和老六綁在一條船上的，就等於說是押錯了寶，下錯了莊，站錯了隊。

新皇上位，大封從龍功臣是慣例，落井下石清除異己也是慣例。

皇帝才年過不惑，還有至少二十年的時間從頭到尾地為周家天下籌劃，就像如今一樣慢慢且不著痕跡地一步一步蠶食方家，等到新皇登基，沒了西北之地做倚靠的方家，就像沒了爪牙的落入平陽之虎，站錯隊的舊臣的下場，如今就能想像得到。

行昭手心冒汗，廟堂之高，江湖之遠，從來就不是糊弄人的。

先攏住方家困在定京，再發配心腹之臣重掌西北，方家就只落了個平西侯和駙馬的虛銜空殼子，爭儲之戰中方家就算不支持六皇子也得支持了，若是六皇子落敗，二皇子上位，六皇子是血脈胞弟，命和榮華富貴保得住，可是六皇子背後的方家呢？

時人重理，行軍打仗要講個名正言順，斬草除根也要講個名正言順。方家安安分分，從來不給皇帝小辮子抓，皇帝就花半輩子的時間給你布置一個小辮子讓他兒子來抓，抓到了就安個謀逆僭越的罪名，一擼到底，永絕後患。

兵家為了打勝仗，繞多少路、犧牲多少將士都不冤枉，天家守業更甚。方家盤踞西北已久，沒有一個家族能長盛不衰，也沒有一個家族可以永享太平，皇帝容不下方家，行昭完全能夠理解，是卸磨殺驢也好，過河拆橋也好，皇帝完全有理由起心將方家打壓下去。

可是，皇帝他有這個心智和耐心來布這個局嗎？為了江山太平不起爭端，皇帝可以狠心賜死胞妹，也可以對生母癱瘓睜一隻眼閉一隻眼，那他憑什麼不能虛晃一招，圍魏救趙？任由方家坐大，縱使方祈安分，可他的子孫呢？他的子孫會不會借勢顛覆大周江山呢？

皇帝是這個世間最慷慨的人，也是最吝嗇的人，就算只有一點苗頭出現，都要立馬按下去。

行昭胸口悶得緊，再抬頭望向窗櫺，卻發現黑雲從西直捲而入。

行昭望著天，輕聲說道：「要落雨了呢。」

方皇后僵直的身子終是挪了挪，抬頭望向窗外。「是該變天了，不變天，夏天又該怎麼來？」

行昭扭過頭，卻發現方皇后的神色比往常更沈靜，眸目穩重，卻嘴角輕抿。

破釜沈舟。

行昭心裡陡然浮現出了這四個字。

歡宜公主下嫁平西侯長子的喜訊一出，闔宮上下便驚了驚，有人驚喜之餘靜下心來想一想便只往重華宮送了份重禮，再沒露面——比如陳德妃與王嬪；有人卻不明白這是博弈之後的結果，喜氣洋洋地親自去重華宮登門拜訪，卻被淑妃擋在門外——比如惠妃。

當六宮裡的女人都煉成精的時候，再看惠妃，行昭真是覺得她是個逆天的存在。

一堆各種類型的聰明女人裡，突然有了個漂亮卻腦子蠢的女人，怪不得她久握聖眷，就算孫貴人和顧婕妤的崛起，都只能和她三足鼎立。

什麼時候蠢也能加分，惠妃一定能得滿分。

等一入夏，皇帝便在方皇后面前提要升王嬪位分。「老二要正兒八經成親了，生母晉升妃位，成親的時候面子上也好看點。」

方皇后當即一口應下，只問了一句。「王嬪晉嬪的時候沒有封號，如今也稱一句王妃？」

皇帝便讓向公公去內務府催，內務府第二天便擇了幾個封號來，朱批御筆圈了個「懋」字。

王嬪一夕之間，變成了王懋妃。

後宮忙忙碌碌，前朝當然也沒閒下來。

陳閣老陳顯之子被一道聖旨派到西北，做的是韃靼戰事時信中侯閔家做的事，掌控糧草軍餉的督軍。和他一道去的，便是戶部河北清吏郎中，正五品堂官，臨安侯賀家賀三爺，賀現！

重華宮避得偏，繞太液池過九曲廊，跋山涉水過去，一路倒也沒見幾個宮人候在宮道裡當差。

蓮蓉伸了伸手臂，將青白油紙骨傘撐得高一點，低了低聲，終是遲疑開口。「顧婕妤算什麼人物，也值當您出言教訓？別落下個小娘子厲害跋扈的名聲。」

行昭不置可否，拿手背遮在額上，瞇著眼睛瞅了瞅天。

盛夏的天氣是毒辣得很，陽光像水一樣淌在牆沿下好看是好看，可是辣得傷人。

也難為這麼大熱的天，大中午的顧婕妤就揣著心事跑到鳳儀殿來哭哭啼啼了。

前朝風雲詭譎，皇帝落子不定，連帶後宮內院情勢一夕顛覆。王嬪，不對，王懋妃上位，一下子從惠妃、顧婕妤、孫貴人的三足鼎立，變成了四角俱全，再加上孫貴人聖眷正濃，懷胎三月，皇帝老來得子，能不加倍寵她？顧婕妤爭寵敗下陣來，沈寂了好些日子。

上天無門，下地無路，如今總算是想起來當初是誰扶著她上位的了。

穿得一身素淨的衣裳，一見方皇后便哭著倒了地，行昭本來心裡就亂得很，皺著眉頭當下起身撂下話。「今年江南怕是不會發水澇了，水都從婕妤的眼裡哭了出來，您可仔細著點，莫把皇后娘娘的鳳儀殿給淹了。」說罷便拂袖而去。

把壓在心頭的火氣發在了小顧氏身上，有點不厚道。可一出鳳儀殿，行昭抬頭望了望豔陽天，心裡頭總算是舒爽了。

皇帝花半輩子的時間布下一盤大棋，以地為盤，以人為棋，窮圖匕見，這需要人靜下心來慢慢破解。行昭倒是想過索性硬碰硬算了，可方皇后將輿圖拿出來畫給行昭看，西北一片是方家老巢，以定京為點四處輻散的是宗親貴胄之地，東南海寇未定，西南有老將忠臣秦伯齡鎮守，就算方家揭竿而起，輸贏也是七三分。

行昭聽得很平靜，心裡卻翻江倒海——方皇后並不是沒有想過謀逆！

謀逆在勝利者看來是起義，可敗了呢？

九族皆誅，滿門屠絕。

方家血氣硬朗，可血性不代表傻，輸贏七三分，和十成十的贏，惠妃都選得出來。

厚積而薄發，水滴而石穿，方家連謀逆的心都起了，還有什麼事做不出來？

慢慢來，皇帝比方家更慌。

柿子都要挑軟的捏，行昭既非君子又非聖人，憑什麼她就不能在小顧氏身上出出氣、順順心了？小娘子身上壓氣壓久了，鐵定長不高。

這些話給蓮玉說蓮玉能懂，換成蓮蓉……行昭笑一笑，先讓她將油紙傘撐得再高點，換了種簡單的說法。「自己姿態跌到了谷裡，把臉伸過去讓人打，別人不打都對不住你。」

說話間將過廊橋，隔了宮廊便看見了碧竹叢叢，重華宮到了。

賜婚下來後，歡宜便藉羞避在深閨不見人，卻夜裡遣了小宮人來給行昭帶話。

「往後啊，溫陽縣主該喚我表嫂了。」

小宮人學歡宜的腔調學得像極了，短短幾個字說得既輕又理直氣壯，讓行昭啼笑皆非，至少歡宜不討厭桓哥兒，再多想一點，歡宜是不是對桓哥兒有好感呢？

同淑妃請了安，行昭便熟門熟路地往內廂去，一撩竹簾子，便見歡宜穿了件天青色菱絹格輕薄夏裙，頭髮高高綰在腦頂上，箍了個玉簪，斜靠在湘妃竹榻上眯著眼睛聽旁邊的小宮人唸書，手裡拿著柄檀香木小扇，有一搭沒一搭地搧風，一派富貴閒人的清雅模樣。

唸書的就是那個來給行昭帶話的小宮人，手裡頭捧著書冊，語聲抑揚頓挫的，眼神瞥到行昭進屋，口裡頓了頓，眼神又往歡宜面上瞄了瞄，卻不見自家主子有動靜，只好紅著臉結結巴巴唸下去。

還在嘔氣？

小宮人口裡唸的是「層巒聳翠，上出重霄……飛閣流丹，下臨無地」行昭便笑，清泠泠開口。「常先生還讓阿嫵先描紅打基礎，教姊姊卻教到這篇課文上了，常先生當真是偏心。」

歡宜睜眼，小扇一合，眼風便掃了過來，哼了一聲，卻憋不住抿嘴笑了出來，先讓宮人出去候著，一面抬了下頷讓行昭坐，一面開了口。「常先生偏不偏心我不曉得，妳這丫頭卻是個偏心的。」

行昭愣了愣，便笑了起來。「是怨阿嫵沒同姊姊說實話？」

歡宜沒承認也沒否認，只哼哼唧唧了一聲，讓行昭快吃茶，這才注意到行昭一張臉曬得紅紅的，便有些自責。「風風火火非得頂著日頭過來？左臉上的印子這才完全沒了，又想曬得一張臉紅彤彤的？好了傷疤忘了痛，往後要不遣個宮人過來，要不寫封信來……」

「姊姊還沒當阿嫵的表嫂呢，這就管上了！」行昭朗聲笑了出來。

那日歡宜過來心急火燎地問方家和平陽王府一道去定國寺是為了什麼，行昭不好說，只好順勢打了個哈哈，當時掛心桓哥兒會娶善姊兒，沒深想下去，如今細想起來，發現到處都有小辮子可揪。

歡宜是個多自制的小娘子啊，從來曉得什麼該多問，什麼不該問，直衝衝地來過問方家家事，本就是反常，平日裡沒過多關注哪兒來這麼多的好奇？到底是個聰明的小娘子，就算心裡頭隱隱約約猜到幾分，也悶著，這才有了後來的嘔氣。

是嘔桓哥兒要娶別的小娘子呢？還是嘔行昭沒說實話呢？

行昭看了看唰地一下從臉紅到耳根子的清麗小娘子，心裡總算是舒朗了很多。

就算前路坎坷崎嶇，就算要以卵擊石，就算後事未卜，只要人還在，心還在，就不用怕。

方家人最擅長什麼？

置之死地而後生。

眼前的歡宜以後也是方家人了，既然被綁在了一起掙不開，那就索性綁得更緊些吧，一根筷子容易折，十根呢？一百根呢？要折斷的人，您請好，且仔細仔細自個兒，別讓筷子扎了手。

行昭仰臉笑著靜靜看著十五歲的歡宜初初長成，既有小娘子的明麗又有女人家的婉約，笑著笑著便嘆了嘆。「那日聖旨下來，淑妃娘娘說了句話，『只想歡宜過平平淡淡的日子，卻總不能如願』，神色有些遺憾。」

歡宜面容也斂了斂。

她長在深宮，沒理會過朝政，六皇子周慎卻不一樣，聖旨一下，便風風火火地來將利弊擺在了檯面上說得清清楚楚。

「說好聽點是招安，說不好聽點就是拘禁，父皇分明是將長姊當成了盾牌。說句大逆不道的話，父皇年過不惑，是該考慮立儲事宜了，卻在這個時候將正宮皇后的娘家與有可能上位的皇子纏得緊緊的，是什麼意思？淺裡想是捧，深裡想就是殺，捧殺之道，帝王心術。漢武帝賜婚衛青平陽長公主，納衛氏女為后，給盡榮耀，再捧霍去病與衛青相抗衡，最後事涉太子謀反一案，衛皇后被廢，衛家失勢。」

史冊不盡信，不全信，漢武帝或許從一開始就沒有想立衛皇后所出之子為儲君，虛晃一招，意在衛氏罷了。

當時當景，今時今日，境況雖有不同，卻何其相似？

行昭沒有聽到六皇子這番話，如若聽見了，心頭的震撼怕是不比當日看見那盞花燈時低。

老六周慎到最後低了低聲音，像是說了什麼，歡宜卻當作自己什麼也沒聽見。「父皇想將自己當作漢武帝，可方祈就算不是趙匡胤、王莽之流，也絕不可能是衛青。」

大逆不道的話，卻讓歡宜在歡喜之中，陡然警醒。

史書上沒寫嫁給衛青的平陽長公主的下場，可她卻完全能夠想像得到，夫家都被抄家了，就算是公主，能保住一條命，能保住尊嚴和立場嗎？

「身在皇家，長在掖庭，哪來這麼多的平淡啊。」歡宜笑一笑，與行昭直視，意味深長。「人們說嫁人，嫁的是門第和宗族，我看不盡然。如果平穩富足的日子，和一個品性低劣的男人一起度過，我寧願選擇一條坎坷曲折的長路，只要身邊的人是好的，便嫁雞隨雞，嫁狗隨狗，夫妻同心，總能闖出一條道來。」

行昭心頭一顫。這是兩世加在一起，她頭一次聽見這樣的言論，只要身邊那個人是好的，就算前路再艱辛，也有勇氣一起闖。

年少無知的少年少女們，總是帶有一種無知者無畏的感動。

行昭長長地舒了口氣。

晚上留在重華宮用的晚膳，將上桌，六皇子便來了，眼神落在行昭身上，愣了愣，隨即輕笑起來，躬身朝行昭作揖。「溫陽縣主夏祺。」

行昭趕緊側身避開那禮節，臉上燙燙的，埋頭挾菜吃。

夜幕四合，歡宜將行昭送到了狹長宮廊裡，分別的時候，輕聲附耳說了這樣一番話。

「平西侯只有一個兒子，嫁作人婦，自然要三從四德，服侍老小，主持中饋。公主府修繕妥當了沒人住，照舊只是一座空城。」

第七十章

時值仲夏，行昭與歡宜都再沒有提及過方家瑣事，照舊言笑倩然地一道上學、下學，話裡話外都是小娘子間親親熱熱的，哪宮的花開得豔，哪處的水流得急，什麼都說，就是絲毫不提那時那日說過的那些話。

行昭咋舌於歡宜的沈得住氣。她上輩子雖活得荒唐，到底也還是活了這麼長，見過這麼多的人，懂得將事給壓箱底裡頭慢慢等它爛。

歡宜卻是個正正經經的，才過及笄禮的小娘子。

行昭轉身便同方皇后語氣崇敬地表達了對歡宜的如滔滔江水般敬佩之情，方皇后朗聲笑開，側過身就同蔣明英埋汰起行昭。「自個兒笨，還不許別人聰明。甭看淑妃現在平平淡淡的，若是沒點心機能生下一兒一女，還能養大成人？心裡頭有了主意，嘴上再上道鎖，這樣才是聰明的。記著一點，咬人的狗不叫。」

行昭點頭如搗蒜，方皇后看著小娘子的模樣又笑開了。

行昭最喜歡看方皇后笑，杏眼笑成彎月，整個人好像瞬間鮮活了起來。

自打那日顧婕妤來了鳳儀殿，方皇后的心緒就一直不好，到了夜裡常常讓行昭給她唸史記聽，唸到漢武帝劉徹那段，便讓行昭跳過去。有時候手裡明明拿著針線，卻還在問行昭繡花繃子在哪兒，這還是行昭頭一次見到這樣的方皇后。

行昭絕不承認方皇后是個可憐人，心裡卻常常自有主張地既酸且澀。只要身邊的人是好的，就算前路再難，也能鼓足勁闖下去。

遇人不淑……

世間女子最怕的從來就不是節衣縮食，而是遇人不淑。

風雨來臨之前的海面常常會很平靜，仲夏至秋時，藉著行昭生辰之禮，邢氏沒進宮，是方祈下了早朝入的宮，行昭算算日子，上元節出宮那日正好趕上方祈會客擺宴，便沒見著，上回還是一道去接邢氏的風見的方祈。

這一年事都經得多了，人倒是沒大變，來的時候還穿著朝服，面上又在蓄鬍了，從耳根子蓄到下巴，鬍茬短短的很刺人。

嗯……行昭為什麼會知道手感呢？因為方祈拉著小娘子的手摸了摸。

小娘子日漸大了，方祈總算知道不能單手把小娘子扛肩上了，也不能拿臉去蹭小娘子的臉了，只好一臉得瑟讓行昭去摸自個兒的鬍鬚，話裡得意洋洋地顯擺。「滿朝上上下下兩列官站下來，只有妳舅舅我臉上蓄的鬍子是黑的，文武百官頭一分。」

那鐵定只有您是黑的啊，別人要嘛白面書生，要嘛耄耋老臣，誰另闢蹊徑，留滿臉的落腮鬍啊，又不是要上山打獵。

方祈身形寬，九尺高的男兒蹲下身來正好和行昭平齊，特意壓低了聲音說話，說著說著，行昭一邊看著自家舅舅的一張臉，一邊癟癟嘴，兩隻眼裡含了淚，迷迷濛濛地險些哭出來。

男兒郎是撐門庭的柱，是保平安的刀，古人誠不欺我。

母親過世的時候，方祈生死未卜，遙遙無期，行昭強打精神守著方皇后，如今明明後事更險阻，行昭卻一直沒慌。

因為什麼？

因為她篤定就算要屠門屠城，方祈也會背刀持盾，殺得滿臉是血的，拚了條命護住家裡人周全。

能有退路與依靠，真好。

行昭眼一紅，倒把方祈嚇得不輕，從兜裡拿了個包得嚴嚴實實的包裹塞到行昭懷裡，聲音放得更低。「桓哥兒說妳喜歡吃莫愁橋的素三鮮餛飩，原本怕早朝上得早，人家沒賣，今兒個一去瞧，老東家倒還擺著攤，這可不是妳的生辰禮，舅舅老早就把妳生辰禮給備好了，是韃靼王妃的紅寶石簪子。韃子蠢，鴿子蛋大的寶石也不曉得鑲嵌得好看點，我個大老粗都嫌難看，送去珍繡坊重新打了打，過會兒給妳。」

行昭手往上一摸，還透著熱氣，紅寶石簪子算什麼？這盒餛飩才是最要緊的。

甥舅在外廂說話，蔣明英撩簾出來請。「皇后娘娘讓溫陽縣主在小苑裡描紅，只叫舅爺進去。」

方祈衝行昭努努嘴。「快吃，吃完記得把嘴擦乾淨，別叫妳姨母曉得，她怕是不許妳吃外頭的東西。」

大老爺特意放柔的聲音啞啞的，行昭一下子繃不住了，眼淚撲簌簌地落下地，就算兩世為人，她也放下身段撒潑賣乖，死死拽住方祈的衣裳想跟著蒙混進殿。

方祈家裡一個大半小子，一個明朗少女，哪裡見過懷裡頭抱著盒餛飩哭得一抽一搭，死乞白賴的小娘子，一個大老爺一手摟行昭，眼巴巴地望向蔣明英，左右為難。

「阿嫵回瑰意閣去！」

內廂是方皇后的聲音，語氣高高揚起。「哥哥甭慣她，我自有主張。」

方祈的神情緊了緊，行昭心裡頭咯噔一下，有什麼是一定要避著她說的！

行昭首先便想到了「謀逆」二字，不對，方皇后都拉著她一道看輿圖，就算要商量，沒必要避著她；反擊，這更不用避著她了，方祈行軍喜好出其不意，方皇后向來十拿九穩，行昭出的主意和點子一向都是兩者中和，狗頭軍師的名號不是白拿的。

她的親事？

更不對，前事未定，母孝未過，方皇后就算再急也不可能在這個時候提起此事。

方皇后不讓她曉得的事，一定和男女隱密有關。行昭陡然想起那日跪著向方皇后哭求的顧婕妤，後宮之中的男女之事，只能在皇帝與妃嬪……

一個晌午過得快極了，行昭沈了心神來描紅，手腕都酸了，也只描了三、五張，蓮玉看在眼裡，面上不顯，斂過袖子加水磨墨，墨在涼水裡化開，一圈一圈地磨，墨便稠了也變得鋥光瓦亮。

「賀三爺和陳家人往西北去，皇命說的是督察糧草軍餉，可實際上卻是試探。如今時勢既非戰亂，又非練兵，戶部派人去有什麼好查的？文官先行一步，無非是試試方家人的反應，若是方家人沒反應，那沒隔多久，皇上就該讓武將接上了，可偌大個定京城，上哪裡再捧個霍去病？」

行昭話沈得極低，蓮玉聽不太明白，面上卻抿嘴一笑。

小娘子這是在轉移思緒。她就怕小娘子倔勁犯上來了，非得弄明白皇后和方都督說了些什麼，皇后不想姑娘知道，自然有皇后的道理，牙齒舌頭在一塊兒還得時不時打個架，她就怕姑娘惹了皇后的惱。

所以說人處的境地不同，想的事也不同，害怕的東西也不同。蓮玉是僕，一心為主，她只關心主子的安危榮寵，不會刨根問底，揪心自己不該揪心的東西。

行昭筆頭一頓，寫字要心無旁騖，她心裡頭裝了事，便怎麼也寫不好了。定睛看了看將才寫下的那筆垂柳豎，口中呢喃。「冰凍三尺非一日之寒。文官筆誅口伐，只能傷體膚，動不了筋骨，皇帝若想當即就捧個心腹之人出來接管西北，壓根兒就不可能。若我是皇帝……如果我是皇帝……就要先拖住舅舅，再從長計議，慢慢抉擇……」

可方祈在京，已經算拖住了啊，又何必畫蛇添足？

行昭思路陷入僵局，抬頭一看，卻見竹簾下面兀地竄出個頭來，行昭心頭一驚，定睛一看，拍了拍胸，直嗔道：「其婉！偷摸縮門口做賊呢。」

藏不住索性就大大方方出來，其婉不比碧玉會說話，支支吾吾老半天，將手裡攥著的紙條拿了出來。

行昭蹙眉單手接過，再一細看，心下了然，抬頭問其婉。「誰給的？」

其婉眼神落在腳尖，答得倒快。「本是去內務府拿布絹，突然竄了個小內侍出來，把紙條往我手裡一塞，便跑了。」

行昭默了默，紙條是用宮裡頭普普通通的青毛邊紙寫的，被其婉捏在手裡捏得久了，便有些皺巴巴。

行昭埋頭輕手輕腳地將紙條展開，手撫在紙上一點一點地舒展鋪平。

「水至清則無魚，貪以敗官為墨。　惕」

六皇子這個蠢人，想悄不作聲地給她遞消息，就別自個兒親手寫呀，他怕是不曉得歡宜將他去遼東和江南寫的那些家書，一封一封地全展開給她瞧過吧？

行昭前腳將字條細心收在床頭暗匣裡，後腳便守在正殿門口，等方祈一出來便遞了信。

隔了三天，方皇后便笑咪咪地摟著行昭笑。「平西關的帳簿向來光明正大地放在堂裡，陳、賀二人想查便去查，只是他們查的時候妳二舅公就守在他們旁邊，若是想放東西進去或是想改東西進去，陳、賀兩人先掂量掂量自個兒吃不吃得住妳二舅公的狼牙棒吧！」

真是個老當益壯的二舅公！

到了仲秋，宮裡頭顯得很平靜，只有一樁事，孫貴人身子漸重，不能侍寢，顧婕妤扶搖直上，一枝獨秀，重獲恩寵。

這事算大嗎？

不算，因為宮外頭有更大的事，今上長子要正兒八經地娶親了。

與那一次納側妃不同，這回子是娶正妃，定主母，再說大一點，按照皇帝的喜好，或許往後母儀天下的人也板上釘釘地定了下來！

二皇子大婚的規格高。

高到哪種程度了呢？

二皇子周恪到底還只是皇子，不是太子，大婚按例不能在皇城裡頭辦，只能從信中侯閔家八抬大轎抬了閔寄柔入豫王府的門，皇帝愛長子，百姓喜么兒，既然二皇子不能在宮中結親，那做父親的便出宮去觀禮吧。

皇帝大手一揮，定下儀程，要六司備著，正日子出宮往城南豫王府去。

皇帝都去觀禮了，二皇子大婚的規格算不算高？

方皇后連聲應了，吩咐蔣明英著手去準備，大婚的正日子是十月初十，是欽天監給算的，老學究捋著羊毛鬍子壬戌申辰說了一大通，最後定下這個日頭。「豫王八字缺木，正好信中侯長女給補足了，可豫王妃命裡又缺水，天干地支算下來，初十主水，定在十月初十是頂好的。」

行昭一面聽心裡頭一面呸，欽天監盤算的是天家事，說的卻盡是鬼怪話。

前世裡二皇子榮登大寶時，陳家想再上一層樓，愣是讓欽天監將陳家二姑娘陳婼百鳥朝鳳的命格都算出來了，硬生生擠掉閔寄柔，陳婼上位。如今卻又說閔寄柔與二皇子八字正好，天造地設。

一群神棍也不怕將自個兒舌頭給閃折了！

行昭不信沒有用，只要有人信了，欽天監就有賞銀拿。聽見想聽的，自然有人滿心歡喜地什麼都信。

忙忙碌碌到十月初，原本一直細雨綿綿，一到初十天便放了晴，透過窗櫺望出去，萬里無雲裡有些湛藍湛藍的玉色，讓皇帝連聲讚了幾句好兆頭。

過了晌午，帝后偕行，一輛青幃小車從鳳儀殿裡軲轆軲轆地出去，向公公和蔣明英一左一右跟在馬車旁，後面只跟了兩列九城營衛司的人。帝后輕裝出行，行昭身上帶孝怕沖了喜氣，只將帝后送到宮道裡頭，便轉身回去。

將進瑰意閣便聽見蓮蓉訓人的聲音，上頭主子心不靜，下面僕從的躁氣也起來了。

行昭嘆口氣便快步往裡走，將繞過拱門，便看見中庭裡的小石板路上跪著個絞了平劉海、上牙咬著下唇，一抽一搭卻不敢哭出聲來的小丫頭，再細看，卻是那日碰著那個虞寶兒。

行昭眼風朝下掃了眼，直接問蓮蓉。「這是在做什麼？」

「本也不是什麼大事，小丫頭上月分才來，是碧婉姊姊保的，說是為人伶俐又得姑娘喜歡，從十幾個小丫頭裡選了三個來補瑰意閣的差，我心道那鐵定是個出眾的吧？便想好好瞧瞧，哪曉得今兒個我一推門便撞見她在看《白蓮記》，頓時就生了惱氣！」

蓮蓉一張臉紅彤彤的，一副氣得不行的模樣。瑰意閣就數蓮玉的脾氣最好，可卻是蓮蓉最能和人打成一片。

用其婉的話來說——「蓮玉姊姊得遠遠敬著，可蓮蓉姊姊卻是好的壞的，甜的苦的都能同她說。」

蓮蓉如今是氣得夠嗆，行昭沒看過這些話本子，眼神卻尖，瞅見地上鋪了本封面畫了兩朵石蒜花的話本子，想彎腰去拾，卻遭蓮蓉一把攔住。「姑娘可不能瞅這種東西！」

行昭愣了愣，再一細瞅，石蒜花紅得豔，幾重花瓣往外翻，生生畫成一副妖冶卻拙劣的模樣，心裡頭有了底，便問寶兒。「蓮蓉冤沒冤枉妳？」

寶兒抽搭一番，眼眶紅了紅，趕緊搖頭，愣了愣又輕輕點了點頭。「沒冤枉……」尾音拖老長。「可奴婢都不識字，外間的小內侍說這書有用，等俺大些了就能懂裡頭的本事了，俺便花錢買了回來，可看也看不明白。」

蓮蓉當真想佝下身子將那丫頭的嘴給捂住。

本事？什麼本事？姑娘沒見過這些話本，她可是見過的，話糙得很，言語又粗俗，字裡字外地教的全是勾男人的本事！

所以她瞧見這樣的書出現在姑娘的小苑裡頭，真是氣得一佛出世，二佛升天。虧得今兒個黃嬤嬤不在，若黃嬤嬤在，能立刻將這小蹄子打得下不了床。若遭旁人看見了，這一屋子的小姑娘還要不要活了，她們家姑娘的臉面還要不要了，這可是在宮裡頭！

「什麼本事？花了多少銀子買的？」行昭的神情倒很平靜，抬了抬下頷，清明地看著哭得一臉花的寶兒。

寶兒口裡一嗆，支支吾吾。「沒花多少銀子……說是教……教……做人的本事……」

「到底是花了多少銀子！」行昭逼得急。

「三兩……」寶兒將頭埋在懷裡，手袖在袖裡緊緊攥成個拳，她再蠢也知道那內監說的話不能給溫陽縣主說——「寶兒妹妹如今在溫陽縣主身邊伺候，一道長大的情誼最難得，溫陽縣主的身分還不能嫁個好人家了？到時候寶兒妹妹跟著嫁過去，學上兩、三手本事還不會把姑爺迷得葷素不分了？」那內監笑得諂媚，話卻讓她聽得眉開眼笑的。哪個不想攀高枝？

行昭一聽價錢全篤定了，字都不識，能捨得花三兩銀子去學做人的道理？眼頭沈了沈，心裡頭陡然泛起一股噁心，靠手吃飯就算是稀飯也能吃得甜，靠臉、靠身子、靠男人吃飯，吃的是天底下最難吃的飯！

世間笑貧不笑娼，宮裡頭跟紅踩白，既有顧太后以色侍君上位的例子在，下頭的宮人自然也跟著學這個本事。

「外頭的東西不許往瑰意閣裡拿，吃食不許，信箋不許，什麼都不許。新來的宮人若是不懂，就來問上面的姊姊。人笨一點不要緊，慢慢教就是，我總要護住妳們周全。只一條，若太懂得為自個兒盤算，就可使勁地自己去盤算，休怪我不留情面。」行昭說得鄭重。

蓮蓉和蓮玉是生死相交，其婉是她從應邑身邊保出來的，她們都是十成十信實的。可後來人呢？

皇帝給了六皇子方家，卻給了二皇子陳、賀兩家，放在明面上讓他們倆去爭，後宮爭鬥向來無所不用其極，誰能確保下頭人的心思都是齊的？她那日要下寶兒是因著這丫頭白白圓圓的臉長得有福氣，可如今看來，白長了一張有福氣的臉，自己太會為自己盤算，算來算去、磨來磨去反倒將一身的福氣給消磨掉了。

眾人垂首連聲稱諾，行昭斂了斂襦裙，一面往裡走，一面將眼神從躺在地上的那本冊子上一掃而過，抿了抿嘴，心裡有些譏誚。

明明瓤子是石蒜花，外頭卻說自個兒是白蓮花，怪道銷路又廣又好。

蓮蓉善後，苦口婆心地只讓寶兒罰跪在廊間。「念妳初犯，又是遭人蒙蔽，今兒個是難得的大喜日子，就不過多責罰。妳以為外間的那些小內侍是好相與的？口蜜腹劍的事，他們幹得比女子都多都熟稔，才七、八歲的小娘子，怎麼就不能好好當差了呢？安安分分當差，前程自有人幫妳打算。」

跪在廊間，膝下涼涼的，寶兒覺著自個兒臉上的淚被風吹乾了，也變得涼涼的了。

前程幫著打點好，是夠吃了還是夠穿了啊？為奴為僕的下等人就不能上進了？她一個月的月例銀子才五錢，掏光身上的銀子買了那麼本書，是想學本事、想過日子的，礙著誰了？

寶兒抽抽噎噎地哭，哭到最後不哭了，直愣愣地望著天從湛藍變得一片昏黃，她會記著這個晌午的，一輩子都記著。

將近晚膳，行昭算算時辰怕是已經拜了天地了，擱了筆，其婉便上來輕聲回稟。「將才慈和宮顧家娘子遣了人過來送棗酥，我接了只說您在用功便沒讓她來給您請安，回去路上她看見了跪在廊間的寶兒，那宮人便給寶兒塞了條帕子又好言安慰了兩句。」

行昭一面接過帕子擦手，一面笑。「這不，就來了朵白蓮花。來的是原來和妳搶絹布的錦羅嗎？」

其婉搖頭，心有餘悸。「錦羅給我賠了罪，便再沒見她出來過，如今在顧娘子身邊侍奉左右的人叫錦心。」

也是，錦羅給其婉磕頭賠罪，下的是她顧青辰的臉面。顧青辰好面子又好名聲，怎麼可能再把下了自個兒臉面的丫頭帶在身邊？

遇上個沒心的主子，也算是遇人不淑。

「寶兒還能待在瑰意閣裡嗎？顧娘子示好，您又懲戒了她，就怕她心裡存了疙瘩。」

行昭喜歡其婉，人總是願意喜歡和自己很像的人，其婉少了急智，不算太聰明，可處事為人願意多想三分，也願意下苦工。

「留。暫且先瞧一瞧，妳們暗捧和她一道來的那兩個小宮人，瞅瞅她是什麼反應，再留意一下她的起居行事。若是糾得過來就糾，若是糾不過來，就看看能不能釣條大魚上來。」

其婉不太明白自家娘子話裡的意思，仍舊一臉鄭重地點點頭，神色決絕得像是要奔赴戰場，反倒把行昭逗得哈哈笑。

第七十一章

等天上的星辰密得像棋盤的時候，方皇后這才回宮。二皇子成親，皇帝要給王懋妃做顏面，一回宮便過去了。

方皇后樂得清閒，換上熏得暖香的常服，笑咪咪地攬了攬行昭，話裡倒是很喜慶的語氣。「拜堂的時候，老二的臉紅得跟他手裡的喜結一樣，主禮官讓他往北拜，他愣了三刻這才過來。

「我去看了閔家娘子，絞了面，敷了粉，活像個瓷娃娃，坐床的時候穩穩地坐著，聽欣榮打趣也好，聽平陽王妃揶揄也好，巍然不動，看上去是大氣。」說著說著話便說岔了。「等阿嫵成親的時候，要梳個高髻，阿嫵額頭生得好，梳高髻也壓得住。本來是琢磨想將阿嫵許給桓哥兒，表哥表妹過得安生，哪曉得……」話到後頭便低了低聲。

行昭湊攏上去，動動鼻尖嗅了嗅，方皇后身上有股酒味。喝了酒，腦子沒平常那樣清明了，話才敢多，心才敢放寬點。

「不過歡宜嫁了桓哥兒也好，咬人的狗不叫，妳舅舅就是太會叫了，膽子也大，撇下親眷就敢帶著人馬出城去追擊。妳說他凱旋就凱旋吧，又一箭把馮安東祖宗牌位給射穿了，最後倒是聰明一把，沒親自下手逼皇帝處置應邑，可話裡話外的意思，皇帝能不明白？咬人的狗不叫喲，『韜光養晦』這四個字我本來是不喜歡的，可如今不喜歡也要喜歡了，九城營衛司的軍力不比西北鐵騎弱……」

說著說著便笑起來。「方家安安分分幾十年，皇帝他滿心要防方家，眼裡光看見武將手裡的刀，沒看見那些文臣想流芳百世的心。防來防去，當心引狼入室，得不償失。」

蔣明英將門掩得牢實，內廂避在鳳儀殿的最深處，四角都有守。

行昭靜靜地聽，方皇后這段時日過得有多壓抑，她看在眼裡。前世的方皇后和方家都沒有陷入儲位之爭，今生反倒被生拉硬拽拖了進來，真是託了皇帝的福。

明面上看二皇子與六皇子旗鼓相當，你有姊姊嫁方家，我有媳婦兒是閔家。

可再往細裡想想，二皇子明顯更占優勢。

皇帝存下心給二皇子鋪路，又把老二調到兵部去，又扶持陳家和二皇子母家親近，可謂是用心良苦。

可每當行昭看見二皇子那張正氣凜然的臉都覺得惆悵，無論前世今生，皇帝都更喜歡二皇子些。「寡言多薄義」，竟然拿這話去評自己的小兒子，行昭只能感嘆一句，十個手指都有長短，景哥兒是賀琰唯一的嫡子，賀琰都不喜歡他，憑什麼要求皇帝對二皇子與六皇子一視同仁？

人都是有偏好的，可皇帝的偏好已經讓別人方寸大亂了。

行昭一下一下撫在方皇后的背上，轉過頭去斟杯熱茶的工夫，方皇后便半合眼睡得迷糊了。

行昭雙手捧了盞熱茶，立在原地愣了愣，指尖上溫溫熱熱的，恰似她的一顆心。

隔天二皇子便帶著新出爐的豫王妃閔寄柔入宮來見親了，方皇后到底年歲大了，前晚上醉了一醉，一大早起來只好拿冰涼水沁了沁臉，清醒了些，便帶著行昭往正殿去。

新婦三日紅，閔寄柔一身紅，斂手垂首，小媳婦兒模樣跟在二皇子後頭，王懋妃來得也早，落坐在了右上首。

方皇后眼瞧見了，斂了斂眼，沒吱聲。

二皇子和閔寄柔一道行了叩拜大禮，清朗了聲響。「媳婦給皇后娘娘請安，皇后娘娘長樂未央。」

行昭端著杌凳坐在最尾，兩人行禮的時候，便起了身避過那個禮。

方皇后便笑，讓人賜了座，特意提了提王懋妃。「王懋妃是豫王的母妃，是見過一回面的吧？過會兒用完膳一道去懋妃宮裡坐坐。」

婆媳也不是頭一回見面，話無非問些「豫王府住得慣住不慣啊？」、「要不要再撥幾個僕從去？」

閔寄柔答話答得規矩，行昭埋頭吃茶，卻見對面的二皇子衝她做鬼臉，再細一瞅，分明是在說兩個字——

「上元」。

行昭愣一愣，這才反應過來，是和她提上元節他領著亭姊兒逛燈會的那樁事?!

二皇子生怕行昭看不清楚，兩個字說得一張臉皺成一團，活像個鮮肉包子，簡直讓人不忍直視。

行昭頭往下埋了埋，沒給回應。說實話她也不曉得該給怎麼樣的回應，二皇子為人坦率，自有一番風骨在，可成俠士，可為大家，皇帝卻要他當天子，將他明晃晃地擺在了方家的對立面，老二被硬生生地架到了火烤火燎的位置上，自個兒怕是還不知道。

閔寄柔擔得起她的名字，鵝羽千里遙寄柔，說話的聲音顯得既端莊又軟和。

「回皇后娘娘，住得、吃得都好，府裡的僕從們都還沒正經見過面，往前豫王府是沒女眷打理，男兒漢的心思在外頭，自然細不到內院來，媳婦既然掌了內院總要好好地掌下去，只求對得起皇上與您的栽培。」

沒女眷？那亭姊兒算什麼？

宮裡頭女子的言語機鋒真是聽個八百年也聽不膩，皇后隨口提了「僕從」二字，閔寄柔打蛇隨棍上，當作是領了把尚方寶劍，怕是一回府就該借方皇后名頭，清算內宅裡頭的彎彎繞繞了。

亭姊兒能力挽狂瀾，趕在閔寄柔嫁過去之前攏住老二。閔寄柔名正言順，憑什麼不能乘機斬妳爪牙？

方皇后眸色一沈，笑了笑，面上不在意。「妳是豫王妃，執掌中饋天經地義，只是新婦持家還是當以寬和待下為主。」

閔寄柔眉眼一凜，眉梢眼角堪堪往上挑了挑，隨即便恭謹回是。

行昭默上一默，埋頭又倒了盞茶。

用過午膳，閔寄柔陪王懋妃回宮。老二推託要去兵部領差事便先行一步，行昭歇過午晌便早早地要去崇文館上學。歡宜定了親，便不好再出門上課了，素日就只有她與顧青辰一道上課，嗯，也沒想像中那麼難熬，至少顧青辰一直表現出與她是交情親密的手帕交。

好歹顧青辰還願意做面子情，行昭也樂得粉飾太平。

手裡揣了書兜走在宮道上，突然有個人影從拐角的羊角宮燈後頭竄出來。

行昭手頭一緊，頭往後一縮，定睛一看才發現是二皇子。

「您不是去兵部了嗎？」

二皇子拖著腿出來，咧嘴笑一笑。「還沒……」話到一半，捶捶腿。「蹲在後頭蹲久了，腳麻了。」

行昭目瞪口呆地往後一瞅，宮燈後頭栽著的低矮灌木叢已經被壓了個凹形，再回過頭來看二皇子，下意識地往暗處偏了偏。「您在這兒是候誰呢？」

「還能候著誰，自然是等妳啊。」二皇子細聲嘟囔一句，接著便佝頭壓低聲。「宮裡頭人多眼雜，咱們就長話短說，上元節我帶石氏去逛燈會是……是因為她太能磨人了，磨了得有一個月，揪著我袖子不哭也不鬧，只眼巴巴地瞅我，我醉了回去就服侍我喝醒酒湯，天涼了就給我親手縫衣裳，我便……我便……」

「您便依了她？」行昭順理成章接過後話。二皇子點頭，行昭再問。「您來堵我，是想讓我忍著，不給豫王妃說起這事？」

二皇子再點點頭。

行昭默了默，又陷入了不曉得該怎麼樣回應的僵局裡。

若她在亭姊兒的位置上，她要怎麼做？趁閔寄柔還沒入門的時候，攏住府裡上上下下，攏住男人的心，若是能有孕產下孩兒就更好了，水往低處流，人往高處走，這無可厚非。亭姊兒確實也這樣做了，二皇子吃軟不吃硬，石頭都能被焐熱，何況一個憐香惜玉的二皇子？

站在方皇后的立場上自然是豫王府的內宅越亂越好，否則將才在殿上方皇后也不可能話裡話外曖昧不清。可站在行昭的立場上，她希望閔寄柔過得好，也不想讓這個宮裡難得的耿直人——二皇子陷入僵局。

世間的事本來就是一場悖論。

隔了良久，行昭輕輕點了點頭，語氣生澀，正想開口應話，卻聽身後有人揚聲高喚。

「二哥！你怎麼在這？」

行昭心頭一驚，一回頭便看見六皇子周慎直裰長衫，原是離得遠遠的，越走近，行昭便越覺得六皇子好像是瘦了點吧？

二皇子歪過身子往後一探，便笑。「在這兒同行昭說話。你這幾日不是在整理卷宗嗎？」

六皇子眼神往行昭身上一掃，默不作聲地快步越過行昭，將她擋在身後。「剛理完，將從儀元殿出來，父皇問向公公你在哪兒，問了好幾遍，怕是尋二哥有事。」

二皇子抬頭看了看天，連道幾聲不好，朝行昭語焉不詳交代幾句。「妳點頭我便當作妳應下了，我本是無心的，再加上看她也可憐，別人不清楚，妳總是能明白我的吧？」

行昭心頭一咯噔，明白什麼呀，這不是引人誤會嗎？

飛快掃了眼六皇子，悖論不悖論、矛盾不矛盾的暫且都先放下，只顧得先朗聲回了老二。「應下了、應下了，您且快去見皇上。」

待二皇子身形一遠，行昭便先朝六皇子福了身，身子下意識地往宮燈角側了側，清了清嗓子，話說得有些急。

「豫王殿下在此處等臣女，是因為上元節的那樁事，豫王殿下與石側妃同行，遭臣女見著了，殿下怕臣女告知豫王妃，引起不必要的爭執，便……」小娘子話到後頭，自己都覺得有些莫名其妙，她急急忙忙給六皇子解釋做什麼？言語頓了頓，話鋒一轉。「端王殿下在這兒做什麼呢？」

六皇子眼眸亮極了，心緒無端大好，伸了伸袖口，眼中帶笑。「還沒用膳，去母妃那兒吃飯。」

蓮玉跟在後頭，嘴角便不由自主地勾了勾。重華宮避在最西邊，儀元殿在皇城中心，鳳儀殿卻在儀元殿的東邊，六皇子這順道順得也太巧了。

十月分的天涼了下來，行昭卻覺得臉上手上都暖得不行，繡鞋在青石板上蹭了蹭，又深福了福，只作告辭。「您快回重華宮用飯吧，常先生也快開課了……」

轉身欲離，六皇子卻跟了上來。

「正巧我也想去崇文館借本冊子，便一道吧。」

這少年郎身上熏了什麼香啊？既像木蘭香，濃郁且芬馥；又像沉水香，低斂卻恆久。

行昭一陣恍惚，立在原處，踱了踱步，看著那身素袍直裰往前走，咬咬牙便跟了上去。

上回落雪的時候也是走的這條道，雪被宮人們掃到一邊去，可雪氣卻纏纏綿綿地飄在空中。定京的雪幾十年沒變化過，來勢洶洶卻紛紛揚揚下個不停，既叫人喜又叫人厭，就像這世間所有的情感。

行昭一面走，一面走神，忽然聽見六皇子沈昤綿長的一番話。

「二哥從小到大便過得順風順水，父皇先有一個長子，是東六宮一個才人生的，一出世便夭折了，二哥出世，便實打實地算父皇頭一個兒子，四哥和二哥年紀相仿，可四哥有腿疾，父皇的一雙眼便擱在二哥身上，等二哥滿了三歲的時候才有了我。」

皇帝愛長子，百姓愛么兒。其實不僅僅是皇帝愛長子，任何一個世家大戶的男性掌權者都更喜歡長子一些，和長子相處的時間更長，投入的精力更多，自然期望更多，長子意味著後繼有人，也意味著生命的延續。

六皇子告訴她這些做什麼？

「父皇的關注，便意味著喜好。或是個性使然，或是後天養成，二哥行事常常無所忌憚，有些事他便思慮不到。」

行昭聽得有些迷糊，二皇子的個性說好聽點是率直通暢，說難聽點就是不靠譜，這些她都知道啊。

六皇子腳下一停，語氣頗為鄭重。「二哥的家事自然有皇后娘娘與懋妃操心，後宅嫡庶之爭，女人間的心思本來就陰狠又出其不意，妳一個清清白白的小娘子，貿貿然被拖到豫王府的家事裡算什麼道理？豫王妃與妳交好，那位安國公家的側妃同妳也一向有往來，兄弟鬩於牆內，外人說什麼都是枉然，況且人心難測，豫王妃閔氏處事行舉皆有深意，妳一個小娘子……」

六皇子話沒接著說下去了，為什麼呢？

因為他看見了行昭瞪圓了的一雙眼。

少年郎喉頭哽了哽，說起女人家的事，臉上有些發紅，可到底不放心，跟著便添了一句。「二哥託妳隱瞞豫王妃，本就是胡鬧，自家家事，旁人能插什麼嘴？妳答應不說，可若是因此事，夫妻間生了嫌隙，安國公家的側妃會怨妳，豫王妃照樣會怨妳。」

老六……

老六這是在教她？

在隨時隨地爭儲之戰就要拉響的時候，他還有心思教她該怎麼盤桓在後宅內院的事情上？

行昭手心出汗。兩世為人，重來一次，她不介意方皇后和方祈將她當作實實在在的小姑娘看待，可六皇子確實將她當成小姑娘看待，她心裡有些五味雜陳，有酸有澀有苦，卻也甜絲絲的。

鳳儀殿的宮道離崇文館不算遠，可每次和六皇子一起走，就變得好長好長。

六皇子說完一番話，便默了下來，聽輕風嘯聲。

「我都明白的……」行昭輕聲出言。「你別擔心。」

四個字一出口，兩個人瞬間默了下來。

行昭手裡一緊，有些手足無措，她不喜歡這種感覺，像面前擺了一只裝著蜂糖的瓷瓶，蓋子是揭開的，香味溢出來繞在人鼻尖上轉悠，可心裡卻明白這蜜糖是不好的，吃了會壞牙、會變胖，吃多了還會發膩想吐。

可就是想吃，心裡告訴自己拿筷子沾點嚐嚐不礙事，可嚐了一口之後就想嚐第二口、第三口、第四口……吃到最後，滿口壞牙，便再也咬不動別的東西。

她的愛與恨都來得太過浩蕩，前世直衝衝地撞進周平甯的網裡，死過一次，這才給拔出來。

她真是屬狗的，記吃不記打。

前事未卜，各廂籌謀都在飛快地運轉中，局勢太複雜了，不能再亂了，一著不慎，滿盤皆輸。她蠢了一輩子，這輩子總不能再蠢下去了。

氣氛靜下來，只能聽見衣料窸窸窣窣的聲響。

拐過長門，六皇子收了收抿起的嘴角，壓低了聲音。「將才我去儀元殿，父皇問我，財權是七寸，還是兵權是蛇之七寸？」

行昭抬了抬頭，沒答話。

六皇子接著往下說：「我便答，亂世之中兵權如險峻要塞，而太平盛世之中，民生安定祥和，國富則民強，民強則道順，君子威勢方可一言九鼎，天家福祉才能萬世綿延。」

說的都是場面話，連行昭這個閨閣女眷都明白的道理。可皇帝拿這番話來問六皇子，就有些引人深思了。

「皇上怎麼說？」行昭忍不住發問。

「父皇便讓我出來了。」六皇子神情淡淡的，他心裡明白皇帝想問什麼。戶部最近在整理卷宗，整理的都是西北一帶的財政收支，平西關以南上繳的稅銀一年比一年少，陳、賀二人前去督察，並沒有查到任何方祈污點。

朝廷每年撥出軍餉軍資去充西北陣營，方祈沒有私吞庫銀，卻擅自降低稅銀。賀現的信件來時，上面寫到——「平西關以南安居樂業。平民皆著松江布，肉食客棧之店來往通行皆利。」方祈擅自調降的稅銀讓西北民眾過上了好日子。

在皇帝看來，等於拿他的錢，給方家做人情和臉面。

皇帝問他怎麼看，他能怎麼看待這件事？

是皇帝將方家和他牢牢綁在一起，卻想讓他反過頭來咬方家一口，最後裡外不是人？

二哥是皇上的兒子，難道他就不是了？

走在狹長的宮道上，六皇子縱使個性再內斂，心潮也有些起伏的，有些話不好說全，再想想方祈已經在定京，皇帝想就這件事拿方祈的小辮兒，未免殺傷力不太夠……六皇子仍舊隱晦地出言提醒行昭。

「西北戰事已平，韃靼三、五十年內翻不起風浪。平西侯借東風步步高，身在定京，位達名臣，有利有弊，可在父皇看來，這是底線。」

在新皇尚未即位之時，將方家拘在定京，是皇帝的底線？

方家若是拘在這底線之中，便會眼睜睜地看著西北舊地被蠶食殆盡；做人不能起壞心，可也不能沒有一點自保的能力。

普天之下莫非王土，率土之濱莫非王臣，方祈將西北看成禁臠，今上生性多疑，日復一日地擔憂，最後所有的擔憂加在一起，就變成了積勞之沈屙。

「然後呢？打一個渾身都是氣力的壯漢自然不好打，可打一個金玉其外、敗絮其中的病弱老人，只需要借力打力，方家便會煙消雲散。」

行昭輕聲呢喃。「沒有人會坐以待斃的，端王殿下。」

她在方皇后跟前都沒說得如此直白，這是她頭一次沒在六皇子面前說場面話。

六皇子步子頓了頓，隨即快步向前走。「自然沒有人會坐以待斃，平西侯不會，皇后娘娘不會……」話到最後，語氣放得輕極了，輕得好像險些落入塵埃。「我也不會。」

行昭還是聽見了，眉梢半分未抬，將布兜往上摟了摟，一抬眼透過層疊的枝椏便看見了隱在辰光裡的崇文館，腳步猛地一頓，背對著六皇子，終是沒忍住緩聲問。

「皇上的底線在這裡，那你的底線在哪裡呢？阿慎……」阿慎兩個字，上唇碰不到下唇，本該很順口的一個詞，卻被行昭唸得極其彆扭。

兩人同時在階前止住了步子，行昭眼神定在了泛著青碧的苔痕上，心裡頭先有悔意，後來便是鋪天蓋地的爽快，一種如釋重負之感。

等了等沒等來六皇子的回音，便沈了沈心，動了身形，輕撚裙裾往裡走，手指還未曾挨到緞面邊上，手腕便被人一把扣住。

行昭渾身一顫，喚阿慎的時候臉上未曾發燙，如今卻從脖子慢慢燙到了額頭上、髮梢上，直至耳根子後頭。

「我的底線其實很簡單。」六皇子說得風輕雲淡。「能將我身邊的人，護得周全。」

話很簡單，行昭一隻手被六皇子拉在身後，一隻手卻縮在寬大的雲袖裡攥成了一個拳，她背對著六皇子，自然看不到他抿成一條線的嘴，也看不見他閃得極亮的眼眸，可她能感受到。

六皇子手心好燙，就算隔著袖子那層軟緞，行昭好像也快被溫度灼傷了。

將身側的人護得周全，何其難！

蓮玉跟在後頭，目瞪口呆，她比行昭年長幾歲，兒女之情就算沒遇著過，也聽見過。愣過之後四下張望，虧得崇文館建得僻靜，竹影叢叢中，只有隱隱約約看見兩個人影在，否則……

蓮玉趕緊搖頭，不能有否則！

可是……呃……六皇子這算不算該出手時就出手呢？

蓮玉想了些什麼，行昭自然不知道，她忙著將手從六皇子手裡掙開，斂過裙裾三步併作兩步小跑上崇文館，身子僵直地朝常先生行了禮，便安安分分、規規矩矩地拿筆載文。

行昭滿腦子都是事，自然也沒有注意到身後的顧青辰注視了她良久。

第七十二章

皇帝著手西北之事像老婦人繡錦屏，一段一段的，遣了陳、賀兩人去了西北之後，賀現便遞了一道摺子上書，說是西北民生安定，戰亂之苦已經過去，啟奏皇帝請求提升稅收。

皇帝朱批御筆駁回，並下令「五載之內，平西關以南免除苛捐雜稅，鄉紳大戶之產過繼、販賣、捐贈皆由本宗族作主」。

皇帝一手反間計玩得好，賀現當黑臉，皇帝唱白臉，無論耕種平民，還是鄉紳世家都只有感激皇恩的分。

兩廂一比較，原本方家人的威望與好處就顯得不那麼重了。

方皇后一碼事一碼事地告訴了行昭，問行昭怎麼看，行昭神色挺淡定的，只這樣說：「遞摺子上來的是賀現，可皇上御筆親批下去擔當軍草糧餉督察主事的卻是陳顯之子，慈母多敗兒，放在陳家就是老子能幹，兒子便弱了下來。陳顯之子陳放之才疏且志淺，擔著一個主事的名頭，出風頭的活兒卻被賀現搶了過去，陳、賀兩家既無姻親關係，又沒親眷牽連，一個聰明且心大的，一個蠢又不甘心的，兩個人放在一起遲早出事。」

賀現是賀家人，他多有本事啊，有本事到讓賀太夫人忌憚。

把他放在陳放之手下當差，他能甘心嗎？一次、兩次地奪權，陳放之會不採取措施？

方皇后笑著摸了摸行昭的頭，連聲稱。「有時候隔閡與嫌隙只需要一句話而已，好好安排，結盟不睦，成何大事？」

陳、賀兩家的結盟長不了，各家都在往自己兜裡刨好處，前世陳家一馬當先，把陳婼推上皇后寶座，賀琰無不懊惱，可一看自家嫡女，一顆心落在晉王周平甯身上沒藥救。

行昭抿嘴笑一笑，輕輕甩了甩頭，想把周平甯從腦海裡甩出去。

一過完年，到新春的雪化得乾乾淨淨的時候，行昭就該行除服禮了，算算日子，方福已經過世三年，行昭在小佛堂畢恭畢敬地給方福上了三炷香，結結實實磕了三個頭，沐浴更衣，更的是杏紅的高腰襦裙，許久未穿這樣鮮麗的顏色，一上身便顯得有些突兀。

行昭埋頭理了理蹙了三圈金線的袖口，金線有些膈人，指腹一點一點撫摸過，既像摸過豁了口的茶盅沿，又像撫摸過那段難耐的時光。

方皇后掌在椅背上，手緊了緊，望著行昭笑，笑著笑著，眼眶便紅了，一面就著帕子擦眼淚，一面遮掩失態，笑著朝行昭招手。「妳哥哥來信了，昨兒個夜裡回事處呈上來的，估摸著妳睡了，便沒叫妳。」

行昭接過信箋，薄薄一層，拿青泥封的口還沒開，信封上寫「吾妹阿嫵親啟」，字還是原來的字，可筆鋒勾連處卻多了些圓滑，行昭笑著指給方皇后看。「原先哥哥寫鵝頭勾，恨不得橫平豎直都寫出個棒槌來，如今卻也曉得軟一軟，彎一彎，寫出來的字才更好看了。」

「東南未平，外有海寇，內有大家鄉紳，景哥兒學一學忍功也好。」方皇后摟著行昭，說得有些漫不經心。

百煉成鋼，景哥兒一共寄了三封信回來，她一封，行昭一封，方祈一封，筆墨通信寄相思，可正經的話僅能白紙黑字寫下來？過驛站，通宮門，輾轉到了她手裡，其中有多少人摸過，算都算不清楚。

寄給她的信上無非寫了些不痛不癢的話——「福建多海產，海參補氣，寶鮑養血」，要不就是「東南天氣時陰時陽，所幸陰天之時不必出海，海寇之患尚在一日，東南漁民惴惴一日」，只在最後提了兩句桓哥兒的婚事——「得蒙聖恩，歡宜公主下嫁方家表弟，景歸時必至。」

景哥兒去東南之時，方祈派了十幾個幕僚跟在景哥兒身側，就拿「得蒙聖恩」四個字來說，照景哥兒的個性怎麼可能想得到這一齣？

景哥兒怕是也掛心這封信送到她手上的時候，已經被人給看過了。

被誰看過？自然是皇帝。

方皇后胸腔之中陡然湧起一番洶湧澎湃的恨意與殺機，那日往定國寺相看善姊兒，靜一師太與她獨處半個時辰，言說：「既是來拜見藥王菩薩，那便讓貧尼為皇后娘娘把一把脈，可好？」佛家中人大多頗通醫藥，靜一把脈把了將近一刻鐘，隔了良久才嘆了嘆只說了一句話——「世間因緣皆有定數，有的人夫妻緣分相短，有些人子女情分不足，此番不足可因天注定，亦可因人為之故。」

登時猶天打雷劈！照靜一的意思，她沒有兒女緣分是因為人為緣故嗎？

大婚二十餘載，她從未有過生養，幾十年了，太醫原先拿「靜養休整」來搪塞她。到了後頭連「皇后娘娘脈絡壅蔽，只怕是不易有孕」的話都說了出來，她便也死了心。

可，究竟是她自己不能生，還是有人不想讓她生！

方皇后氣息沈了沈，她從定國寺回來，一度終日心事重重，這些話卻不能和行昭講，悶頭自個兒吞下，靜一是說了真話還是受人指使，到底是因她之故還是另有蹊蹺，方皇后連想都不敢深想。

皇帝心軟卻多疑，她一直都知道，皇帝從未卸下對方家的防範，她也知道，可她卻始終不敢想像，從一開始成親，那個偷偷塞給她酥糖的少年郎就在防範著中宮，連子嗣都不能讓正宮懷有。

行昭靠在方皇后懷裡，安安靜靜地看行景寫來的信，長篇的全是嶺南名勝，或是鐘樓古建，不像是去上任領差事的，反倒像是遊山玩水的。

信只有三頁，一個字挨著一個字瞅完了，行昭有些意猶未盡，又翻過頭來再看一遍，正想仰臉笑，卻陡然發現方皇后的面色變得鐵青，連忙正起身來，輕聲喚了一喚。「姨母……姨母……」

小娘子聲音埋得低，方皇后身形一顫，回過神來，眸光晦暗不明地看了看自己一手教養的小姑娘。杏眼桃腮，膚色白白的，這點像方家人，眉眼長得濃烈又像賀家人，七、八歲的行昭像枝挺直的玉蘭，十幾歲的小姑娘卻慢慢長成了一朵嬌豔的牡丹。

難怪老六喜歡。

年少的人們總以為自己將情思藏得巧妙，哪曉得情竇初開的小模樣哪裡藏得住啊？

她的處境像衛皇后，若是老六娶了行昭，未嘗就不是多了個陳阿嬌。

方皇后斂了斂眉，抿唇笑了笑，一會兒笑一會兒搖頭，索性岔開了話頭。「妳哥哥送了些土儀來，我往各宮都送了點，給妳留了幾個小木偶人，做得滿好，穿的都是蓑衣草裙，和咱們定京不一樣。」

行昭若有所思地瞧了瞧方皇后，再輕輕點了點頭。

等過了午晌，欣榮來了，她的長女才一歲來點，小鼻子小眼睛的，還不太會說話，在嬤嬤身上待不住，伸長了個脖子要往自家娘親身上爬。

行昭一顆心快化了，就像見著了惠姊兒的小模樣，從嬤嬤手裡接過襁褓，輕聲哄著她。

小姑娘一本正經地抱著小姑娘，欣榮看著好笑，見長女待在行昭懷裡倒是靜了下來，便扭身安心和方皇后說話。

「臨安侯長房頹了下來，三房在西北爭氣，我公公是個沈不住氣、眼皮子又淺的，直說『賀家三爺不也有個女兒嗎？若是三郎當時定的是賀現的女兒，如今該多風光』，話前腳傳到公主府來，我婆母後腳就過來了，又是和我商量著納吉的日子，又是商量著什麼時候再一道見見賀二夫人，家裡總要有個聰明人鎮得住，否則一家子都過得難受。」

欣榮的公公王大人一向沒什麼才名，看賀現如今如魚得水，起了心嘮叨兩句，卻遭王夫人按了下來，倒也不算什麼大事。

方皇后也笑。「妳公公一向眼皮子淺，可好歹還算聽妳婆母的話，翻不起什麼浪來。」順勢接過後話。「王三郎的婚事你們且商量著辦吧。賀三娘今年該多大了來著？」

後一句話是在問行昭，行昭一頭放了波浪鼓，一頭回話。「三姊今年該十四歲了。」

兩年的時間，夠不夠忘掉一個不可能的人？行昭不敢肯定，便又加了一句。「二夫人就這麼一個女兒，怕是想留久一點吧？」

「十五歲嫁過門，剛剛好。」欣榮也退了一步，單手摟了摟行昭。「阿嫵也甭捨不得妳姊姊，到時候求了皇后娘娘賜頭一抬嫁妝，賀家風光，王家也風光了，妳三姊鐵定高興！」

方皇后可不想賀家風光。

行昭抬了眸子，展顏一笑，欣榮這分明是來給王家求恩典來了。

女生外向，皇帝嫁個媳婦給方家，不就等於方家多了個女兒嗎？

「行了，就這個冬兒嫁吧，也甭賜頭一抬嫁妝了，大不了本宮讓阿嫵多給些添妝禮。」就算是行明，方皇后也不願意給賀家做臉面。

三句兩句定下行明的婚期，欣榮算是完成了自家婆母交代的任務，東扯西扯扯到九城營衛司上頭。「駙馬整日整日不著家，我派人去問，要不在興盛樓，要不在畫舫，這家請完客，那家請喝酒，喝得醉醺醺地回來，還想親元姊兒……九城營衛司也不曉得在做些什麼，各家都活動開了，他們也不看看駙馬管些什麼？駙馬就一個看尺丈長槍的，管得了他們的升官發財？」

王駙馬年前換了差事，皇帝讓自家妹夫去看守九城營衛司的兵器，算是信重和恩典。

有些事是瞞上不瞞下的，九城營衛司是大周兵力的重中之重，執掌兵符的只有皇帝，在下頭任將帥的便是皇帝信重愛護的心腹之臣，庶人梁平恭去西北之前，便在九城營衛司領差事。

九城營衛司在進行什麼人員調動？

行昭當下留了心，一入夜，方皇后打探到的消息也過來了。「九城營衛司大多都是城東的軍戶家在領職，梁平恭死了兩年，他一去，帶走的那些人空下的位置也有兩年沒人坐了。九城營衛司的僉事大多是世家出身，可下頭的使領卻要從這些軍戶人家裡頭選，如今一個一個都活動開了。」

行昭安安靜靜地聽，心裡頭閃過一個念頭。

「或許這些僉事，也要從這些軍戶人家裡面選了。」

皇帝遣了文官去西北掌住財權，再遣武官去西北接任軍權才算有始有終，可遣誰去呢？遣有一定根基的武人去，皇帝怕再現一個方家出來，可若是遣個無根無基的人去，怕是要被西北的那群狼啃得渣滓都不剩。

九城營衛司是天子禁轡，進去鍍層金，再帶著人手去西北，面子裡子都有了，選幾家軍戶，沒根基沒靠山的，掌起來也方便。

皇帝沒這個膽子掌得住方家，只好退而求其次。

方家人在西北一忍再忍，等新的守備一去，也該爆出來了。

行昭慢慢地等，當晚提筆就給行景寫了長信，語氣含糊地提了提羅娘子。隔了十幾天，行景的信就又到了，只寥寥寫了幾個字──

「先立業後成家，海寇未平不歸京。」

沒說對媳婦兒不滿意，只說要晚些娶媳婦兒。

方皇后便笑，直說景哥兒將方祈的倔氣學了個十成十，背過身便託欣榮給羅家通通氣，意思是你家的小娘子，我們家定下來了，等正主兒一回來便鐵定娶你們家姑娘。

羅家愣了三天，才回了話，只說得先想想。

行景想娶，人家小娘子還不想嫁呢！

方皇后瞬間惆悵了。

其實想一想也覺得能理解，人家羅家書香世家，幾輩子沒失過體面，人家憑什麼把金尊玉貴的小姑娘嫁給行景。

方皇后如今有天下母親都有的忿忿不平。自家的瓜是香的，自家的地是肥沃的，更甭提自家的小郎君，八尺男兒漢，又高又壯，長得是星眸劍眉，言行舉止又有大家體面。

「羅家清白了幾輩子，儲位未定，臨安侯賀琰勢頽，反倒是三房賀現冒出了頭，嫁給哥哥就意味著要擔起賀家那一樁又一樁的麻煩事，怕是覺都睡不清閒。」

行昭倒是很淡定，自己家的骨肉自己疼，景哥兒身擔爵位住在舅家，寧願外放也不回臨安侯府，定京城裡聰明人那麼多，實情猜不透，端倪總能看出幾分吧？

一面說，一面剝了個橘子，輕手輕腳地將裡頭的纖維拈淨，仰臉笑著遞予方皇后。「您也甭急，羅家到底還沒一口回絕，還在掂量中。」

結親、結親，結的是兩姓之好，門第、品性、教養都要挨個兒地看下來。

賀行景姓賀，可他算是在方家教養的，方家出個皇后，娶個公主，身上有世襲爵位，還領著右軍都督的職，外人看著是鮮花著錦，烈火烹油之態，內外相輔相成，只要方皇后不倒臺，方家就能榮耀下去，同理，只要方祈不出錯處，方皇后這個位置就能站得住腳。

可要是方家出了錯處呢？

站得越高，摔得越重，從三步高的階梯上摔下來，腳能疼上一疼。可從千丈高的深淵上跳下去……

這個道理，羅家沈濈幾輩子，明白得很。

方皇后接過橘子，掰成小瓣小瓣的，像幾輪月牙。「羅娘子比妳大兩歲，如今也該十三歲了，她能等，景哥兒就有些著急了，如今十六、七歲的人了。再等，非得等到二十來歲才娶媳婦兒？哥哥沒娶親，妹妹就嫁不出去。」她是真覺得羅家很好，就衝羅家沒有急急忙忙答應這樁婚事的分上，就能看出羅家人至少能實實在在地為自家姑娘著想，沒被遮天的富貴迷了眼，嘆口氣。「那就再等等吧，左右景哥兒現在也回不來，人家若當真不想嫁，咱們家還能搶？」

又不是搶壓寨夫人。

行昭往上數了數。呵，還真指不定方家前幾輩，就是窩在西北當強盜頭子的，否則老當益壯的二舅公哪裡來的雄心豹子膽，拿著狼牙棒守著公差看帳冊？

等來等去，沒等到羅家人正經的回覆，反倒等來了宮裡頭的另一樁事——孫貴人早產了。

上輩子行昭是懷過孩子、生過娃的，乘著暮色聽蔣明英的沈聲回稟，心裡暗道一聲凶險。

「自從孫貴人懷了孩子，每日黃昏就習慣去太液池畔走走，今兒個說是晚膳用得晚，出宮門的時候天就已經昏黃了，走在小徑裡頭沒著意，一個跌跤，當即肚疼起來。」

蔣明英每一個字的節奏好像都落在了自鳴鐘的鐘擺節奏上，說得言簡意賅，不摻雜一絲個人感情。

「馬上讓張院判去東六宮，內務府選的那幾個穩婆也叫上。」方皇后迅速做出反應，林公公應聲去請皇帝，蔣明英安排人手，小宮人束著手埋著頭步子走得飛快，方皇后快聲吩示下，換上常服預備往東六宮去，卻聽行昭一聲喚。「姨母忘了讓人封鎖太液池了。」

方皇后腳下頓了頓，沒接話，斂裙輕踏過三寸高的朱漆門檻，迎著星羅密布的夜光往外走。

行昭直勾勾地看著方皇后越走越遠的背影，緊蹙眉心，心裡頭有塊大石頭高高吊起。

七活八不活，孫貴人腹中的胎兒剛剛好七個月，七個月早產很難活下來。無緣無故在太液池的小徑跌了跟頭，說出去誰信？天家威高，下雪的時候，路上連水氣都不能有，孫貴人身懷六甲，身邊服侍的人不說十個，五個總會有吧，這還能摔了？

她不信！

明明事有蹊蹺，方皇后卻沒讓人將事發之地即時封閉，事後方便順藤摸瓜查下去，方皇后想做什麼？還是她已經做了什麼？

行昭一口氣哽在了胸腔裡，蓮玉知機，奉了盞茶上來，行昭手顫顫巍巍地去拿茶盅，手心一個不穩，深褐色的茶湯便灑了下來，幾滴茶水滴在裙面上，幾乎是立刻就被絹麻吸乾，留下幾團深淺不一的痕跡。

蓮玉呼了一聲，趕緊蹲下，就著濕帕子擦茶漬，語調緩和地說：「您莫慌……」勸完這三個字，就不曉得該說什麼了。孫貴人和自家姑娘八竿子打不著，被皇后娘娘推出去和顧婕妤爭寵，她生不生得出來孩子，和自家姑娘有什麼關係？「皇后娘娘既是去撐場面了，孫貴人自然能逢凶化吉，產下後嗣。」說到這裡也感覺有點不太對，站在方皇后的立場，她憑什麼想孫貴人生下這個孩子？蓮玉咂了嘴，總算含糊其辭圓過去了。「總之有人福氣厚，有些人福氣薄，這些上天都是有定數的……」

蓮玉能含糊其辭將念頭給圓過去，行昭卻不行。

從年前方皇后便背過她好像做了很多事，私見方祈，密會顧婕妤，和蔣明英悄摸說話，這些事，方皇后都不樂意讓她知道，她想猜，想細析，根本無從下手。

可她仍舊不信方皇后會親自下手除去孫貴人腹中胎兒，方皇后一生無子，卻又出自女人天性地喜愛孩童，要想讓人生不出孩子，這個心結好過，可要讓一個活生生的嬰孩流去，方皇后絕對狠不下這個心腸。

方皇后既下不了這個手，更沒有道理做下此事。若是一開始就不想孫貴人產子，何不跟顧婕妤一樣，喝了湯藥，便什麼也不用擔心了。

方皇后一走，花間便空了下來，燈下黑，掛燈懸在頭頂上，便照得什麼影子也看不見了。

從孫貴人有孕，到顧婕妤鳳儀殿哭求，再到顧婕妤復寵成功，如今已是掖庭中一枝獨秀，風頭無兩。這些，分明都是方皇后一手推動的。

方皇后為什麼要推小顧氏再次上位？她和方祈密談了些什麼？孫貴人早產這齣戲中，方皇后扮演了什麼角色？目的又是什麼？

在小顧氏初初承寵之時，給她樹一個勁敵打擂臺，這點行昭能看得懂，可後面一步接著一步設下的局，讓她腦子變得一團迷糊。

「蓮玉，拿紙筆來。」

窗櫺之下，碗口大的芍藥開得正豔，被暖光一照，像撲粉描眉後熟稔上場的花旦名角兒。行昭盤腿坐在暖炕上，停停寫寫。一張堂紙寫了近半個時辰也只有幾個大字，雜亂無章。

蓮蓉端了紅漆托盤進來，正要開口說話，卻看見蓮玉急忙朝她比了個噤聲的手勢，再一看手中執筆的，冥思苦想的姑娘，心裡全明白了。

在家時，自家姑娘遇著解不開的謎題就是這副樣子，人長大了，習性卻一點沒改。這樣的人好，念舊。

鳳儀殿花間沒動靜，東六宮裡的永樂宮卻如火熱水沸，燈火通明，掛著的宮燈搖曳在風裡，仍舊將一宮之室照得如同白晝。

血腥氣濃得很，皇帝微不可見地蹙緊眉頭，手背在身後，既坐不住，也站不定，來回踱步。

方皇后坐如入定，腕上的翡翠鐲子有些沁人，順手往上一撩，探出身來勸皇帝。「既有聖上在這兒鎮著，孫貴人本身又是個有福氣的……沒福氣的能懷上龍胎？咱們耐心等……」

等字後頭沒說完，裡間撕心裂肺的一聲尖叫硬生生地打斷了方皇后的後話。

皇帝轉了視線，趕緊往裡間瞧，卻被罩著的夾棉簾子給擋住視線。

他不好出聲發問，可心裡有些按捺不住。他子嗣少得可憐，兩個兒子一個姑娘，如果勉強算上那個瘸腿的也只有三個兒子，闔宮上下幾十個有名有分的妃嬪，他卻只有三個兒子！他需要這個孩子，他需要這個孩子平安降生來向世人昭示，他還年輕，他還幹得動，那些不安分的狼崽子們都瞧好了！

「孫貴人怎麼樣了？」皇帝終是忍不下，拉住一個埋頭進出的穩婆。

天威難測，穩婆頭一次見皇帝，腳下一軟，哆哆嗦嗦回話。「貴人……孩子……胎位……一摔有些不正……」

「孩子有問題嗎？」

「現在還瞧不出來……」穩婆腿抖得像篩子。「如果一直卡在那處，怕是……怕是……」

皇帝面色陡然沈了下來。

「可若是當機立斷，拿刀破開貴人的肚皮，孩子就能皮皮實實、健健康康地出來……」

在皇家，命叫命嗎？不叫。下等人的命叫草，穩婆見多了六司的酷刑，也聽過北苑的死人堆，她絕不想成為其中一個。

皇帝眉梢一抬，正要說話，卻聽身後傳來一道平緩的聲音。

「現在還不到捨母留子的時候。」方皇后越過皇帝，揚聲朝簾子裡頭喚。「若孫氏平安產下皇子，當即冊封嬪位！待皇子周歲禮時，加封貴嬪位。貴人且撐住，後頭有數不盡的榮華富貴等著妳和妳的兒子。」

方皇后話音一落，裡間又是一聲尖利的女聲，聲音刺得人心頭直顫，尖得繞上庭梁似是要劃破屋簷。

方皇后下意識地眉頭一蹙，隨即便聽見了裡頭微微弱弱、斷斷續續傳來的嬰孩哭聲，不一會兒便有滿臉喜氣的穩婆手裡頭抱著個襁褓出來，福了福身，語氣鏗鏘有力。「恭喜皇上，賀喜皇上，是個小皇子！」

皇帝大喜！

方皇后眉心漸漸展開，眼中卻霎時蒙上了一層薄霧。

別人都有孩子了，只有她沒有，不是她生不出來，是有人不想讓她生出來。

方皇后身形鬆了鬆，癱在了蔣明英身上，扭身看了看歡喜得不知所措的皇帝，重重地合了眼，再睜開時，薄霧散盡，又是一片清明。

第七十三章

上上下下折騰一夜，永樂宮的宮燈沒掐滅過，先是因為驚駭，後來就變成了喜氣了。幾個穩婆歡天喜地地接了幾兜子金錁子，三三兩兩簇擁過來給皇帝和皇后磕了頭，再折過身去給剛出世的七皇子問安，孫貴人位分低，住的小苑也不算大，人挨著人摩肩接踵在一塊兒，歡喜得像是過年。

皇帝樂呵呵地讓方皇后先回去，心情舒暢了自然腦袋也開竅了，竟然還能想到行昭。「溫陽一人守在鳳儀殿，恐怕嚇得都不敢睡。」

方皇后溫言順語。「孫嬪立了大功，您可得好好陪陪她……」改口改得快，又特意點了將才那個出剪肚皮主意的穩婆進去近身服侍。「這個婆子說話做事倒是有條理，七皇子尚小，孫嬪月子裡頭妳就多擔點心。」

皇帝下意識地皺了皺眉頭，卻見方皇后一派風光霽月之態，再一想想總覺得是自己多心了，便默了默。

方皇后一出永樂宮，狹長宮道裡像九曲連環的山澗，暗得看不見前路也瞧不見後事，風一拂過來，便不由自主地打了個寒顫。蔣明英打了個寒顫，從碧玉手上拿了披風，就勢披在方皇后肩上，輕道：「夜裡天涼，您披一披外衫，也算隔一隔血腥氣，溫陽縣主還在等著您。」

是啊，她的阿嫵還在等著她啊。

方皇后聳了聳肩頭，拽緊披風，甩了甩手，表示不坐肩輦。

幾個內侍便低眉順目地抬著肩輦往回走得飛快。

夜已深了，饒是再鮮麗的紅牆綠瓦也都抵不過星移斗轉。方皇后披著披風，埋頭一步一步地往前踏，蔣明英亦步亦趨地挑著羊角宮燈跟在後頭，暖光微弱，恰好照在鞋面上的那朵並蒂紅蓮上，緞面泛黃，紅蓮依舊。

方皇后將頭埋得很低，登時兩行眼淚直直滑落，再狠狠地、悄無聲息地砸在衣襟之上，隨即伏在蔣明英身上失聲痛哭。

這是這麼些年來的第一次吧？她的眼淚可以堂而皇之地奪眶而出。

「蔣明英……」方皇后緊緊攥住袖口，不知道為什麼她現在很想說話，想將這一輩子的苦都說出來，話從心裡迸到了喉頭，纏繞在舌尖，卻終究不能面世。

這些苦，她沒臉說。

因為她不能生孩子，她惶恐過、愧疚過、不安過，也曾懷疑過。可當懷疑稍稍冒起了一個頭時，她便自作主張地將這個冒頭給按下去，不敢想、不願想，得過且過，到最後一個亮晶晶的泡沫被針戳得煙消雲散。

她高估了自己，同時低估了男人。

蔣明英淚流滿面。遲疑半晌，終是輕輕撫了撫方皇后的後背，原以為方皇后什麼也不會再說了，卻在耳聆清風之時，聽到了方皇后這樣一番話——

「不要再猶豫了，加大劑量吧，孫氏順利產子，顧婕妤被逼到牆角，她捨不得將那東西放下。」一字一句都很清晰，只能在話尾聽見微不可聞的顫音。

蔣明英心頭一凜，隨即輕而鄭重地點了頭。

女人一旦沒了退路，心狠起來，什麼都做得出來。方皇后如是，顧婕妤亦如是。

無盡的、綿延的黑，如雲捲雲舒，又像被笤帚一點一點地趕到了角落裡，行昭再一睜眼時，天邊已是大亮，窗櫺留了條縫，便有春光鑽進來，拿手揉了揉眼睛，揚聲喚蓮玉，輕手輕腳進來的卻是黃嬤嬤。

黃嬤嬤抿一抿鬢間，將雲絲罩子掀了個角，眼裡憐惜得很，只勸道：「我打發兩個丫頭都先去歇著，姑娘要不再睡會兒？昨兒滿打滿算才睡不到兩個時辰，一雙眼都是腫著的……」又湊近了看，頓時可不得了了。「您自個兒拿菱花靶鏡瞅瞅，眼皮子累得只剩一層了，您的雙眼皮呢！」

誠惶誠恐一晚上，大早上起來，還要被自家的黃嬤嬤嫌棄雙眼皮沒了……

行昭扶了扶額，掀了被起身，一邊趿拉鞋，一邊安撫黃嬤嬤。「嬤嬤算的時辰和我算的時辰永遠不一樣，昨兒寅時正就的寢……」探頭看了看更漏。「如今辰時三刻，怎麼著也得有兩個……」說著說著才發現自個兒被黃嬤嬤帶偏了，嗓子眼裡咳了一咳，轉回正題。「正殿的行早禮完了嗎？」

黃嬤嬤一面倒了盞蜜水來，一面搖頭。「沒呢，皇后娘娘正在訓斥顧婕妤，斥責她宮中近日分例用得過了頭。」

行昭接蜜水的手頓了頓，隔了好一會兒，才回過神來，小口小口地啜。

昨兒個夜裡她先是接到林公公遞來的信，說是孫嬪順利產下皇七子，當下便將紙上寫的「孫」字給劃拉下來，又在「顧」字下頭狠畫了一橫，等方皇后風塵僕僕地回來，從案上拿起她寫下的東西，目瞪口呆地愣在了那頭，然後長長嘆了口氣，笑了笑，只低聲說了一句話。

「學這些手段，當真想嫁進皇家來？」

行昭顧不得羞赧，便知道自己的猜測，對了。

顧、孫兩個女人，同一個路數，同一種心機，都是方皇后捧起來的，小顧氏勝在容貌更美，而孫氏卻勝在她能生兒子，看過京戲的人都知道，要兩個勢均力敵的人放在一起對戲才好看，要不一個楚霸王盛氣，一個劉邦弱得很，下頭怕是喝倒彩的更多些。

孫氏有孕，皇帝老來得子，自然得更寵她些。

前有孫氏春風得意，後有王懋妃、惠妃奮起直追，顧婕妤是被冷落一旁好些日子的，小顧氏不比德妃、淑妃，兩妃家世都硬氣，淑妃更是有一雙兒女護身，小顧氏是被顧家人在旁旁旁支，靠美色選進宮來的，她什麼也靠不住，只能靠皇帝的憐惜。

皇帝若寵她，蜀錦金箔、珠玉翡翠流水一般地送進她宮裡頭。若皇帝不寵她了，宮裡人跟紅踩白，膳房第二天就敢送冷食去。

吃過山珍的人，怎麼可能願意再回去吃粗糧雜食呢？小顧氏只好奮起搏上一搏，最後搏到了鳳儀殿來。

孫氏早產的緣故，小顧氏怕是占了大頭，可這個時候方皇后不允許小顧氏出任何差池，所以才有了方皇后難得一次的疏忽——不叫人將太液池的小徑給封了。

黃嬤嬤一面幫行昭拿了熱雞蛋滾眼睛，一面輕語呢喃。「說來也奇怪，皇后娘娘不是個落井下石的人，沒道理孫嬪娘娘盛氣起來就扭頭去尋顧婕妤的錯處啊。」半道上凶了一凶行昭。「眼睛給閉上！等會兒紅著一雙眼睛出去，看別人怎麼笑您！」凶了之後，又陷入沈思。「皇后娘娘也不怕顧婕妤再打一回翻身仗？顧家娘子好像都有這個本事吧，不費心機就能將男人們給攏住。」

說著說著，嘴裡澀了澀，直想抽自個兒兩巴掌，嘴上沒個把門的，在自家姑娘跟前也渾說起來了！黃嬤嬤趕緊轉了話頭。「您也先甭去鳳儀殿了，誰面上都不好看，等用過晌午，平西侯夫人也得進宮來，到時候……」

「有時候攏住男人確實是不需要心機的。」行昭神色淡淡的，乖順地閉了閉眼，輕聲打斷黃嬤嬤後言。「一顆香餌、一撮粉末、一縷青煙，就能將男人們攏得死死的，掙都掙脫不開。」

黃嬤嬤大愕，手上揉搓的動作停了停，隔了一會兒，像沒聽見行昭那番話一樣，順其自然地接著說後話。「到時候咱們乖乖巧巧地去給自家舅母問安，等七皇子洗三禮的時候，再跟著皇后娘娘去恭賀，宮裡頭不比外頭，孩兒平平順順生下來不容易，孫嬪娘娘好福氣。」

說是熱雞蛋，其實溫涼得不像話，蛋白細細膩膩地滾在眼周，是很舒服。

行昭靜靜地聽黃嬤嬤後語，聽著聽著，便勾了勾嘴角，笑了起來。

七皇子降生是樁大事，平西侯夫人邢氏自然不好在皇子降生的第二天就入宮，等到洗三禮過了，孫嬪出了月子後，邢氏這才又重新遞了帖子進宮來，過順真門，過太液池，將到鳳儀殿階上，蔣明英便迎了過來。

這是方皇后在給她體面。

說句老實話，邢氏真是一星半點都不想進宮，宮裡頭又悶又靜，長廊長得不像話，高牆高得不像話，坐在龍椅上的人若不壞了胚子，是坐不下去的。

先帝過世時，當初為太子，現在是皇帝的那位從來沒掌過事，四個大臣一個也壓不住，顧老太后娘家勢微，阿禮一介女流什麼也做不了，定京裡是連襟臨安侯賀家在擺平局勢，外疆是哪家在舉家之力平定局面？

是他們老方家！

如今翅膀硬了，說話有人聽了，便動起歪門心思了。

呸，莊戶人家卸磨殺驢都不帶這麼見效快的。

家裡那口子是武將，打小學的是忠君愛國，一向拚的是忠臣良將，心頭立了道坎兒磨啊磨，就是磨不過去，她方邢氏生在西北，長在大漠，從小打的是狼，要的是虎，阿禮的主意，方祈畏畏縮縮，她卻覺得好，皇帝要拿女人家的本事來對付方家，那就拿女人家的本事還回去就是了。

邢氏走得虎虎生風，蔣明英抿了抿嘴，在後頭跟得吃力極了。

將拐過門廊，邢氏便聽見了裡間方皇后的話聲。

「林公公前些時候遣人去湖廣瞅了瞅，那一萬畝良田瞅著還算不錯，山下的平地上能種糧食，山上種果樹也好，養活禽也好，等過了門，專心找經驗老道的莊戶人家去瞧一瞧。」

「田地金銀，歡宜倒不是很在乎……」淑妃下面話沒說完，順耳聽見了蔣明英的細聲通稟。

「平西侯夫人到了。」

歡宜的婚事是一早就敲定的，可婚期卻定得有些急。

方皇后、平西侯夫人、淑妃三堂會晤之後，又請了欽天監算日程，最後請皇帝過目，便將日子定在八月分，正是仲秋時節。

行昭有些鬧不明白，她是算夫家人呢，還是算娘家人？她是新郎官的表妹，可也是新娘子的表妹，是待在宮裡頭送嫁就好，還是要去公主府鬧洞房？

她私心裡是極想出宮的，可方皇后是歡宜的嫡母，要鎮在宮裡頭送嫁的。

方皇后沒那麼多顧忌，笑盈盈地叫蔣明英給行昭置辦了件滿襟雙柄芍藥紅高腰襦裙，繡工做得好極了，袖口襟口細細密密地三圈，水紋繞著波紋，波紋繞著天碧藍，又選了副極鎮得住場的祖母綠翡翠頭面，行昭一瞧這行頭，便不由自主地把一張臉皺成了團子狀。「是歡宜姊姊的大日子，阿嫵穿成這個模樣，又不是上臺唱戲……」

方皇后恨鐵不成鋼。「滿定京的夫人奶奶們都去，不鳴則已，一鳴驚人，小娘子除服之後頭一回出去，也叫中山侯家、宣平侯家的夫人們都瞧上一瞧。」

呵，一不留神話說破了，方皇后趕忙轉了話頭。「記得帶三、四套衣裳去……」想一想乾脆算了。「還是頭晚上讓蔣明英先把衣裳帶給妳舅母保險點，蓮蓉丟三落四的，我不放心。」

行昭眉梢一挑，轉過身就去問蔣明英又是中山侯、又是宣平侯家，這唱的哪一齣？

蔣明英便笑，湊過身來細聲細氣地透底細。「宣平侯的長子今年剛好十五歲，中山侯的長子好像也滿十六歲了。」

中山侯劉家錢多，宣平侯林家沒個正經的侯爺夫人，尚屬太夫人當家。

一個家裡有錢，一個家裡沒娘。

方皇后真是矛盾得不知道該選誰好呢。

行昭默了一默，心裡頭陡然一空，像七巧板缺了一塊，像蹴鞠踢了個空球，像長久而來的虛妄幻想終於被現實戳破。你聽，不對，本就是虛妄幻生，怎麼會有聲音？

不過，這樣也好。

日子有了盼頭，就好像過得特別快。

臨到婚禮前一天，行昭特地選在晌午去見歡宜，歡宜便拽著行昭不讓走，手指頭冰冰沁沁的，話裡話外尚還帶了哭腔。「妳明兒個是來重華宮，還是去公主府？」

「去公主府，算是夫家人。」行昭答得爽快，見歡宜誇張地舒了口氣下來，便直笑。

「若阿嫵不去，妳便不嫁了？」

這還沒上花轎，歡宜迷迷濛濛地淚眼婆娑，想點頭又點不得頭，行昭當下心便軟了，要唐代仕女圖上的美娘子在妳跟前梨花帶雨，妳也得心軟。

「我都不認識那些人……」婚期越近，歡宜沒來由地心焦氣躁，只要身邊人是好的，刀山火海一起闖，小娘子的心願常常都想得很美好。

可如果桓哥兒變成了一個薄情寡義男兒漢呢？如果婆母不喜歡她的身分呢？如果方家沒爭出頭呢？如果……

未來的日子裡有太多的如果了，一個不經意，一個陰差陽錯，便能全軍覆沒。

行昭是出過嫁的，可她出嫁的時候滿腦子都是周平甯會不會要她？會不會將她攆出去？會不會在往後漫長的歲月裡喜歡上她？

新嫁娘們忐忑心緒中，暗藏蘊含的那份歡喜，她從來沒有體會過，可她能夠想像。

行昭輕輕握了握歡宜的手，語氣放得很柔很輕。「妳認識的，妳的夫君，妳的小姑子，妳的婆母，妳只要認識這些人就夠了，只要認定這些人是好的就夠了，別的都不重要。」行昭越說，心便越往下沈。

歡宜身形顫了顫，沒隔一會兒，便靜了下來。

八月畫堂韶光清麗，十五、六歲的歡宜端正嫻雅，雙肩放平，素手擱膝，有柔光從窗櫺之中投射而入，灑在她的側面之上，安靜得好像一幅畫，一幅雋永輕描的水墨畫。

行昭心裡很明白，她安撫的其實並不是歡宜，而是她自己。

無論是未知的恐懼，還是少女的忐忑，都不能阻擋時光的進程，和諸事的忙碌。

是的，忙碌。

歡宜是今上唯一的女兒，到了正日子，六司忙得是人仰馬翻，蔣明英更是重華宮和鳳儀殿來回跑，歡宜身著大紅雙囍服，蒙著紅蓋頭在鳳儀殿裡待嫁出閣，淑妃狠狠哭了三場，方皇后親自持戒授女，等到司禮官高呼一聲「吉時到！」二皇子是哥哥，俯身背過歡宜，一步一步走得穩當，走過一百零八步，剛剛好到了順真門，扶著歡宜進了喜轎。

天家嫁女，聲勢自然浩蕩。

行昭瞅了瞅更漏，算算時辰，這怕是還隔著兩條街，她耳朵邊就聽見了鞭炮炸呼的聲，還有嗩吶高亢地吹了「喜揚眉」又吹「鳳求凰」，瀟娘登時坐不住了，扭了扭身子想出去瞅，便有小娘子笑話她──

「可不許去！京裡規矩，定過親的小姑娘便不能再拋頭露面了！」

說話的是中山侯劉家的二姑娘。

論起來行昭還能和她攀上親，賀家二夫人不就是出身中山侯劉家的？

行昭抬了眼眸子，一個大堂裡烏壓壓的全是女眷，不算鬧鬧哄哄的，可也沒哪處是清靜的，來人有勛貴人家，文臣武官的也有，邢氏看起來精神頭足得很，利利索索地穿了件銀紅萬字不斷紋什樣錦褙子，戴著芙蓉赤金頭面，笑著一張臉這頭招呼一聲，那頭寒暄幾句，四處都沒落下。

邢氏這樣精明俐落的人，放在哪兒都能活得很好。

這不，才從西北到定京來幾年啊，邢氏便領著方家進了定京的圈裡。

行昭正走神，外間便有人通傳，豫王妃和信中侯夫人到，話將落，又聽通傳，陳閣老夫人到。

邢氏眉梢挑了挑，先拍了拍行昭的肩頭，便兵分兩路。行昭挽著瀟娘去和豫王妃閔寄柔寒暄，邢氏笑著往陳夫人那處走。先誇未來的四皇子妃陳媛，再誇陳婼。「您這兩個小娘子，一個賽一個的乖順。」又親親熱熱地挽著陳夫人往裡走，偏偏哪壺不開提哪壺。「說起來歡宜公主還是四皇子的長姊，等你們家長女正正經經過了門，咱們兩家人拐著彎地就能攀上親了呢。」

陳家要戳開四皇子好男風那層紗，好讓皇帝鬧個沒臉，他只管戳。只一條，別把方家拖進去！

邢氏牢記著那齣戲呢，皇帝如今要抬舉陳家，方家不好明目張膽地打陳家臉，話裡話外噁心噁心總行吧？

陳夫人也不惱，笑呵呵地不置可否。「借您吉言，借您吉言！」

行昭一心兩用，這頭和閔寄柔說著話，那頭支著耳朵聽，前世裡頭陳家能將陳婼硬生生地推上臺，手腕、心機、忍功，能有一樣是差得了的？

賀家有個太夫人謀定而後動是個聰明人，陳家則是一屋子心智都很平均。

兩家合起來，讓方家吃這麼大個虧，又是交虎符，又是被迫訂親事，甚至將方祈擺在明面上，推到皇帝的眼前，給皇帝心裡扎根刺。

聰明得很，聰明得很呀！

信中侯閔夫人見著行昭倒真是很歡喜，眼圈紅了紅，攬了攬行昭便輕聲說道：「妳母親三月的除服禮，我且都記著呢，沒忘。請了靜一師太做法事，打聽了皇后娘娘捐了一千兩海燈錢，我便只好拿五百兩。左右都過去了，都過去了……」

熙攘喧闐中，陡然聽到別人提及母親。

若不是閔夫人，她根本就不能從那場大火裡頭闖出來，更不能從賀家那間牢籠裡頭徹底出來。

行昭猛地鼻頭一酸，鄭重其事地點了點頭。「謝過閔夫人還記掛著母親，阿嫵心裡都明白。」

閔夫人嘆了嘆，還想說什麼，卻被外頭炸翻了天的鞭炮聲打斷，小娘子們三三兩兩，笑嘻嘻地湊過去瞧，只見桓哥兒英姿颯遝地走在後面，歡宜蒙著紅蓋頭，大紅喜服在地上一拖一拖地往前帶，兩個人手上都牽著一條紅帶。

他們就這樣被綁在了一起了。

行昭立在牆頭下，覺得有些恍惚，多奇妙啊，上輩子幾棍子都打不著的兩個人，這輩子反倒被牽扯到了一起去。

從此相濡以沫，盛世安好。

世間多奇妙，誰又能想到？

入正堂，三拜禮成，方祈大剌剌地坐在上頭，眼神卻緊張地瞅著長案上自家祖宗的牌位，他上回射穿了馮安東的祖宗牌位，現在由衷地希望這世上能沒有因果報應，阿彌陀佛！

旁人不曉得方祈在想什麼，行昭卻是噗哧一下笑了出來。

歡宜身分特殊，饒是小娘子們想鬧洞房，也掂量了又掂量，桓哥兒在一片鬧哄哄中掀了蓋頭，也不曉得是誰嚎了一句——

「方駙馬覺著公主好看嗎？」

桓哥兒的臉登時紅透了，吶了幾下，索性亮了嗓門。「我媳婦兒豈有不好看的！」

隨即哄堂大笑。

鬧完洞房出來，瀟娘非得灌行昭幾杯果子酒，約莫是喝了酒，小娘子臉蛋紅彤彤的，眼神瀲灩得很。「哥哥娶了公主，下頭便輪到我出嫁了，等我一嫁，怕是再也見不著爹娘、哥哥還有妳了……」

原先話都還說得輕，說到後頭，便嚶嚶哭了起來。

瀟娘是要嫁回西北去的！

行昭單手接過酒盞，仰頭一飲而盡，再親手斟滿了兩杯，一杯推給瀟娘，語氣十分豪爽。「酒喝乾再斟滿，乾杯！」

反倒輪到瀟娘愣了愣，一咬牙，酒杯碰酒杯，仰頭再喝。

身旁伺候的丫頭們也不勸，等暮色四合，賓客們三三兩兩離了席，這輩子行昭頭一回喝得微醺，腦袋暈乎乎地伏在蓮玉身上，先同邢氏告了辭。

邢氏便笑話行昭。「喝桑葚酒都能喝成這副德行？」轉身吩咐人去盛醒酒湯來。「先喝碗醒酒湯才許走，叫皇后娘娘看見了，鐵定罰妳抄書。」

行昭只好又灌了一大碗醒酒湯下肚，等外頭候著的內侍來催了，這才又辭了邢氏與方祈。

一出府門，便有輛青幃小車候在門前，蓮玉扶著行昭上馬車，行昭撩開車簾子，使勁睜了睜眼，等看清楚了，腦子瞬間就清醒了。

這是什麼鬼東西！

六皇子怎麼在她的馬車裡?!

第七十四章

內造的榆木精緻馬車，四角懸燈，內置茶案軟墊。

那人風輕雲淡，單手執茶盅，盤膝而坐，一身天青長衫在光照之下，好像要幾欲隱沒在了暗紋花緞的車廂。

「你怎麼在我的馬車裡？」

行昭身子巴在馬車邊緣上，腦子空白一片，往後四處瞧了瞧，迅速轉過頭來，壓低聲音又重複了一遍。「你……六皇子這個時候在這兒做什麼？」

六皇子偏頭笑了笑，腳下手上動作卻快極了，撐起半個身子便將行昭一把拉進車廂裡。

「阿嫵若不怕遭旁人瞧見，慎能立馬陪妳去逛雙福大街。」

行昭一聲輕呼提到嗓子眼裡，被這一句話給堵了回去。

車廂低矮，四盞燈明明滅滅地置在高角，卻總有地方是燈下黑，照不到光亮的，明暗斑駁得讓人心裡又悶又慌。

行昭手腳拘了拘，理了理裙裾，規規矩矩地壓膝靜坐，頭深埋在胸腔之前，耳畔邊便能很清晰地聽見「怦怦怦」的心跳聲。

有她的，也有六皇子的。

兩個人的心跳不是同步的，一前一後地纏在一起，說不清楚的曖昧。

「是皇后娘娘請您來送阿嫵回去的吧？」沈謐和寂靜最難耐，行昭索性心一橫，將臉抬了起來，彎唇笑得舒朗，一句話跟著一句話，根本不給六皇子插嘴的機會。「您是皇后娘娘的兒子，阿嫵是皇后娘娘的親外甥女兒，不用攀也是親。您來接阿嫵，雖說是大材小用了些，可到底也還算是情理之中，乘機也還能去瞧一瞧歡宜姊姊。只是這般晚了，也不知道您用過晚膳了沒有，若沒有，過會兒到了鳳儀殿，阿嫵招待您吃一碗梅子茶泡飯可好？您也甭掛心歡宜姊姊，今兒個……」

「中山侯劉家長子年十六，未成親，可房裡已經擱了幾個通房，有自小一起長大的侍女，也有從外面買的容色好的貧家女子；宣平侯林家大郎君將過十六歲，文不成武不就，最大的本事就是在他家太夫人跟前撒嬌賣乖。」

六皇子柔了柔眉眼，嘴角似笑非笑。「只是劉家長子到了娶親年齡了，家裡長輩便利落地將通房丫頭們都打發了出去，做出一副太平之景象；林家大郎君卻素以孝順聞名定京。金玉其外，敗絮其中，阿嫵妳還看少了？」

這回輪到行昭插不進嘴了。

小姑娘微不可見地往後縮了縮，六皇子的眼睛和耳朵是什麼做的？

行昭身子往後一退，六皇子眉角往上一挑，順勢欺身向前，語氣從清朗陡然變得軟和下來，眼睛眨了眨像隻貓。「阿嫵問慎這個時候來做什麼？自個兒家的媳婦兒都快被拐跑了，慎如何坐得住？」

媳婦兒……

婦兒……

兒……

就算是內造的車廂也還是太小了些，聲音繞啊繞，繞啊繞就繞進了心裡頭。

六皇子欺身湊近，行昭身子一下子僵直成了一塊板，鼻尖動了動，嗅上一嗅。

呵，合著是兩個醉鬼撞上了面。

她身上是桑葚酒的味道，甜綿得入到了骨子裡，六皇子喝的是陳年的花雕吧？後勁一上來，滿腦子都是回甘。

行昭眼睜睜地看著兩人之間鑄起的那堵銅牆鐵壁一點一點地變薄，變成了一扇木門，一扇桃花紙糊成的窗，一層紗……

如今這層紗也要被捅破了吧？

行昭伸手往前重重一推，深吸了口氣，可恥地發現滿心裡五味雜陳，竟然是期待與歡喜更多些。

「您喝醉了。」行昭硬邦邦地一言蔽之，提高了聲量喚蓮玉。「去請舅舅出來，端王殿下喝得醉——」

「我想娶妳。」

行昭後話戛然而止。

六皇子的話說得很輕，頗有些四兩撥千斤的意思在。

正逢其時，晚風南鐘，迷濛之中有暮鼓升浮，伴隨著月滿西樓，隨風晃蕩。

車簾被風捲了一角，浮在月夜裡的微塵被風一盪，好像有灰吹進了眼睛裡，行昭眯了眯眼睛，緩了片刻，才重新睜開。

那層紗終究被一根手指頭戳破了，洞破得越來越大，最後暖陽毫不客氣地傾灑而入。讓一切都暴露在了光影之下，無所遁形。

行昭耳朵嗡嗡作響，手縮在袖子裡不由自主地抖，瞪大了一雙眼睛，想將眼前的六皇子看得更清楚些，可眼前一花，又好像什麼也看不見。

「頭一回見妳，妳正在審鄭家那樁糟心事，兵不厭詐，那個時候妳門牙還缺了一角，卻極力做出一副極莊重的樣子，和尋常的世家貴女們沒有什麼不同，唯一的不同，大概就在妳膽子更大些，小小年紀也不怕旁人說三道四。再見妳，妳左臉上有道疤，是那場火燒的，戴著幃帽看起來有些可憐，宮裡頭風言風語多得很，妳卻當作什麼都不知道，我沒有妹妹，長姊歡宜也是一副嫻靜的個性，我便想若我有個妹妹，我會怎麼做呢？」

六皇子向著光仰了仰臉，薄唇一彎。「過後妳布下局，卻極力不將我牽扯進去，絕口不提那封信是我給妳的，或許是因為心善，或許是考量之外，可就從那個時候開始妳便……」

妳便住進了我心裡。

六皇子恃醉賣乖，話在口頭卻有些說不出來。

發乎情，止乎禮，不必訴諸於口。

六皇子長長地嘆出了口氣。「阿嫵，我喜歡妳。」

聖人之言猶在耳畔，可他更怕在他還沒來得及暢訴心扉之時，他心愛的小娘子便會被人搶走了。

「阿嫵，我一直都喜歡妳……」

行昭輕輕掩了掩眸，這才發現已經是淚流滿面。

「妳別哭……」六皇子有些慌了，伸手去擦。

行昭沒動，六皇子的手指尖顫顫巍巍地挨到小娘子的臉上，行昭想扯開一絲笑，卻發現渾身僵緊得動都動不了，邊哭邊讓六皇子背過身去。

「您甭看，哭起來醜得很。」

行昭說不清楚為什麼哭，她明明應當笑的啊，可從心底湧上一波又一波又酸又澀的情緒，像海潮拍打海岸，永無止境。

這能算作是矯情吧？

可她前世裡，連能當面在他跟前矯情的人都沒有。

行昭眼淚珠子一串接一串地往下掉，素來沈穩的六皇子頓時有些手足無措，想了想索性挨了過去，一面從懷裡掏了方素青的帕子給行昭擦眼淚，一面語氣有些發澀。「妳若不想回應……便不回應……我同妳說，本也不是要逼妳的意思……」

她喜歡他。

行昭突然發現。

她喜歡六皇子，就在他說他想娶她之後，原本搖擺不定的一顆心，終於落到了實處。

娶這個字，遠比喜歡來得更重，男兒漢可以對無數的女人說出喜歡兩個字，可只能對一個女人說出娶。

婚姻本就比情感更複雜，娶她過門，代表著什麼？

代表著要果斷地承擔起她背後那一連串複雜的家世和糾纏在幾輩人之間的恩怨。

而六皇子先說的是娶她，再言喜歡……

行昭眼中霧濛濛的一片，她是真蠢，這個時候才看清楚她是喜歡他的。

可惜，為時已晚。

行昭將帕子推了推，喉嚨裡痛得像有針在刺。

「我也喜歡你。」

短短五個字，讓六皇子歡喜得眼神燦然像天際中的星辰。

狂喜。

是的，狂喜。

像醍醐灌頂，又像飛瀑奔流，渾身上下都充滿了氣力，有使不完的勁，更有說不出的話。

六皇子一把握住行昭的手。

行昭卻邊哭邊笑地從他手裡慢慢掙脫開。「我也喜歡你，可是我害怕和你在一起，更害怕嫁給你。皇后娘娘與皇上少年夫妻，如今落得個什麼下場？母親滿心傾慕地嫁給臨安侯，等著她的只是一個棺木。二皇子喜歡閔寄柔，可他們中間還是夾了一個亭姊兒。如今你我兩情相悅，心有彼此，可十年之後呢？二十年之後呢？等我老了，等方家沒落了，等賀家變成了累贅，你還能容忍我多久？」

婚姻從來都比情愛更重。她可以容忍在沒有情愛牽扯下的婚姻中，男子胡作非為。

六皇子與方家的牽扯太深了，方家將六皇子扶上大寶，六皇子與當今聖上不同，他能謀略，心眼活，能忍能想，皇帝識人不清，六皇子卻能做到不讓人察覺地用軟刀子將方家磨成一道皮。

她看夠了爭鬥與血腥。而皇宮裡，只有爭鬥與血腥。

「鳳儀殿裡春天種三十五種花草，夏天種十七種，秋天只種山茶與綠菊。皇后娘娘被拘在鳳儀殿裡二十二年，什麼都數清楚了，唯一看不清的便是皇上的心。」

摻雜著情愛的鬥爭無所不用其極。若是方皇后與皇帝未曾有過那一段少年情懷，或許方皇后一早便徹徹底底地看透了。

「阿嫵寧可在中山侯家看那些後院千嬌百媚的女人爭奇鬥豔，寧可守著宣平侯無所事事的長子，也沒有辦法眼睜睜地看著你與我的情意被現實一點一點地消磨光，最後落得個人去樓空的下場。」

因為她喜歡他，所以她更沒有辦法忍受。

行昭頭越埋越深，輕聲說著這番話。

掙了半天，手也還沒從六皇子的手裡掙開，可她知道辰光已經過了許久了，天也已經黑了，黑得連五指與真心，都看不見。

她埋著頭不去看六皇子的神色，手險些抽離出來，卻又被六皇子反手握緊。

「只要妳也喜歡我便好了。」

六皇子絲毫沒受影響，話裡話外顯出了如釋重負的輕鬆，神色很平靜，可細看卻仍能在眉梢眼角看出眉飛色舞。

「我從來不言前事，不耽後顧，世間上人與人本就不同，我與父皇是兩個人，與臨安侯更是兩個人，妳若拿旁人的準則套在我的身上，未免也太不公平了些。」他話說得很鄭重。

暖光搖曳，少年郎的眼裡竄出火苗，亮得懾人，深吸了一口氣俯身逼近。

行昭顧不得哭，趕緊閉上眼往後縮。

再睜開眼，發現髮髻上多了一支釵，木愣愣地拿手摸了摸，材質是木頭的，釵頭上刻了一朵青蓮。

「阿嫵，我一定會娶到妳，我——定不負妳。」

六皇子氣息火熱，一個字一個字地慢慢說，一語言罷便神色極好地撩袍下車。

行昭用力抹了抹臉，神色顯得有些恍惚。

合著她平白哭了一通，都哭給瞎子看了？

定京城裡又落雪了。

蓮玉探身將窗櫺推開了些，便有幾片雪落在了烏木窗沿上，被火一烘，便融成了一灘水，蓮玉是個眼裡揉不得沙子的，伸手就將那灘水給抹了，再融再抹，到最後索性側身順手拿了一塊木簾擱在床沿邊上擋雪，臉朝窗外，一說話，便有白氣吐出。

「今年的雪好像來得特別早。」

「不算早了，往年裡十月初都飄過雪。」

行昭快在暖榻上，腰上搭著厚厚的細羊絨氈毯，手上焐了個素銀鏤空雕花暖爐，眼神隨著飄落的雪花往下落，上輩子那年雪來得特別早，十月初飄雪，十二月大雪，雪下得定京城全是白茫茫一片，街頭巷尾裡，將積雪拍掉，或許就能拖出來一個凍得直抖，衣衫襤褸的人。

那年雪災都鬧到了天子腳下，周平甯整日整日地不著家，她便整日整日地喝得爛醉。

現在回想起來，她竟然能以一個旁觀者的心態來指摘對錯了，莊生夢蝶，也不曉得上輩子和這輩子哪一個才是夢？

蓮玉側頭想了想，沒想出來還有哪年的雪來得特別早，可看自家姑娘一張小臉白刷刷地，心疼得很，又探身出去將窗櫺掩了掩。「您一場風寒從仲秋拖到初冬了，身子骨又不比往常，哪兒吹得風啊！」

是的，行昭又病了。

其實不是病了，是小日子來了。

六皇子實乃強人也，那天夜裡被他一刺激，這輩子的初癸都被刺激出來了。

雖是隔了兩個月，行昭私心還是將這筆帳算在了六皇子頭上。

想起六皇子，又是一腦門子躁亂，那日夜裡一回來，方皇后上上下下、來來回回打量了無數次，她蠢得此地無銀三百兩，氣鼓鼓地指著紅彤彤的一雙眼把罪名怪到了歡宜和桓哥兒那場婚事上。「隆重又喜慶，讓人歡喜得想哭！」

方皇后噗哧一聲笑，也不拆穿，只讓她先去歇著，轉個背就把蓮玉召去問話。

蓮玉多硬的嘴啊，鐵棍都撬不開，卻在方皇后跟前沒幾下就丟盔卸甲了，差點沒負荊請罪，裝哭倒是裝得像。「皇后娘娘眼風一掃，我膝蓋就哆嗦，腿上一哆嗦，嘴上也跟著哆嗦，哆哆嗦嗦地就全招了。我好容易逃出了皇后娘娘的手，總不能再落到自家姑娘的坑裡吧，您且饒了蓮玉這一回……」

呵！

這小妮子跟好人學好人，跟著道姑學跳神，和蓮蓉鬼混這麼些年，倒把嘴皮子功夫練出來了！

窗櫺被掩得結結實實的，甭說雪氣，連風都灌不進來。

正屋裡燒得暖和，暖光印上臉來，行昭懶得渾身上下都使不上勁，小腹隱痛，一面用手爐焐住，一面捧著紅糖水小口小口地抿，蓮玉和蓮蓉一個盤腿坐在炕上繡花，一個拿熨斗燙衣裳，水氣被火一蒸，滋滋啦啦地響開了。

滿室的安寧靜謐，讓行昭昏昏欲睡。卻聽門「嘎吱」一聲響，行昭猛地睜了眼，不多時夾棉門簾被人撩了起來，茉莉暖香撲鼻，是方皇后的味道。

該來的總要來，方皇后默了兩個月，總該有個說法了。

行昭將撐起身，腳在地上摸索著鞋穿，卻被蔣明英指著笑。「一早便勸您隔些時候過來，您不聽，縣主午睡還沒醒呢！」

「行了，快躺回去臥著，一張小臉慘白的。」到底是自家養大的姑娘，方皇后心裡是七上八下，嘴上語氣頗有些恨鐵不成鋼，卻扭身詢問蓮玉。「烏雞湯喝了沒？紅糖薑湯喝了沒？別叫妳家主子這些天碰涼水，論是溫茶熱茶，都不許喝一口。」

蓮玉連聲稱諾。「都用過了，小廚房也還溫火燉著，過會兒用過晚膳就再喝一碗。」

方皇后放了心，看著行昭規規矩矩地貼著暖榻邊坐，既不敢躺上去，也不敢下來趿拉鞋穿，心酸得像吃了一籃子山楂，揮了揮手，讓小宮人們先出去，蔣明英知機地領著蓮玉和蓮蓉避到了花間去。

行昭埋著頭，方皇后怕是什麼都曉得了吧？

不對，在六皇子給她送信那時候起，方皇后怕是就有意識了吧？看穿了，卻沒說破，只是不許她瞧六皇子送過來的書，也將六皇子送的石頭、玩偶，全都收攏在庫裡，不叫她看見。

可憐天下父母心。

行昭抿了抿嘴，等方皇后先開口。

靜了一段辰光，方皇后出其不意沈下聲調。

「妳喜歡老六嗎？」

行昭喉頭猛地一嗆，一手扶在椅背上，一手捂著胸口狠狠咳了幾聲，面上火辣辣地燙，方皇后嘆口氣過來撫行昭後背，一面幫她順氣，一面話說得飛快。

「小娘子家的，看見老六在妳車上，妳就該扯開嗓門叫喚，左右那時候賓客們也走了，等妳舅舅出來，看他不掄圓了拳頭狠揍周慎那小兔崽子一頓！」

皇后娘娘真是……

風一樣的女子，讓人琢磨不透。

前頭話是在演西廂記，後頭陡然就變成了全武行，連預告牌不帶打出來的。

行昭又重重咳了幾聲，艱難地擺擺手，方皇后一下一下揉在她背上，好容易氣順了順，想開口卻不曉得該回答哪一個問題，想了又想，弱聲弱氣地開腔。「阿嫵本是想讓蓮玉進去叫舅舅的……」

這句話倒是真的。

「卻沒捨得？」方皇后神色看不清好壞，見小娘子沒咳了，又問了一遍。「妳喜不喜歡老六？」

行昭埋頭默了默，不敢去瞧方皇后的眼色。

她該怎麼說？照實說？還是照方皇后喜歡的說？

她敢肯定她的大實話，方皇后一定不想聽。

方皇后連人家家事都沒打聽全，就把她推了出去。中山侯劉家廟堂之上沒位置，一心一意掙錢花，不用牽扯進爭儲奪嫡的漩渦裡。宣平侯林家俗稱「不倒翁」，一向離權力中心遠遠的，從這兩家人的選擇上就能看出來，方皇后絕對不會想將她許給位高權重的人家。

這世上，最位高權重的人家，大抵就是皇家了。

行昭不說話，其實已經是給出了答案了。方皇后探過身去輕輕將行昭鬢邊散下來的頭髮撩到耳後，長長嘆了口氣。「今兒個淑妃過來了，問起妳來，話裡話外關切得很……」方皇后笑一笑。「分明是將妳當成未來兒媳婦待了。」

淑妃支持六皇子娶她？

行昭抬了抬頭，心裡說不出是什麼感受。

好像話本子裡頭小娘子與小郎君們縮在牆角裡細細摸摸地喁喁細語時，卻一把被長輩們逮住，口如黃連、心如蜜糖的樣子。

「阿嫵。」

「啊？」行昭頭抬得更起來些，輕聲應了方皇后的那聲喚。

「今兒個咱們娘倆不說些虛的。老六想娶妳，妳嫁是不嫁？」

行昭還來不及回話，又聽方皇后接著說：「太平盛世中嫁給老六，我贊同，老二即位，老六當個輕省王爺，養花逗鳥好不痛快，是借方家的勢也好，借賀家的名也好，老六不敢對妳不好。」

可如今並不是太平盛世。

皇帝沈迷於床笫之歡，日日進後宮，夜夜往小顧氏宮中去，有幾回差點誤了早朝，方皇后不發聲勸，誰敢說半句不是？孫氏甫產下麟兒，七皇子倒是得聖寵，滿月之後便賜下名字，喚作周悅。悅字極好，孫氏高興壞了，日日抱著孩兒卻總不見皇帝去，一打聽，皇帝還在小顧氏的宮裡頭。

行昭無端想起，前朝舊事，有位君王臨近晚年，癡迷尋道煉丹，廟堂之上佞臣把持朝政，一時間烏煙瘴氣，人人自危。

與今日之景，何其相像。

方皇后話沒有說完，行昭卻都懂。

「可若妳當真喜歡他，妳便要想好，妳能不能同他一起闖下去？前路道阻且長，未來是怎麼樣誰都不知道，闖不闖得過這是一關，闖過了人還在不在、心還在不在這又是一關，過五關斬六將，全憑本事。」

行昭以為方皇后會緊接著出言勸阻，等了半晌，卻等來這樣一句話。

心頭一跳，猛然抬頭，便正好撞見了方皇后眸光粼粼，神情溫和卻堅定，笑得很淺淡的模樣。

峰迴路轉，行昭鼻頭酸得很，淚意真是止不住往上湧。

在六皇子面前涕泗橫流，臉丟盡了，在方皇后跟前怎麼著也得繃住了！

行昭忍了忍，深深吸了一口氣。

「我苦了一輩子，卻還是沒學乖。」方皇后神色有些悵然若失。「人不一樣，際遇也會隨之改變，命都是在自己手裡頭攥著的，日子都是自己一手一腳過出來的，可只一條。」話裡頓了頓。「再苦再累，妳要覺得值得，若是值得，蓮子芯也是甜的，若是不值得……」

方皇后埋首笑了笑，若是不值得，便會相互折磨幾十年，最後磨成一對怨偶，你恨不得從我身上咬下一塊肉，我恨不得叫你生不如死。

瑰意閣暖烘烘的，行昭覺得所有的暖意都湧到了臉上。

方皇后接其上言，輕聲詢問。「阿嫵，妳覺得值得嗎？」

「值得。」行昭言簡意賅，如是回之。

兩個字，卻好像用盡了行昭全身的氣力。

方皇后靜默了將近一刻鐘，忽而輕笑出聲，埋著頭先是淺笑，然後朗聲大笑。

同情一個人，其實是在同情自己的弱點，羨慕一個人，其實是在豔羨著自己所缺失的。是的，她現在很羨慕她的小娘子。

羨慕小娘子的無所畏懼，羨慕她的堅韌個性，也羨慕她不撞南牆不回頭的那股勁。至少她還有心，她還能愛。

方皇后笑著笑著，面容便慢慢地斂了下來，佝下身輕輕拍了拍行昭的背，再沒後話，斂裙而去。

朱門「嘎吱」一聲開了又闔，行昭頓時癱坐於椅凳之上，能隱隱約約看見門縫裡的幾粒飄雪，手扣在椅背，像是鬆了一口氣又像是在輕嘆些什麼。

蓮玉輕手輕腳從花間出來，神色有些惶然，囁嚅了嘴唇想說什麼卻說不出來，終是聲音沙沙地輕聲試探。「皇后娘娘會允許您嫁給端王殿下嗎？於公，端王殿下與方家已經是一條船上的人了，讓您嫁過去是錦上添花，於私……」

於私，怕不太好辦，皇后娘娘怎麼可能捨得！

「這已經不是姨母讓不讓嫁的問題了。」行昭抬了抬眼，神色十分冷靜。「是要看皇帝願不願意了。我再怎麼養在姨母膝下，我也是姓賀的。陳、賀兩家明擺著是皇帝扶起來給二皇子鋪路的，將一個賀家的丫頭再指給六皇子算什麼道理？皇上雖一時精明、一時糊塗，可這種自拆牆頭的事情，他怎麼可能做？」

方皇后只希望她好，皇帝才是真正的阻力。

行昭納悶了，她兩世加在一起，想清清白白嫁個人怎麼就這麼難？

要是她姓方，皇帝鐵定巴不得將她嫁給六皇子，再把六皇子和方家捆得更牢實些，可偏偏她姓賀！

「原以為兩廂說開就是一馬平川，鬧了半天，咱們還在荊棘堆裡……」蓮玉有些沮喪，她其實聽不太懂自家姑娘的意思，可也明白想嫁和嫁不嫁得成，根本就不是她們說了算。

行昭舒朗笑一笑，向後偎了偎。「身陷荊棘叢，不動即不傷。可不動，就只能一輩子在荊棘叢裡，反倒寧願傷一傷，總還能拚條血路出來。」

更何況，這又不是她一個人在拚在闖，有人同她一起闖。

這才是最讓人溫暖的。

第七十五章

入了冬後，日子便越發地凍起來，行明的婚事就定在臘月冬兒裡辦，方皇后到底還是賜了一丈高的紅珊瑚盆景當作頭一抬嫁妝，算是給行明添體面，方皇后不提讓行昭出宮去觀禮，行昭悶了悶也沒提這檔子事，託了林公公捎了封書信，還有一個裝著兩千兩銀票的大黑木匣子當作添妝。

林公公回來時笑呵呵地捎了話。「賀三姑娘想同縣主寫封長信，拿著筆想來想去也沒寫出個所以然來，索性只讓奴才給您帶個話，請您千萬勿念，萬事皆好。」宮裡頭人機靈，想了想又笑。「奴才估摸著三姑娘適才也沒這個工夫來寫信，正在選嫁衣的布料子呢，滿屋子大紅蹙金絲蘇繡緞料，鴛鴦並蒂雙囍紋緞面，蠶絲錦的，什樣錦的，全堆在木架子上險些選花眼呢……」

行明生性豁達，也該放下了，這都有心思選嫁衣料子了。

行昭這才徹底放下心來。

聽說不出宮觀禮，蓮蓉有些悵然，想一想便明白了。「去送嫁就得去臨安侯府，會不會出事，會不會再起周折，只有天知道。不去也好，去了若太夫人拿出長輩的架勢來壓您，您連話都不能說。」

行昭笑一笑，沒接話，一手抓了把南瓜子賞給蓮蓉。

年前倒發生了一樁大事，說是大事其實也不大算，九城營衛司的擢升塵埃落定了，領頭的那個姓史，沒什麼身家背景，四十來歲的年紀，祖上一直是軍戶，直到他這一輩才發的跡，皇帝喜歡在年前大變動，鳳儀殿靜靜地等著他的後手，果不其然又隔了兩、三天，皇帝再從九城營衛司裡選三個守備去頂西北舊臣的差事。

財權架空之後，架空軍權，皇帝步步蠶食，節奏倒是走得很穩當。

可惜三個守備位置還沒坐熱，賀現與陳放之就先咬起來，陳放之咬賀現貪墨，一紙訴狀遞上來，皇帝留中不發。六皇子卻意料之外地陡然發力，連遞三日奏摺要求嚴查真相，再遞奏摺請上嚴查臨安侯賀琰財務明細，最後以戶部之名要求徹查西北方家積年的財政明細。

六皇子不按常理出牌，一味偏幫陳家，打壓賀家和方家，一時間將朝堂之上的這一池水攪得更渾。

「皇帝主要想將陳家扶起來，想給老二作勢，老六反而幫陳家，壓賀、方兩家。」方皇后哈哈笑起來。「估摸著現今陳家也是懵的，皇上也懵得一頭霧水。」

皇帝想將陳、賀兩家推給二皇子鋪路，陳家為主，賀家為輔，可六皇子偏偏擺在明面上向陳家示好，同時卻也在打壓賀、方兩家。

皇帝會怎麼想？會不會認為六皇子在竭力拉攏陳家，想與方家掙開干係，以示清白呢？

老六連娶個媳婦兒都喜歡劍走偏鋒。

方皇后笑著搖頭，六皇子為人心思細膩，想事情千迴百轉，心裡曉得明明白白求娶多半沒用，還不如自斷後路，先破局再補局，退一步進三步，反倒成全自己。

行昭關注點卻在另外的地方。「陳顯陳閣老一家子的聰明人，陳放之明明摸清楚了皇帝的心思，卻拆臺起內訌，未免有些太蠢了。」她才不信方家沒在裡頭推波助瀾。

「為官者哪有通身清白的？賀現太過出頭，陳放之年少志高，一時沒忍住氣也是常有的事，只是賀現的小辮子不好抓，妳二舅公找了好久才抓著，實屬不易。」

二舅公威武！陳放之找不到能殺人的刀，方家便將這把刀遞給他，給他機會捅賀現一刀，到時候方家還是清清白白的孑然一身。

可是皇帝會放任自己下的這盤棋被毀嗎？

當然不會。

六皇子一連上書幾道摺子，皇帝都壓了下來，朝堂之上絕口不提陳放之彈劾賀現一事，反倒斥責六皇子「無事生非，煽風點火」。

陳放之貿然險行，倒把他爹嚇得夠嗆，陳夫人當即拜訪了賀太夫人，以示結盟猶存。

縱是前朝事忙，年總還是要過的，四皇子禁足一年有餘，終是被放了出來。一張臉無悲無喜，無嗔無癡，安安靜靜地縮在德妃身後，像一道無足輕重的影子。行昭心頭嘆口氣，別過眼去不忍再看。

陳家送段小衣進宮，一樁事做得天衣無縫，方家力有未逮，手插不進皖州去，查來查去段小衣的身分也是清清白白的，就是一個貪圖榮華富貴的伶人，沒有人指使，也沒有人撐腰。

四皇子被陳家悉心擺了一道，因為她與六皇子的插手，陳家並未如願得著好，到最後還是得將長女嫁進來。

所以說世事難料。

年將過完，初五照舊是外命婦進宮問安，行昭日漸大了，避在花間盤腿坐在炕上，將繡花繃子擱在膝上，一手抿線一手拿針，耳朵支愣起來聽外面的響動，照例請完安，挨個兒寒暄過後，便有人想留下來。

「兩載未同皇后娘娘正經請安，老身實在是心中有愧。」

聲音滄桑，字字清晰，是賀太夫人的聲音。

行昭手頭一滯，針恰好刺過帕子，徒留一長條線捲在素淨的緞面上。

瞅著門廊看了半天，也沒見蔣明英過來喚她，心裡頭鬆了一鬆，也好，不叫她去直面（注）太夫人。

方皇后正襟危坐於殿上，笑著讓碧玉重新燙了壺茶來。「給臨安侯太夫人沏壺溫茶來，將才坐久了，太夫人腰背可還好？」

方、賀兩家的糾葛沒被抬到明面上，可定京城裡有頭有臉的外命婦們哪個不曉得？三三兩兩地告了退，便佝身往外走。

沒隔多久，正殿裡便只剩了寥寥幾個人，賀太夫人斂袖斂容坐於堂上右首，眼角褶子一道挨著一道，到底是人老了，又強撐起精神來應對這些年的這些事，一雙眼渾濁得不像個樣子，說話反倒還是像往常一樣清楚。

「勞皇后娘娘記掛，老身能吃能睡，除卻眼睛有些不大好使，旁的都還將就。」哪兒是眼睛不大好使啊，分明是心眼歪了。

方皇后展眉笑一笑。「眼睛不好使？那可得著緊些，太夫人掌著臨安侯家這麼大份家業，若是眼睛不好使，旁人昧下心眼算計妳，妳卻都不曉得，賀家白白便宜誰去？」

行昭將銀灰絲線捲了捲，又伸展開，鋪在軟緞上，五彩繽紛的，一晃便找不著了。

「自然不能便宜別人。」賀太夫人也笑，照舊地慈眉善目，微不可見地側身往糊了層紙的花間瞅了瞅。「怎不見阿嫵？可是那場風寒還未好？」

方皇后拿行昭身子不舒坦的由頭，推了去賀家給行明送嫁的帖子。

「小娘子年歲長了，性子也斂下來了，便總有些羞見外人，太夫人莫怪。」方皇后說得順理成章。

「外人？老身是阿嫵和景哥兒的嫡親祖母，皇后娘娘卻將老身歸做外人？」

行昭眼瞅著軟緞上的那捲線，眼眸往下垂了垂。

蓮玉趕緊上前來整理，動作將做到一半，卻被行昭攔了下來。

「亂成這個模樣，糾在一起，再理也是理不順的了，何必浪費時間。」

是啊，何必浪費時間。

行昭抬了抬下頷，意味不明地望了眼那一整扇檀木雕花隔板，看不穿，自然也瞧不見她嫡親祖母臉上的神色。

注：直面，意指當面，直接面對。

她瞧不見，方皇后卻瞧得很清楚。

賀太夫人的臉色沒有絲毫異樣，既無怨懟亦無憤懣，話平緩得像淌在大漠中的清流，又像浮在天際處的流雲。

「血脈親緣這東西是摻不了假的，可有了血脈親緣的連繫，就不能算成是外人，這個道理本宮卻有些不認同。」明明已經撕破臉了，賀太夫人謀定而後動，絕不可能只是為了進宮來和她打嘴仗的。方皇后笑了笑。「臨安侯太夫人想見阿嫵？」

明知故問！

「皇后娘娘也說了血脈親緣做不得假，老身自是想見一見阿嫵的。」

「可惜本宮不想讓妳見阿嫵。」方皇后抿唇笑一笑，語氣還是沈凝端莊，面容上卻有些輕快。「如今是見一面，見了一面就想帶回家住幾天，住了幾天，阿嫵便回不來了。太夫人罪孽沒賀琰大，頂多也只是事發之後拘著阿嫵，不許阿嫵出來。阿嫵素來看重情義，見著賀琰她有十足的理由去恨，可對妳，她終究是不忍的，上兵伐謀，攻心為上，賀家若沒有妳，一早便敗了。」

賀太夫人也笑。

方皇后一輩子過得苦，她過得就不苦？

賀琰是她生的，她自然偏愛他些，可如今看起來老侯爺偏愛賀現也不是沒有道理。丈夫死了，兒子廢了，野心勃勃的庶子意欲取而代之，她涵養功夫一向好得很，是忍出來的，也是練出來的。

「若是阿福有皇后娘娘一半的手腕和心胸，賀家一定更上一層樓。」賀太夫人風輕雲淡地提及方福。「西北財政和兵權被架空，平西侯耽於定京城內，沒了爪子的老虎只能安安穩穩地任由獵人收拾，方家岌岌可危，皇后娘娘還有膽量說出這番話來，老身當真服氣。」

架空？

這麼容易就架空了？

若是當真這樣弱勢，方家幾代人的心血都拿去餵狗好了。

行昭挑了挑眉心。人做事常常有自身獨有的處事方式和印跡，六皇子行事布局喜歡出其不意，方祈是利落粗暴但有效，方皇后喜歡借力打力，而賀太夫人常常是千迴百轉，很難有直接的時候。

正殿之上，方皇后聽完賀太夫人後言，笑一笑。「阿福若有本宮一半的心機手腕，一早賀琰就廢了，也用不著等到這個時候。」

皇帝厭棄賀琰，賀琰便廢了，靠老娘、靠岳家起來的男人，根本扶不住。

賀琰廢了，賀家必須要再推人頂起來。若是景哥兒在，賀太夫人生拉硬拽也要將景哥兒要回去。離心離德重要嗎？根本不重要，只要景哥兒還在臨安侯府，賀家就沒敗！

可惜啊可惜，景哥兒一早便外放出去了。

沒靠住孫子，庶子靠得住嗎？

方皇后想一想，心裡就暢快極了。

賀太夫人還沒來得及下決斷，皇帝代替她下了決斷。扶庶出三房賀現代表賀家來削弱方家。賀、方兩家已經結成死敵了，可是賀太夫人願意看到一向被壓在腳下，深恨已久的庶子取代賀家長房嫡支的地位嗎？

「賀琰廢了，可他的兒子還沒廢，景哥兒是賀家名正言順的繼承人，臨安侯的爵位，賀家的家業、人脈、名譽都是他的，沒有人和他爭。」賀太夫人坐久了，後背與腰都有些痛。沒有永遠的至交也沒有永遠的仇敵，只要目的相同，何必在乎過程？

「阿福的除服禮過了，景哥兒與阿嫵的婚事也該提上日程，皇后娘娘是姨母卻不是生母，行景與行昭姓賀，也不姓方。賀琰只有景哥兒一個嫡子，臨安侯的位置只有他來坐，也只能他來坐。等景哥兒當家了，賀、方兩家一笑泯恩仇，既是方家的助力，也是賀家的退路。得一個盟友，總比樹一個勁敵來得好吧？」

原是來搶景哥兒與她的。行昭半晌無言，終是埋首抿唇一笑，翻過手瞧一瞧，薄薄的一層素白表皮之下奔湧著鮮紅的血液，她心頭徒生怨恨，這些血……只要有這些血在，她就是賀家的人，無論他們做過什麼，無論她多麼努力，他們都是她的親眷，身上流著和她一樣的血。

多令人可怕啊！

只要賀琰上書一摺，請立行景為世子，長子嫡孫名正言順，無論宗法制度還是皇權意願，都沒有理由說不，行景最後還是要老老實實回臨安侯府，在那四四方方的老宅裡再次陷入賀家那一灘漩渦裡。

天將昏黃，賀太夫人心平氣順地告了辭，臨了隔著隔板朝花間深望了望，渾濁的眼神陡然變得柔和且光亮，輕聲低喃。「阿嫵翻了年便十二歲了吧？悉心保留的綾布還存在庫裡，只是不曉得小娘子長得有多高了……」

垂垂老矣的婦人做出這樣的神情，方皇后竟然一時也拿不准有幾分是真，幾分是假。食不言，寢不語，行昭陪方皇后用晚膳，滿堂靜謐，只能聽見調羹輕擱在瓷沿邊上的聲音，方皇后抬眼覷了覷行昭的臉色，心下大定，等晚膳一收，便長驅直入問：「猶豫三載，賀太夫人終究徹底捨棄賀琰，阿嫵當如何？」

「當局者迷，旁觀者清。哥哥接任賀家家主，於方家，於他自身，都是一個助力，這一點太夫人其實沒有說錯。」行昭吶了吶，今時不同往日，皇帝要推賀家下手對付方家，可若賀家的掌權者是行景呢？再者朝中有人好做官，若賀家當家人換了人選，行景與賀家撕破臉皮，官宦仕途暫不說受阻，看在賀家臉面上的那些人能推他一把嗎？

太夫人說話說得婉轉，可卻常常一語中的。

讓景哥兒回來接任賀家，確實是雙贏。這也不算是妥協，至多算是結盟。

可人活一輩子，不能僅僅是為了贏面，有時候自己心裡頭那道坎兒過不去，贏面再大也是白搭。

方皇后何嘗不明白這個道理，笑著握了握行昭的手。「太夫人提出來的條件是很誘人，她能掌住賀家，可她能掌住皇帝的心思嗎？皇帝願意推一個與方家親厚的人坐穩賀家嗎？她想讓我使力，想得倒美，我憑什麼如了她的願？我們景哥兒又不是沒了前程和出路。」

賀太夫人以為誰都像她一樣，把榮耀與體面看得重，那她就打錯算盤了。方家再破敗，也不稀罕一個臨安侯的爵位。

方皇后邊笑邊將行昭往自個兒身側攏了攏，話裡戲謔。「更何況要是景哥兒真掌了賀家，我們阿嫵就更嫁不成老六了。」

行昭臉兀地一紅。風一樣的方皇后，思路跳得不是一般地快。

果不其然等到了二月，賀琰不能上早朝，可他還是能遞摺子上來的，託了相熟的公公遞到了皇帝跟前。

「臨安侯說是年歲漸大，應付起賀家上下家事有些有心無力，想請封行景為世子代其處置家業。」

臨到月白，也不是初一、十五，因事涉皇后親外甥，皇帝到底還是來了鳳儀殿，行昭福了福禮，沒聽皇帝讓她避開，便心安理得地坐在下首一面吃茶，一面聽。借放茶盅的工夫，飛速抬眼瞅了瞅皇帝——眼下烏青，皮肉下拉，眼神渙散，往日裡的英姿挺拔如今是半分見不著了，分明就是一個大腹便便、縱慾過度的男人模樣。

行昭卻曉得沒那麼簡單。

皇家人底子都好，少時喝幾個奶娘的奶水，中氣足得很，尋常的春藥與迷香能讓一向底子強健的男人在一、兩年裡就變成這副模樣？魏晉名士以食五石散為雅事一樁，可惜服用上了，便再也戒不掉了。

對皇帝是這樣，對與之同食的顧婕妤更是如此。

「立行景為臨安侯世子？」方皇后神色微愕，隨即緩了下來，隔了片刻有些喜上眉梢。

「這是阿福的心事，更是我一直以來的心事，臨安侯自阿福去後便未曾娶妻生子，原是身體不好，有心無力啊。」

這個時候方皇后還不忘坑賀琰一把。行昭口裡含了茶水，一時間噴也不是，嚥也不是。皇帝素來多疑，自同那小顧氏暈乎了幾回後，腦子想轉卻總也有些轉不快了，可一瞧皇后的神色，心裡隱隱約約覺得有些不好，挑著眉心一抬眼便看見行昭，乾脆笑她。「若妳哥哥當了臨安侯，溫陽名分便也跟著漲了。」

行昭仰臉一笑。「那哥哥既是揚名伯又是臨安侯了，那他是住在雨花巷呢，還是九井胡同裡啊？住在雨花巷是挨著舅舅住，估摸著哥哥也是願意住在雨花巷裡吧，九井胡同的宅子屋齡太老了，哥哥總怕瓦牆會落下來。」

方皇后不好說的話，行昭說了。

可說了，行昭又怕皇帝迷迷糊糊地聽不懂，索性加大力度。「若哥哥當了世子，那舅舅是叫哥哥伯爺好呢？還是侯爺好呢？」

一身擔兩個爵位，大周不是沒有過，常常是一個爵位傳嫡長子，一個爵位傳嫡次子。

方皇后便笑。「不論妳哥哥是侯爺還是伯爺，妳舅舅看見他，也要叫一聲大外甥。」

皇帝眉梢快挑到了額頭頂上。第二天早朝便沒批請立的摺子，只說：「揚名伯已是世襲罔替之爵位，臨安侯年歲也不算很大，總還有次子和幼子出世，若著實膝下空虛，弟承兄爵也不是沒有過。」

話傳到九井胡同臨安侯府裡頭，榮壽堂當下摔了兩尊水頭極好的玉器擺件，第二天便傳出要給賀琰尋續弦的風聲了。

賀太夫人在尋親事，儀元殿裡同樣有人在求親事。

一扇八合門的紫檀木屏風展在地上算作隔開外殿和內廂的擺件，漢磚地一塵不染，人影倒映在地上綽約可見，屏風之後，書案之前，向公公臂搭拂塵，佝身與皇帝耳語。

「近日六皇子與陳顯陳閣老家走動甚密，今兒個一下早朝，便來詢問奴才，前朝可是曾有舊例，一門兩位王妃？」

老六想求娶陳家次女?!皇帝勃然大怒。

可這一怒，著實站不住腳。

皇帝神情冷峻地坐在書案之後默了良久，老六竟然把主意打到陳家身上了！不安分，手伸得這樣長，下一步是不是就要伸到他身下的那方龍椅上了?!

皇帝陡然有點灰心。

先帝，他的父親雖是對女色上無節制，可朝堂之事全都理得順順溜溜的，方家安然鎮守西北，秦伯齡把守西南山城之地，文有黎、賀、陳三家，武有方、秦、梁三家，中央穩如泰山，鷸蚌相爭，坐收漁利。

傳到他手裡呢？他是皇帝，他是皇帝啊！這天下都是他的，這些都是他的臣民。可瞧一瞧那些文武百官，一個一個心裡頭的算盤都撥得又響又亮，他還沒死呢！

全怪韃靼那一窩狗娘養的狼崽子。

靠擊潰韃子，方祈軍功卓著，從三家之中一躍而上，隱隱變成了三者中的佼佼者，皇帝賞無可賞，三足鼎立之局被打破了，他便慌了，沒有人能比方家的功勛更盛氣，也沒有人能壓得住方家了，連皇家都抓不到一個名正言順的錯處，下不了手！

如果方禮裡應外合，他怎麼死的都不知道！

萬幸阿禮還是年輕時候的性子，總不願意傷了他，這世上只有阿禮對他最好，什麼都順著他，在他跟前什麼反話也不說。

也怪應邑那個小蹄子。

若不是她與賀老大糾纏不清，還下手逼死方家小女兒，他會這麼防備方家嗎？會打壓下賀老大嗎？若沒有她，文官三足鼎立的態勢依舊，也不需要他費盡心力地捧一家、壓一家了。女人家不守婦道，天理難容，當真是亡國之本！

母親到底是怎麼教養的女兒，死就死了，還拖出來一連串的禍事？

還怪方家！奴大壓主，別以為身上頂了些功勛就能狂吠，狗能不能叫，是要看主人打不打！

他們全都沒將他看作是皇帝，就算元后那個身嬌肉貴的老兒子死了之後，這闔宮上下也沒正正經經地將他看成是儲君，元后之子一生下來別人就叫他太子，他死了別人還叫他太子，真正的太子在這兒啊，是他啊！

他們都忤逆他，不順從他！

只有阿禮和老二順著他，一個把他當成天來崇敬，一個把他看成神來景仰。老六個性沈靜，風度雅然，闔宮上下都交讚他，多像元后那個兒子，所有人都喜歡他，都將他當作可以信賴的主子，而他照舊什麼也不是……

皇帝無端頹然下來，好久沒想這麼多事情，腦子裡亂得像一團漿糊，眼前全是白光一片，刺得人眼疼，索性仰躺在椅背上合了眼。

可一合眼，腦門就鑽心地疼了起來。皺了皺眉頭，趕緊把手伸到向公公面前。

向公公腰佝得更低，心頭有口長氣落了下去，斂眉從貼身懷裡掏了只亮釉九節竹紋小青花瓷匣子，一打開磨得細細的白粉險些被風揚了起來，連忙拿手蓋住，再畢恭畢敬地呈了上去。

皇帝深吸一口，腦子鬆緩些，全身都舒展了下來，像是浮在雲端又像漂在水面上。

皇帝聲音弱得像從遠處幽幽傳來——

「你怎麼回應端王的？」

他怎麼回應的端王？向公公遲疑半晌，拂塵一甩再一搭，誠惶誠恐。「天家的祖宗家法、規矩道理，哪裡輪得到奴才一個閹人給六……端王殿下回應？只推說不曉得，便急急忙忙地來同皇上回話了。」

宮中三個皇子，老二豫王，老四綏王，老六端王，皇帝登極之前沒封過王，便總說「都是一家子，老二、老六地叫喚，這才是叫兒子。豫王、端王的叫，是叫臣子，叫疏遠了」。

如今皇帝卻將六皇子看作臣子。

「端王現在在哪兒？」

「應當是在戶部。」

「叫他過來。」

向公公佝身稱是，向後退了三步，才敢轉身繞過屏風，「嘎吱」一聲推開了朱門。早春時節天欲暖欲晴，緊掩的朱門被推開了一條縫，向公公不敢叫暖陽堂而皇之地照進殿裡，怕驚著了內廂那位主子，只好躡手躡腳地從縫裡鑽了出去。

揚一揚拂塵把徒弟小榮子輕喚了過來，打發他去戶部請六皇子。小榮子一臉機靈，手往兜裡一揣，腰一佝便跑得不見了人影。

看小榮子一副伶俐樣子，向公公頗有些與有榮焉，這世上的位置都是有定數的，小榮子機靈就該輪到他當他向總管的徒弟，往後接替他當這儀元殿的第一人。可有些人坐上了不是自己的位置，論他坐了十年、八年，就是坐不穩當。

向公公往回看了看，心裡嘆了嘆，再回過頭來眼神落在了遠處，餘暉斜陽，暖絮亂紅，春愁無力，早春的媚和天子腳下的莊重和在了一起，東不像，西不像，一個四不像活得艱難。

這皇城裡的宮室有九百九十九間，太祖皇帝篤信世間不能有十全十美，哪會有人什麼都占全了呢？

第七十六章

戶部在中郊，六部離皇城都不算遠，小榮子在前面走，六皇子不急不緩地跟在後頭，向公公遠遠便瞅見六皇子過來了，眼神一黯，往雕花朱門裡一瞄，六皇子便笑了笑隨手賞了個金錁子給小榮子。「去孝敬你師傅幾罈好酒喝。」

小榮子先瞥向公公，見自家師傅破天荒地眉毛都沒抬，便歡天喜地地接了賞錢。

向公公推了門，隔著屏風沈聲通稟。「皇上，端王殿下來了。」

六皇子眼神一抬，紫檀木八合屏風遮得嚴實，像一刀將外頭的暖與裡頭的陰果決割斷，等了良久才聽見內廂傳來皇帝沙啞的聲音。

「讓他進來。」

向公公手縮在袖裡朝六皇子做了個手勢之後，便恭順垂眉地把手往雕花門框上一架，門便從裡向外緩緩闔上了。

小榮子跟著向公公往外走，邊走邊壓低聲音問：「六皇子賞的銀錢能收，可別人賞的不能收，師傅這是什麼道理？」

「甭管什麼道理，六皇子要賞是給我和你顏面，老老實實收著就是。」

向公公人老成精，將行過拐角，皇城便盡在眼下，一層覆蓋一層的宮室，狹長綿延的宮道，北折的驪山，碧玉翡翠帶似的絳河，可惜都被蒙在了早春餘暉的光暈之下。

向公公輕聲一嘆。「亂了……全亂了。」

什麼亂了？

小榮子不說話，大抵是皇帝的書桌亂了吧？

皇帝自從服食了那東西之後，他的那方紫檀木書桌便亂得不像個樣子了，摺子摞得半身高，一折壓一折，皇帝卻從來不許人收拾，連師傅都不許挨近，旁人更沒這個膽子去碰，可他每次看到那雜七雜八亂放的書桌，心裡頭就像有個爪子在撓。

內廂的六皇子心裡頭也像有個爪子在撓。

裡間的空氣好像都凝滯了，停滯在了老獅子得意的年華裡，迷濛得像縷青煙在裊裊上升中陡然留滯。嗅久了這個味道，鼻頭便有些發麻，緊接著身體好像也有些發麻了。

六皇子垂首掩眸，絲毫未動，靜待皇帝出言。

皇帝輕咳了兩聲之後，順勢出言。

「你喜歡陳家？」

「回稟父皇，談不上喜歡，陳家家風嚴謹，詩書傳家，又是大周深有底蘊之世家，頗得父皇歡心，兒臣既不敢喜歡又不敢不喜歡……」

「你也喜歡陳家次女？」皇帝不耐煩聽六皇子耍花槍，直截了當。「你想求娶陳家次女？」

六皇子愣上一愣，神色眉梢之間有些緊張，下意識地向外看一看，倒惹來皇帝一聲冷笑。「向公公領的皇糧，是朕發的俸祿，你的那點小心思，怎麼可能瞞得過朕！」

六皇子膝頭一鬆，險險跪地，手撐在矮几之上，一張臉鬧得滾燙。

「在定京城中、在皇城裡就要像一根藤蔓，牢牢地和別的藤蔓攀附交結才能立得穩固……」聽著六皇子的話，皇帝心頭有種莫名的得意。「陳家勢力漸起，方家日漸……」六皇子嘴上一停，皇帝就接著道：「你倒會燒熱灶。」

六皇子頭一次覺得他的父親是這樣的愚蠢，擅於沾沾自喜，擅於自以為是，和他的祖母一模一樣。局勢亂成了這個模樣，若再無振起之力，如何坐穩江山？

六皇子的斂面不語，倒叫皇帝開了話頭，手撐在椅背之上，每每服食之後腦子有些暈乎，可身上氣力足得很。眉梢一挑。「你當真想要求娶陳家次女？」

自鳴鐘搖擺不定，每晃蕩一下六皇子的心便沈了沈。

皇帝心智不清，他近鄉情怯，可他更知道只要抓住人性的弱點，無論怎樣都有贏面。

作戲要做全套，半途而廢只會徒惹猜忌，反倒墜入深淵。

「是！」六皇子沈了沈眉。「兒臣傾慕陳家次女已久，陳閣老家訓甚好，陳娘子定會成為端王府的賢內助。」

皇帝面目陡然一沈，怒氣再起。

是傾慕陳娘子已久，還是傾慕陳家勢力已久，還是陳家和老六沆瀣一氣已久！

絕無可能！

老六要合著陳家破他的局，絕無可能！

狼子野心、狼子野心！

「出去！」皇帝聲量陡然亮開，震得滿室拂塵亂竄。

六皇子埋首於胸，眸光一亮，踟躕於原處，再抬起頭來時已是一副畏縮後悔的模樣，張了張嘴想說話，可一身抖得厲害又將頭斂下往外退。

皇帝電光石火之間腦中一閃。

「等等！」

六皇子腳下一頓，背對於其，眉眼清舒，眸色極亮。

「溫……」皇帝哽在一處，揮揮手未再繼續往下說了。「算了，出去吧！」

六皇子心頭一跳，隨即緩緩落下。

溫是什麼？

溫陽縣主！

父與子、君與臣之間，這段為時不多，卻實在算不上愉快的交談，在天黑之前便傳到了鳳儀殿來。

蔣明英拘手垂眉。「小榮子尋了個犄角旮旯之處堵的林公公，帶了話，說得很隱晦，只說——『皇上與端王殿下交談之後，儀元殿的門便也不開了，連向公公也沒法子進去勸，怕是因著端王殿下心有些大的緣故』。」

心大？什麼叫心大？吃著碗裡的、看著鍋裡的叫心大，那老六確實叫心大。背靠方家，還想將陳家一併攏過來，皇帝可不就認為你心大了？

方皇后若不是現在手上拿著冊子，幾乎想擊節讚賞。

狹路相逢勇者勝。如今不攪亂這一池水，怎麼能渾水摸魚？

再抬頭瞥了眼規規矩矩斂裙坐在炕上抄帖子的行昭，這小娘子口是心非的，眉眼倒是裝得很乖順，偏偏懸腕拿著筆這樣久沒落下，朗聲笑。「阿嫵過來！」

行昭如釋重負，飛快放了筆，正要撐手下炕趿拉穿鞋，一抬頭卻見方皇后似笑非笑的樣子，當即紅了臉，扭了扭，有些不好意思。「字還沒寫完，不好過去……」

方皇后便笑了起來，正要說話，外廂的風鈴清清脆脆地響了響，沒隔多久，行昭便能看見屏風底下有雙玄色蹙金絲的短靴定在那裡沒往前行。

闔宮上下也只有皇帝敢穿玄色。皇帝來鳳儀殿卻沒讓人通稟？

方皇后眼風往底下一掃，笑聲未停。「既是課業未完，還敢偷摸聽我與蔣明英說話，明兒個便讓常先生罰妳一罰……皇上來了！」方皇后趕緊將冊子往身側的小案上一放，笑迎了上去，溫言軟語。「您用過晚膳了？怎也不叫向公公進來通稟一聲？」

「還沒來得及用。」

從黑到白，再從夜到明，鳳儀殿的宮燈裡燒的蠟是不是要比別處的更昂貴、更稀罕些呢？怎麼別處的就沒有這樣暖、這樣亮呢？

皇帝怔了怔才接了後話。「是沒讓向公公先來通稟。妳我夫妻，何必通稟來、通稟去，夫妻閒話家常，沒必要先叫妳拘謹地預備著。」

夫妻？

是負氣吧！

方皇后面上笑一笑，揚揚手打發蔣明英。「讓鄭婆子給皇上下碗雞湯銀絲麵來，再煎個蛋，甭煎得太實，皇上喜歡吃流黃的。」

蔣明英應聲而去，行昭也福身同皇帝告了退，只說──「功課還沒寫完，明兒個常先生怕是要打行昭手板了。」

話一完，行昭便斂了襦裙跟在蔣明英身後一道出了正殿，蔣明英穿著件墨綠杭綢褙子走得飛快，沒一會兒整個人便湮沒在了夜色中。

小廚房在西邊，可蔣明英走的道卻是東邊。

行昭往東望了望，東邊黑黝黝的像個無止境的大窟窿，往東去就出了鳳儀殿了，再走，便進了東六宮的地界。

誰住在東六宮？蔣明英只有煮一碗雞湯銀絲麵的工夫就要回來……東六宮裡離鳳儀殿最近的是毓清宮，而顧婕妤就住在毓清宮。

行昭站在廊間愣著神，尋常宮人是不敢來喚這個在帝后跟前都有臉面的溫陽縣主的，有頭有臉的近身女官們不敢抬頭看，反倒是低眉順眼侍立在階下的小宮人們抬了抬頭再飛快地將頭埋了下來。

丫頭們的小動作反倒讓行昭回了神。

蓮玉上前扶著行昭，輕聲說：「您是去花間還是回瑰意閣？」

「回瑰意閣。」行昭眸色深沈，壓低了聲音。「結果只有一個，又何必太在乎過程。」

她其實不太想看這場夫妻間的博弈，生怕一不留神就看見了以後的自己和周慎。

她敢說那句「值得」，就有承擔後果與拚命的勇氣和準備，就算這樣，她還是怕的。可再來一世，她便曉得了人生不能因為怕就止步不前，她因為怕母親的悲劇提早再現，一而再、再而三的遮掩真相，反倒打了自己一個措手不及，她因為害怕面對母親幾近崩潰的情緒，選擇閉口不談，最後釀成苦果自己嚥下。

怕這個字好難聽，她若再說怕，便是對不起愛她的、她愛的，攢足勁想讓她幸福的那些人了。

行昭舉步欲離，卻滯了滯，側身往裡間深望一眼，耳朵裡傳來零零碎碎的聲音，拚不全，卻叫人無端安心。

「您也別仗著底子好，胡亂地想吃就吃，想不吃就不吃……」方皇后攏袖親斟茶，看了皇帝一眼，拿話來引。「可是老六氣著您了？」

皇帝臉色沈得更厲害，茶接了沒喝，端在手上，也沒回答。

方皇后心中一哂，事實是不太好說，總不能說窈窕淑女，兒子好逑，反倒把老子氣得夠嗆吧？皇帝要說了，她再一細問，為什麼陳家女不好再嫁老六？皇帝吭吭哧哧又該說什麼？說怕到時候清理不了你們方家？

不是什麼人都能學漢武帝。想學漢武帝之前，得看看自個兒身邊有沒有個拿得出手的霍去病！

「為著戶部的差事？」方皇后笑說：「老六一貫膽大，前些日子不是還參了平西侯一本?您也說說他，我是看著他長大的，既送過平西侯的弓給他，也送過平西侯用過的輿圖給他，怎麼就大義滅親了?淑妃身子……」

皇帝越聽火氣越盛，抬了抬手打斷方皇后後話。「將才在同蔣明英說什麼呢?」是在試探她曉不曉得今兒個下午儀元殿的那樁事?

方皇后笑著將書案上的帳冊往皇帝身邊輕輕一推，從善如流。「老二正經娶了媳婦兒了，老四的事也該辦起來了吧?老四是男兒漢等得起，陳閣老長女今年就及笄了，再磨，定京城裡就該笑話了。」

皇帝現在一聽陳家、老四、老六就煩，單手將那本厚厚的帳冊重新推了回去，不想看。一堆爛帳!

老六想娶陳家女，無非是想勾上內閣那條線，再借陳家的姻親擺脫方家。算盤倒是撥弄得響亮，可惜這世上哪兒來那麼多的順心遂意!

他想了又想，要不配個四、五品文官家的姑娘給老六，要不就是一個破落的勛貴世家娘子，就像老二家那個安國公石家的側妃一樣，掀不起浪，明面上又夠體面，也不至於墮了皇家的威風。

再順下來，滿堂上下這麼繞啊繞，繞啊繞，他上哪兒去立馬找個石側妃那樣的小娘子?

他原是覺得顧青辰就很好，可臨到最後念及母家的情分，總不能叫自家生母的親姪女兒嫁個心不在她那兒的夫婿，然後苦一輩子吧?

再看文官，文官與文官之間牽扯甚深，同科、師生、姻親，這些讀書人幾廂交錯纏得緊緊的，看得上眼的文官人家要不和陳家有關聯，要不和黎家有關係，要不就是賀家的交好，就沒一個是清清白白的純臣。

完完全全忠於他的、忠於皇家的，不結黨營私的純臣。

皇帝心煩意亂，腦子裡亂哄哄的，口裡頭又乾又苦，全身上下明明像是充滿了勁頭，卻一點氣力也使不出來。

懸在梁上的羊角宮燈好像在晃，晃在眼前變得光怪陸離，支離破碎成有稜角的光，皇帝咂了咂嘴，他現在好想服用那藥，只有那一堆一堆的白色粉末才是他最忠誠的臣民，是他的信奉者，是他的天與地。

方皇后靜靜地看著眼前的這個外厲內荏的帝王，陡然間神色有些恍惚，正想說話，外廂卻傳來一陣極有規律敲叩隔板的聲音。

「進來吧。」

初春的天氣還有些涼，蔣明英鼻尖上卻有汗，臉上像是吹了風，只有顴骨上紅撲撲的，恭首垂頭捧著黑漆描金托盤進來，放在皇帝身畔的小案上，福了福身便垂首侍立其旁。

「皇上快趁熱用……」

方皇后話音未落，皇帝扶著椅背唰地一下起了身，撩袍往外走，身後撂下句話。「皇后先安歇吧，朕今兒個夜裡去顧氏那處。」

方皇后連忙起身去送，腳下一歪，一個沒站穩，身子向左一側，蔣明英眼疾手快地一個跨步扶住，待眼裡再看不見皇帝的背影之後，才細聲細氣地附耳輕語。「該怎麼說、怎麼做，顧婕妤是個機靈人，我只粗略地說了一遍，她便記得牢牢實實的了。」

「不只是機靈，膽子更大，否則怎麼我只是給她講了一個故事，她便敢手眼通天地從宮外頭運藥進來了呢？」

方皇后倚靠在蔣明英身上，語氣十分淡定。

孫氏有孕，小顧氏恩寵漸薄，是小顧氏鋌而走險運進春藥。她掌管六宮幾十年，這事如何瞞得過她？小顧氏誠惶誠恐地請罪伏誅，可卻是她作主，要求再加點五石散進去。

既然攏不住人心，那就換個花樣來吧！

大家都是罪人，又何必將誰該下黃泉，誰該下畜生道分得這樣清楚呢？

晚風涼薄，方皇后靜靜地看著掛在門廊外的那一串八寶琉璃風鈴往東搖一搖，再往西搖一搖，可她一點聲音也聽不見。入宮二十餘載，她方禮雖是女子，為人卻只求一個頂天立地，不屑拿下三濫的手段去對付那些同樣可憐的女子，她手上雖不算乾淨，可從未碰過那些陰私齷齪的勾當，可她如今卻將這種手段用到了她的枕邊人身上。

何其可悲。

毓清宮宮門緊閉，內間煙霧繚繞，白霧薄薄的一層蒙在昏黃的燈下久久不散。

小顧氏半跪於羅漢床畔，白素羅的褻衣順著光滑的肌膚從肩頭沿著手臂一點一點往下滑，頸上有兩條嫣紅的絲帶交項纏繞，身嬌體軟往右一靠，眉眼向上一挑，眼神極媚。

「今兒個三郎與端王殿下置氣了？」

空氣中的氣味是甜香回甘的，皇帝眯了眼，深吸一口氣。「老六心眼活，胃口大，想求娶陳家女，朕到底還沒死呢！」妾室就是個玩意兒，玩意兒想要就要，不想要扔了就行，誰在乎同她說了些什麼？

小顧氏身子往前佝了佝，眼裡蒙了層水氣。「皇上是天子，口無遮攔，賤妾卻聽得心驚膽戰。」

皇帝瞇著眼笑開，一把將小顧氏摟過來，倒惹得小顧氏一聲驚呼，驚呼之後便聽女人怯生生又軟媚的聲。

「端王殿下好無道理，一手捨不得放掉皇后娘娘的娘家人，一手又去招惹陳閣老家，賤妾鄉下地方來的都曉得，得將自個兒碗裡的東西都吃完了才好去吃鍋裡的，若是碗裡頭的飯實在是難吃，也要倒掉了再去盛鍋裡頭的。」小顧氏眼裡水靈靈地邊說邊往皇帝身邊靠，一眼瞥見皇帝沈下去的神色，趕忙笑。「賤妾見識淺薄，還求皇上多教教奴家……」尾音向上一勾，小腿便順勢纏上皇帝。

皇帝身上熱得很，卻覺得小顧氏說得有道理，眉角一抬，示意她接著說下去。

白素羅本就絲滑，小顧氏胸往裡一埋，衣裳便越滑越快。

「鄉下地方話糙理不糙，那人既是嫌棄自個兒手裡這碗飯，便就是要給他舀多一點，再難吃也要守著他吃完，等他吃完了，肚子裡也沒空位去裝鍋裡的那些好吃的飯了……」話越說越慢，氣倒是越喘越急。

皇帝聽得有趣，手一把抓在小顧氏纖細的腰肢上，手上捏了兩把，滿足地喟嘆一聲。

小顧氏哀哀一呼，話卻要說完。「方家是碗裡的飯，陳家是鍋裡的飯，端王殿下想娶陳家女，那索性指個方家女給他，等他吃飽了，就沒氣力再要鍋裡的飯了……」

皇帝手上的動作一頓。

方祈的女兒是定了婚約，可方祈的外甥女兒沒定啊！

下午那一聲沒出口的溫陽縣主，是因為尚有重重顧慮在，可在如今的紅綃帳暖鴛鴦頸前，那些顧慮算什麼！

皇帝陡然覺得自己的智力太棒了，棒得旁人拍馬莫及。

俗話說得好，笨鳥先飛。

皇帝大概覺得自個兒是秀於林必被風摧的那根木，腦袋瓜子聰明著呢，旁人誰能算計得過他？算來算去，不也被他捏在掌心裡頭揉搓？

帶著小美人兒服侍一夜的歡愉、五石散的欲仙欲死，還有對自己智力上無與倫比的讚賞，第二天一大早上早朝，皇帝一腳踏進儀元殿正殿，眼裡看著滿滿當當的或著紅穿紫、或雲紋仙鶴的文武百官，腳就像踩在雲端上，飄飄然啊飄飄然。

陳顯陳閣老朝袍玉帶，往裡縮了縮脖子立於左上，三呼萬歲後將起身便執玉笏跨步上前，朗聲闊響。

「明德三十五年，滿朝六部各司皆普查財政清廉之態，今上即位二十餘載，國富民強，風調雨順。雖有人患天災，亦不足為懼，掌國之天下事者，當以德善大公服人，西北方指揮領體邁年高，臣啟奏今上，方指揮領當可賞金千兩，賞地千畝，以告老還鄉，圖慰老臣愁腸忠君之心。」

「臣附議！」

「臣附議！」

立於陳顯之後的兩人緊隨其後，撩袍附議。

方指揮領即是方祈二叔、行昭二舅公，方家鎮守西北的二號人物。

陳放之和賀現沒本事名正言順地將方二舅公蹶下來，陳顯終是耐不下性子了，親自啟奏卻是拿方指揮領年事已高的由頭做筏子，要求他致仕放權？

高手過招，不耐煩虛與委蛇，乾乾脆脆地一招鎖喉。

皇帝眉間一挑，抬下頷，眼神落在規矩垂眸、滿面鬍茬的方祈身上，提高聲量問：「平西侯的意思呢？」

儀元殿的梁柱衝得極高，方祈翻個白眼往上望了望，奶奶個熊，你要蹶我們老方家的官路還好意思來問老子的意思？老子能有幾個意思？又沒缺個心眼少條腿！

皇帝指定了人出聲詢問，那人不開腔，旁邊人就不敢接話。

正殿陡然靜下來。陳顯側身眼風往方祈處一掃，再從從容容地收回來，眼神很平和地落在了龍椅下三寸的位置。皇帝不喜歡方家把西北當成禁臠，自然也不喜歡陳家在西北稱王稱霸，可事已至此，就由不得他喜不喜歡了。

百官上朝的地方只有端嚴肅穆，暗黑漆的柱子像是要通天，鋪在地上的漢磚一塊接一塊，密實得趴在地上瞧都瞧不見中間接著的那道縫。

「方都督……」方祈不回話，皇帝陡生焦躁。「方都督！」

兩聲方都督，一聲比一聲來得急，到了第二聲分明能聽見怒意。

方祈猛一抬頭，神色全埋在了滿鬢的鬍茬裡，只能看見一雙眼睛亮得嚇人，皇帝胸口一噤，緊接著便見方祈咧嘴一笑，牙齒隱沒在鬍鬚裡顯得又白又憨。

「臣……」方祈原是斂聲，眸光一轉便提了聲量，中氣十足。「臣附議！」

皇帝手頭一鬆，心下窩火，眼神卻不曉得往哪處落，一瞥便看到了跟在黎令清身邊的六皇子。「端王，你怎麼看？」

六皇子嘴角往上挑了挑，再迅速落下，抬頭撩袍，跨步上前，一氣呵成。

「兒臣以為大周當以厚德載物，陳閣老寬嚴並濟，治下功卓，當屬我朝之大幸。魏徵海瑞之流乃太平盛世之清風，山間小澗之涓流。方指揮領年事已高，賜金賜宅，擢升虛銜歸於田園，已是天家之恩德，皇上之仁厚……」

語氣抑揚頓挫，高低起伏得很是妥帖，說得陳顯老臉都紅了，微不可見地往後退一退，旨在離六皇子更遠些。

皇帝神色一木，心下冷哼，大手一揮讓六皇子這一長番洋洋灑灑的駢文讚揚可別再說下去了，索性一錘定音。「賞方指揮領良田千畝，黃金千兩，人老了是該讓賢了。」

人老了該讓賢了……

六皇子埋首退後一步，回原處站定，好似佳音入耳又像波濤十丈。

第七十七章

那頭的早朝還沒下，這頭鳳儀殿便接到了消息，方皇后頗有些不忍心，嘆口氣。「妳二舅公是個閒不住的，年輕時候就喜歡帶著妳舅舅抄上傢伙去大漠裡射狼，平西關比京裡的城牆高出許多，論是三九隆冬還是三伏酷暑，天一暗，妳二舅公准要提壺老酒，上城牆往遠方瞅一瞅。」

每一個西北出來的人，對那一方天地都有一種叫人難以理解的執念與偏愛。

這與思鄉情切不同，是一種真真切切的歸屬與相擁之情。

行昭長在定京，一輩子拘在定京，其實是不懂這份感情的，面上笑了笑。「二舅公年歲到底是高了，他老人家想登牆頭看大漠，難不成還有人敢攔？舅舅既然敢附議二舅公致仕，就一定是有後手等著陳放之和賀現的……」一面說一面給方皇后遞了盞乳酪過去，語氣鄭重地許下承諾。「您也一定還能回西北去的。」

方皇后轉了頭，無言輕笑，再未接話。

將過午晌，雨就滴答滴答地往下落了，瑰意閣外間新栽了一株還沒成活的美人蕉，雨是春天的雨，打在還沒長成的狹長如碧玉翡翠般的芭蕉葉上，倒也還是有那麼點綠蠟捲夏風的味道。

行昭捲了本書仰靠在暖榻上瞧，湊攏了嗅，還有股沈墨未乾的氣味。

「放了一個冬，書上潮氣重得很，哪日尋個豔陽天，咱們將書拿出去曬一曬。」行昭不喜歡聞水氣，索性掩了書卷輕聲輕語地和蓮玉吩咐。

蓮玉探頭望了望天，卻笑。「怕還得再等一、兩個月分，等入了夏，天氣便好起來了……」

蓮玉話還沒落地，其婉便撩簾進來了。自小進宮禮數是刻進骨子裡的，再急的事行過禮後才有心思說。「這場雨來得急，端王殿下沒帶傘，路過鳳儀殿來問皇后娘娘借傘，皇后娘娘找了來找了去也沒找著一柄好用的，便讓姑娘捎帶柄傘去正殿。」

偌大個鳳儀殿沒把傘？

行昭掩眸一笑，蓮玉尋了柄素青竹柄的油紙傘來，行昭接過就往正殿走。

瑰意閣離正殿近得很，沒幾步路就到了，隔著遊廊便聽見裡間有聲音。少年郎的聲音總是很好認的，六皇子習慣說話停一停，說完半句停一停，像是在思考又像是特意給聽者留出時間。

「慎到底年弱，若無皇后娘娘當機立斷，就怕父皇的一念之差。」

什麼一念之差？六皇子要作戲求娶陳婼，若是皇帝一念之差裡遂了他的意，她與陳婼的差之毫釐，失之千里。

恩怨情仇兩輩子都怕是解不開了。

「我出手不過是讓阿嫵早些入皇上的眼，你若慢慢來，曲折迂迴，結果都是一樣的。」這是方皇后的聲音，又聽她長嘆一口氣。「你是我看著長大的，又是淑妃的兒子，我自是信你。我且只問你一句話，權勢與親眷血脈，哪一個更重要？」

「慎身邊之人更重。」六皇子語氣堅定。「站在高處才能護之周全，先有因再有果，世人卻常常本末倒置。慎不是聰明人，卻也知道，該將什麼放在前，什麼放在後，若無人相隨，即便手握權柄，也只是個孤家寡人，豈不可憐？」

行昭撩簾的手滯了滯，身形未動，手腕卻將廊間的風鈴碰響了，抿嘴笑一笑，乾脆抬腳入內。

方皇后端坐於上首，見是行昭過來，笑著招手讓她快進來，又指了指六皇子。「淋了一身的雨，鳳儀殿可沒備下老六能穿的乾淨衣裳，妳趕緊將他送出去，淑妃怕是也急得不得了。」

行昭立馬小臉一紅。

西北的作風就是丈母娘親手把自個兒女兒推出去？

六皇子倒是從善如流起了身，單手從行昭手裡接過傘，側身撩了簾子，示意行昭先行。

「嘩」地一下撐開傘，六皇子握穩了傘柄，將傘往行昭那處歪了歪，當真站在小娘子面前，心裡頭打好的腹稿又有些說不出來了。

只恨現在面前沒擺上幾瓶花雕酒！六皇子有些恨恨地想。

兩人默契地都沒往宮道上走，沿著鳳儀殿紅牆綠瓦的牆角跟慢慢地走。

雨打在傘上，迅速分成了幾股，在逆光的傘面上打了幾個旋，再順著傘沿往下墜，「滴答滴答」地正好直直落在繡鞋前頭，行昭便停了步子，抬頭望六皇子，有些不好意思。「出來得急，沒換木屐，再走，鞋襪怕是要濕了……」

六皇子一愣，隨即便笑出了聲來。

少年郎的聲音和著雨聲，像落在玉盤上的珠翠，行昭臉越發紅，踮起腳便想去搶傘柄，六皇子人高，手往上一撐，行昭便搶了個空。

「好了好了，慎不笑便是。」六皇子眼裡話裡全是笑。「近日過得可好？」

過得可好？這問的是什麼話啊？又不是久別小聚，也不是十年未見，不過幾日的離別，怎麼就問出了牽扯得剪不斷理還亂的意味了？

行昭不想回這番話，索性仰臉拿手去撥弄繫在傘柄上的如意結，想了想才點頭。「自是好的。睡得好，用得好，常先生還時常沐休放假。」

「可慎過得不太好。」六皇子笑一笑，臉上盡是清朗。「從不曉得娶個媳婦兒也這樣難，圍魏救趙，聲東擊西。早知今日，慎一定拜在方都督門下，將那三十六法都學個全。」

行昭臉紅得厲害。站在小石板路上，正好吹穿堂風，風打在臉上也不覺得涼，反而覺得風都被燙呼呼的一張臉暖熱了。

小娘子紅撲撲一張臉，像是掐一把就能出水來似的，心裡有些嫌棄自個兒的，好歹活了兩輩子，吃過的飯怕是比小六子吃過的鹽還多，怎麼就被幾句話逗弄得臉都紅一片了啊！

小六子說起甜蜜話來，當真是天資卓絕啊！

繡鞋薄薄的一層，膈在突起的小石子上，磨得腳心癢得很，雨水像簾幕一樣一滴接一滴地落，最後串成了線，沒多久就在地上積了一小灘清亮的小水窪。

六皇子收了傘，兩人便退到了屋瓦房簷下，行昭低頭看腳下是乾的，外頭的地卻是濕漉漉的，涇渭分明，心裡莫名有種安寧。

原來兩個人不說話，也是不會尷尬的。

六皇子憑身而立於三步之外，眼裡嘴上全是笑意，值了，就算險些將自個兒給繞進去，也都值了。正張嘴想開口說話，卻聽行昭輕聲緩言地開了腔。

「還得加個美人計。」

六皇子笑得憨，原是愣一愣，再一想才明白行昭的意思，是在說顧氏的煽風點火？皇后是怎麼將那顧氏捧上去的，又是怎麼說動她的，又是怎麼按下她的，他不是沒想過，也試探過母妃，母妃裝作沒聽見，他便也不問了。

皇宮裡沒有人能不勞而獲，顧氏拿了什麼與方皇后交易，他並沒有興趣知道。

無外乎，性命和忠誠。

宮裡頭的女人美得豔得好像太液池畔的花，風一吹、春一過，就凋了，誰也不記得這花這樣美過，顧氏拿性命去換這滔天的恩寵，怕自己心裡也是樂意的吧？

「顧婕妤是聰明人。」六皇子笑一笑清朗開口，將傘往近身處拿，不叫水落在小娘子身邊。

「闔宮上下哪個不是聰明人？」行昭也跟著笑。「聰明人和聰明人的廝殺不見血，只要命。阿嫵是個蠢的，若無皇后娘娘的庇護，孤零零地扔在這宮裡頭怕是骨頭渣子也剩不下來。」

話到最後有僥倖也有感慨，卻陡然發現人與人的相處好像果真是有緣分在的，她不用絞盡腦汁地去應和六皇子，也不用費盡心思地去猜測六皇子的喜好，更不用怕一句話沒說好，便會惹得他勃然大怒。

前世她執拗地愛著周平甯，所以生來便在他跟前矮上一頭，戰戰兢兢、畏畏縮縮。恃寵而驕，恃愛橫行，人總是在不知不覺中對求而不得的東西心懷仰慕，而對近在咫尺的人橫眉冷對。

「蠢一點好，兩個人裡頭有一個人聰明就行了。」

六皇子手緊握在傘柄上，手指纖長，骨節分明，虎口有薄繭，行昭眼睛尖，一眼便看見了，習武之人長年執弓，弓箭那根弦摩擦在虎口處，便會留下這個印跡。方祈有，行景也有，可六皇子走的是文路，手上怎麼會有薄繭？

行昭來不及問出口，耳朵裡卻聽見了六皇子輕描淡寫的後語。

「阿嫵也不需要去應付那些聰明人，因為根本就不會有。」

行昭猛地一抬頭，便撞進六皇子的眼裡，在清澈的瞳仁裡隱約看見了自個兒瞪圓一雙眼睛、輕啟一張嘴的傻樣子。

他這是什麼意思？

他……他……他不準備納側妃，收通房？

怎麼可能！

行昭一顆心像鞦韆，晃蕩來，晃蕩去，她承認自己喜歡上六皇子的時候，其實是有準備的。時人家裡只要還剩了幾斗米、幾口糧都會打著子嗣的旗號，左一個右一個地收女人，六皇子姓周，氣運好點，搏力大點，皇位是敢想的，退一步，就算是個王爺，誰曾見過府邸裡只供著一尊正妃在的？

只要方家不沒落，她的身分放在那裡，嫁的人鐵定非富即貴，非富即貴的大世家規矩嚴，不許自家郎君隨便納妾，可不許隨便納妾，並不代表沒有妾室。

既然「願得一心人，白首不相離」的期望只是個夢，那就沒整天浸在夢裡頭，拔不出只有將自己淹死、溺死、氣死、悶死。

再來一世，她只想有一種死法——安安穩穩地活到八十歲，躺在床上舒舒服服地合眼長辭。

行昭抿了抿嘴，喉頭發苦，嘴中發澀，不可置信地望了六皇子一眼，再迅速將頭埋了下來，只當自己聽岔了，明明雨從烏瓦青簷上落下來砸在地上的時候離腳還很遠，還是將身子往裡又縮了縮。

小娘子患得患失的樣子，六皇子看在眼裡，心裡卻有些五味雜陳。

她是不信，還是不敢信？

六皇子想攬住眼前人的肩頭，告訴她不要怕，可握著傘柄的手只能緊了緊。而後緩緩鬆口，索性由淺入深。「將才皇后娘娘問慎，是權勢重要還是親眷重要，慎便明白了阿嫵在皇后娘娘心中的地位。蠢人聰明一次多見，可聰明人被一葉障目反倒見得少，因為是阿嫵，所以皇后娘娘才會問出這樣顯而易見的問題。她是在不確定，她想要一個答案，一個從我的嘴裡親口說出來的答案。」

行昭自然明白方皇后待她的心。

「慎便將答案老老實實地、一字一句地說了出來。這世間奇珍異寶不計其數，南海的珊瑚，別山的玉，西北的赤金，遼東的參，可這些都是死物，不會動也不會笑，更不會說……自己的鞋襪濕了……」

春水初生，春林初盛，春風十里，不如妳。

再美再聰明，她們都不是妳。

都，不如妳。

行昭心像被剜掉一塊，又像被蜜填滿了。深深吸了一口氣，沒有酒味啊……

「可是歡宜姊姊教你的？」

這回輪到六皇子臉紅了，手蜷成團堵在薄唇前頭輕咳兩聲。歡宜嫁了人，原本賢淑的個性變得更婆媽了，扯著他袖口直唸叨——「你好意思藉著酒勁就把人家小姑娘騙到手了嗎？雖說是酒後吐真言，可也有喝了酒混混沌沌一攤子爛事的！等老了，阿嫵指著你罵的時候，你就曉得厲害了。」

他現在回想一下，都覺得有點不可思議。

一聽皇后要讓行昭去見那兩家人，酒勁都還沒醒，就直衝衝地守在小姑娘馬車上了，又是媳婦兒又是拉手地亂來，得逞是得逞了，到底不是君子所為，也有點太不夠誠意了些。

安排布置好一切，這才空出閒來，正正經經地表一表心意。

可到底該怎麼表呢？

他好歹是在皇上面前沒打腹稿就能侃侃而談的讀書人，一挨著這事反倒腸子都愁得絞成一團。

歡宜恨鐵不成鋼，就差沒有抄上五十首情詩讓他背了。

這還是行昭頭一回見著六皇子的窘迫之態，捂著絲帕笑，一面拿眼橫他，一面佝了頭拿腳尖去碰地上的小石子。原來感情是這樣的，酸酸澀澀，患得患失，卻能因為那人一個眼神、一個表情便笑得沒有辦法止住。

既甜，又暖。

六皇子又咳兩聲，看行昭笑得歡喜，自個兒嘴角也不由自主地往上挑。「話是長姊教的，可意思是慎自己想的。只有一個就夠了，慎全心全力地去護，多了慎也護不住。」

不禁護不住，還容易打架。

一個肚皮生出來的孩子都有長有短的比較，何況是不同娘生的？

亂，從根上就是內亂，後宅穩了，媳婦兒心情舒暢了，男人們的前程才穩順。這是六皇子長在深宮，看盡爭奇鬥豔的感慨。

自己的女人自己保護，只有那些沒本事的男人，才會有精明大氣又處處能幹的妻室，那都是被逼出來的，能蜷著躺著，誰願意挺直腰桿來迎風面雪？

六皇子無端想到了方皇后，嘆了嘆，正想說後話，卻見其婉打了柄青油傘過來。

「皇后娘娘過來問，鳳儀殿也不算大啊，縣主怎麼還沒將端王殿下送出去？」

行昭覺得自己臉紅著紅著便淡定了，只吩咐其婉去回稟。「我馬上回去。」又轉過頭認真地瞅了眼六皇子。「傘你拿著，遣人過來也好，我讓人去重華宮取也好，甭再淋一路的雨回去。」

明明住在一個宮裡，卻又因如今處在風口浪尖上，只好避嫌不見。

六皇子覺得自己心裡頭像有爪子在撓，面上倒是風輕雲淡地點點頭，看了看其婉，便笑。「若有事便讓其婉去找我。」邊說，眼神邊往花間那扇開得大大的窗櫺那頭看去，若是再賴著不走，方皇后能讓人提著笤帚打出來吧？

六皇子像幅水墨丹青一般，著青衣長衫，執素絹青傘，不急不緩地走在煙雨朦朧裡。清雅風度，派頭十足。

可憐的小其婉便沒這麼好的運氣了，自家主子愣了半刻，電光石火中反應了過來，六皇子掐點堵她的次數，原先放在枕邊，後來每回都在花間裡才找著的書，什麼該吃什麼不好吃的提醒。

合著她一早就被其婉賣了！

不對，合著其婉一早便被六皇子收買了？

「妳什麼時候成六皇子手下的人了？」

「奴婢不是六皇子手下的人……」其婉怯生生抬頭，想了想決定要賴到底。「奴婢是李公公手下的人……」

行昭氣結，李公公不就是老六的內侍嗎？

行昭一怒，嗯……半怒半喜下，小可憐其婉被禁足三日，以儆效尤。
本是打算日子慢慢悠悠地過，哪曉得將入夜，一顆大石頭便砸了下來。
「溫陽縣主指婚端王！」
除卻鳳儀殿和重華宮，闔宮上上下下又睡不著了。
旨意是入夜之初從儀元殿直接示下的，連禮部的程序都沒來得及走，皇帝御筆親批一揮而就，左右男方和女方都是住在宮裡頭，沒出宮宣旨的顧慮。將用過晚膳，向公公便拿著聖旨過來。
行昭安安靜靜地跪在鳳儀殿前的青磚地上接了旨。
「臨安侯賀琰長女，朝廷敕冊溫陽縣主，身出名門，鐘靈毓秀，沈貞恒淑……」
就算擔了一個春字，定京城三月的晚間仍有一絲涼意，雙膝跪在青磚地上，冰涼沁人。
可心卻是暖的，好像在心間裡咕嚕咕嚕滑轉了幾圈的玻璃珠子，總算是「咕咚」一聲落到了實處。
向公公唸得又慢又響，內監通常都有一管尖細的嗓音，一開腔便揚得極高，再慢慢地降下來，像領著人從雲端上墜下。
行昭埋著頭，腦子和心裡都是一片空白。
「特賜婚於端王周慎！」
最後一句，一錘定音。
宣完旨，向公公將聖旨折了兩折雙手遞給行昭，笑咪咪地恭賀。「豫王殿下與綏王殿下的親事都是皇后娘娘幫忙相看的，縣主這樁親事卻是皇上親自選的，縣主好福氣。」

「也是託聖上的福。」方皇后搭著蔣明英起身，面上瞧不出情緒。瞧了眼滿臉是笑的向公公，不經意問。「皇上是什麼時候下的旨意呢？」

向公公笑說：「是瞅完今兒個摺子以後擬的旨意，本是想明兒個一早再宣旨，到底還是選在今兒個晚上宣了。大喜的事，早一刻、晚一刻，殿下與縣主的福氣也損不了。」

方皇后便留向公公用宵夜，向公公忙擺了手推辭。「端王殿下那處雖不用頒旨，皇上卻也交代奴才去重華宮知會一聲。」

蔣明英笑著將向公公送出了鳳儀殿，折道回來，就將事摸得一清二楚了。

「緣由還在那幾道摺子上，是關於西北的。」

前頭的鋪墊夠了，臨門一腳，幾道摺子也能成為皇帝下定決心的最後催化。

行昭窩在暖榻裡，懷裡抱了個水仙碧波紋的軟緞枕憨笑。

方皇后也望著她笑，笑著笑著鼻頭有些酸，探身替行昭將散在耳前的落髮輕柔地勾到了耳後，像是同自己說又像是在和行昭說話。「自個兒覺得值得，就好。日子是自己過的，旁人幫不了。」

行昭重重地點點頭。

宮裡頭的消息跟長了腳似的，跑得飛快，向公公還沒到重華宮，六皇子就已經聽著消息了。

淑妃大喜之餘，隨即愁了起來。「老四還沒娶親，阿嫵她哥哥也還沒娶親，長兄不娶，下頭的小輩就算訂了親事也得慢慢拖，沒正正經經過門我是當真放不下心。你是不曉得，那回你在江南生死未卜，我一人困在這宮裡頭，阿嫵頂著酷暑日日過來，要不給我讀書，要不陪我說話……」

每回淑妃提起行昭都會說起這樁事，宮裡頭真情難得，偶得一二便永難忘懷。

六皇子沒言語，嘴上也沒笑，眼裡像藏了星辰一般。

淑妃喜歡行昭，歡宜與行昭是手帕交，他的至親們和睦溫暖，就算外人再不喜歡，那又能怎麼樣？

行昭原本以為一晚上是睡不好了，哪曉得將沾上枕頭，便睡得渾然人事不知。

大約是心安了，夢想已經變成了現實，自然也沒有再作夢的必要了。

再一睜眼，天剛濛濛亮，行昭單手撩開簾帳去瞧擱在羅漢床邊的更漏，還差半個時辰才到辰時啊。輕手輕腳地趿拉了繡鞋，從高几上解下素絹披風披在身上，從內廂到花間，只能看見熏著香的素羅錦綢和擺放整齊的大朵大朵的時令鮮花。

廊間有躡手躡腳、走來走去，或捧著溫水銅盆或捧了黑漆托盤的小宮人們，雖不能開腔大聲說話，可臉上和眼裡全是蓬勃盎然的生機。

君子蘭的狹長蘭葉上墜了幾滴露水，行昭拿手去碰，哪曉得還沒碰到，水珠便破了，順著葉子往下滑落。

身後有人悄無聲息地過來，在行昭身後站定沒說話。

行昭望著蘭葉笑。「若是母親知道了，她會高興嗎？」

大抵還是會高興的吧，母親常常都很歡喜，看不透那麼多事便歡歡喜喜地活在虛假的繁華表面之下，活得不那麼聰明，但若是沒有遇到賀琰，她的一生會平靜而美好，育子教女，好不痛快。

「只要您高興，夫人一定高興。」蓮玉輕聲說著。

行昭嘆了口氣，心裡頭什麼味都有，緊緊斂了斂披風，轉身而去。

皇帝扔了塊大石頭到水裡，激起了無數朵小水花，小水花們全都攢足了氣力就等著一早的行早禮使出來，德妃今兒個來得最早，一貫的聰明和見縫插針，趁著眾妃還沒來，便與方皇后拉上了家常。

「當真是歲月如梭，老六才多大的孩子啊？這就定了親事了！兩個孩子有緣分，這是我一早就說了的，郎才女貌，又是青梅竹馬，等溫陽縣主嫁了，是該叫皇后娘娘母后還是姨母呢？」德妃說著說著便揚眉笑起來，樂不可支又歡天喜地。

皇后也笑。「皇上慣會亂點鴛鴦譜，先頭是歡宜和平西侯長子，現在變成了老六和阿嫵，沒見過他這樣愛作媒的。」

這種實實在在的家常話，也只有皇后敢說。

德妃附和著笑道：「也是喜歡幾個孩子才好作媒的，怎麼沒見皇上顧著那頭呢？」德妃朝北邊努努嘴，說的是在慈和宮住著的顧青辰。

方皇后和顧太后婆媳不和，本就是公開的秘密。

德妃有事所求，自然是著意奉承，捧一個，壓一個。說實在的，顧太后那處當真不需要著意彈壓了，人都癱得說不出話了，還掀得起什麼風浪？

方皇后沒搭話，斂眉笑一笑，德妃便順杆爬。「咱們宮裡頭孩子少，誰家有個喜事大家都跟著高興，老六的喜事還得等個兩、三年，可老四的喜事怕是順著年口就在眼前的吧？」

原是來掛憂四皇子的親事的。

可憐天下父母心，四皇子出了那麼一樁事，德妃身為養母自然被拖累不少，可德妃還是只要一見皇帝便求情，皇帝惱了也不管，索性放話。「誰敢短了四皇子一針一線、一食一粟，她陳德妃拚著一身性命也要算清楚這筆帳！」

養隻貓兒養個這麼幾年也養出感情了，何況是個會笑會鬧的孩子。

方皇后由己及人。「若我是妳，我也想老四趕緊娶親。娶了親就能出宮，能開府，能自己定事，正正經經的是一家之長了。」總比在這宮裡遭人白眼的強。後話沒說，轉了話頭。「前些日子我在皇上跟前也說起了這樁事，皇上沒出聲，我便也不好再說。」

皇帝大約是覺著將陳家長女指給老四有點虧了，心裡頭正後悔呢。

陳德妃臉皺了皺。

方皇后吃了口茶便道：「老四到底還是男兒漢拖得起，陳家長女過了及笄卻拖不起了，段……那戲子把一灘水攪渾了，我查下去那戲子是皖州出身的，妳說巧不巧，陳家剛好也是在皖州發的跡。」

往事塵封兩、三餘載，陡然再拿出來說，就像從埋藏許久的絲線堆裡生拉硬拽出一根線來，再一撣，灰就到處揚，險些迷了人眼睛。

德妃瞳仁一瞇，緊緊抿了唇，等人三三兩兩來齊了，她也沒再出聲說話。

眾妃們都接到了消息，要不恭賀方皇后，要不恭賀淑妃。孫嬪喜氣洋洋地說：「誰能想得到，皇后娘娘與淑妃娘娘如今成了親家了！」話說得不妥當，可熱熱鬧鬧的氣氛裡頭誰還顧得上咬文嚼字？

這樁親事是怎麼來的，方皇后和淑妃都心知肚明，這時候要再表現得歡喜無比，得償所願，皇帝回過神來怕是什麼都明白了。

淑妃面上扯開笑，將想說話，卻被惠妃搶了先。

「說出這個話來，就該掌嘴。」惠妃輕哼一聲，心裡直冒酸氣，衝得鼻頭嗆。「溫陽縣主姓賀，是臨安侯府的人，就算成親家也是賀家與淑妃成了親家，孫嬪年紀不大，腦子更小。」

孫嬪有了兒子傍身，雖生了七皇子之後身子一直有些不好，恩寵也被那顧氏搶了去，可她有兒子了啊！

惠妃再掃一圈，照舊沒見著顧婕妤，心裡悶火更旺，這些個小騷蹄子也不曉得是從哪裡學的狐媚勁，皇帝被她勾得再沒去過別處了。整整兩百一十三天，她數她宮牆外頭小道上的那些磚，數過來數過去，數得爛熟於心，皇帝還是沒來。

入宮這麼些年，她惠妃一向是毋庸置疑的寵妃，從來沒敗得這樣慘過。

話衝口而出，惠妃再傻也看清楚了方皇后的臉色，每個人都有逆鱗，那賀家丫頭就是皇后的逆鱗。

「惠妃妹妹火氣盛得很，咱們女人間東扯西拉的也能較真？」王懋妃溫聲開口，笑盈盈地轉頭朝方皇后說：「哪天請溫陽縣主去豫王府坐一坐吧，豫王成親的時候沒去，如今成了妯娌，阿柔長嫂……」

「只是指婚，還沒過門呢，懋妃心太急了。」方皇后打斷其後話，眼風一掃。

要閔寄柔拿長嫂的款壓行昭？話說得不輕狂，可聽起來卻不那麼舒服。

偌大個正殿，從上首順下來，全是有品有級的、能入皇室宗祠的妃嬪。

方皇后算是當場落王懋妃的臉面，惠妃身形一鬆，歡喜得簡直東西南北都找不著了，要不是王懋妃沒頭沒腦地插進來這麼一句話，這個時候就應當是她的臉面給方皇后踩下去了，阿彌陀佛，佛祖保佑，幸好她腦子抽，王氏比她腦子更抽！

原先她還能仗著恩寵說話不經腦子，今時不同往日……

她真是恨慘了今時不同往日這幾個字了。

王懋妃神情一僵，隨即面上卻越發柔婉，笑著頷首。「是臣妾思慮不周全，皇后娘娘教誨得是。」

被這麼一打岔，惠妃提起的那樁事是徹底偏了，方皇后亦樂得不提，女人們的話頭總是這樣，從張三家說到李四家，再從李四家說到王五家，到最後張三家到底出了什麼事，誰也記不得了。

眾妃三三兩兩辭行，淑妃想留卻不好留，皇帝在沾沾自喜，自以為走了步一箭三鵰的棋，她們做妻妾的怎麼好拆臺？

蔣明英親自將淑妃送出去，折身一回來便開口。「懋妃……」

「兒子大了，也長成了，三個皇子裡頭就數老二勝算最大，懋妃輕狂些也是人之常情。」方皇后接過其話，其實倒不覺得王懋妃突然截話是因為輕狂，惠妃先頭提的是什麼？是行昭和臨安侯賀家的關係，王懋妃心浮起來敢搶左上首的位置，可懋妃還沒這個膽子在她跟前搶白。

「惠妃提到賀家，我於情於理，都該接著說，這避不開……」方皇后抿了口茶，眼角往上一挑。「她寧願被我踩臉面也要冒險把這個話頭揭過去，擺明了是害怕老六和臨安侯賀家再有任何牽扯。」

賀家是皇帝給二皇子用的，可突然出了個端王妃，這筆糊塗帳該怎麼算？

方家硬氣，行昭和行景硬氣，寧願押上全部身家拿命去搏一把，也不屑與賀家人為伍。

王懋妃看在眼裡卻怕得不得了，生怕賀家因為這潑天的利益反了水。

人一走，正殿就靜了下來，方皇后一動不動地坐在上首，脊梁挺得筆直，雙手放在膝上。

她正襟危坐在這裡有多久了？二十二年了吧？頭一回坐在這個位置，一張臉都是僵的，腳都不知道往哪處放，殿下也還是這些人，那時候的王懋妃還是個才人，長得清清芸芸的，一說話眼波便動起來，開腔就很柔糯，慢條斯理的尾音拖得老長，如今的官話說得順當極了，雖還是柔，可字正腔圓的，自有了股氣勢在裡頭。

其實皇帝的喜好從來都沒變，從王氏到小顧氏再到孫氏，他最偏愛的一向都是這樣輕聲細語，又柔又媚的女子。惠妃是個例外，大概是宮裡頭的聰明人多了，突然出現個傻的，嘴上沒個把門的，倒讓皇帝品出了一分新鮮來。

方皇后垂眉扯開嘴角一笑，手一點一點地將鳳座上的那層黃金軟緞鋪展齊整。

她在這個位置上坐得辛酸，她只希望她的阿嫵能坐得一帆風順，平穩妥當。

第七十八章

方皇后不提行昭回賀家住，皇帝自然也不會提。讓行昭回賀家增進感情，然後賀家再權衡、權衡，最後倒戈相向，反將他一軍？他又不蠢！

為了斷賀家退路，他多想賜一碗藥給賀琰，新仇舊恨一塊兒報了，權衡了再權衡，到底是歇了這份心。

倒不是因為心軟，賀琰一死，賀現要接任爵位就得回京，一回京，西北剛打下來的基礎，誰來扛？

帝后兩人都沒表示，旁人也不至於沒眼色地去觸霉頭，行昭回九井胡同待嫁的事算是一點波瀾都沒起的被否決了。

宮裡頭沸沸揚揚那一鍋開水蔫了下去，宮外頭倒燒開了。

朝廷上下面面相覷，有些看不懂皇帝下的這步棋，所以他們到底是該去燒二皇子這門熱灶呢？還是跟六皇子這匹黑馬呢？

賀琰頹了，陳顯借勢而上，一躍成了文官之首，有機靈的拎兩壺陳釀去找陳顯討主意，陳顯一概不見，回府之後便囑咐妻室兒女。「絕不能展露出一星半點對端王的意思，好的不能，壞的也不能。」

又想起六皇子近日無端示好，陳顯不禁有些心有餘悸。「溫陽縣主看起來是身分尊貴，可細想起來對端王是半點益處都沒有。方家本來就是端王的靠山，已經綁得牢牢的了，不需要錦上添花。賀家，賀琰已經沒有助力了，賀現是庶子，本來就與溫陽縣主人情淡薄，又夾雜了賀太夫人那樁公案，不拖後腿算好，怎麼可能相助？端王怕是惹惱了皇帝，皇帝才釜底抽薪下的這麼一道旨。」

猜得八九不離十，哪方的反應都算到了，就是沒算到人心，更不可能想到六皇子是鍾情行昭，故意為之。

朝臣們啊，人心都看不透，滿眼的手段謀策。

燒開了的水，最好避得遠遠的，就怕沸水濺到臉上，既痛又毀顏面。

將進盛春，欣榮和歡宜先行一步，欣榮抱著長女來鳳儀殿給方皇后請安，說是請安，話裡話外逗弄的卻都是行昭。

「妳和老六也是緣分，婚前住一塊兒，婚後還住一塊兒，又是青梅竹馬，又是門當戶對，這份姻緣喲……嘖嘖嘖，叫滿定京的小娘子瞧瞧，心裡都是豔羨的！」

婚前婚後都住一塊兒……行昭心裡默默翻了個白眼，欣榮也沒說錯，是住一塊兒，一個皇城東，一個皇城中，是算住一塊兒。

歡宜護弟妹，笑著將行昭往自個兒這處攬了攬，直說：「阿嫵臉皮薄，九姑姑甭欺負人！」

欣榮一愣，隨即朗聲笑開，朝方皇后道：「您可瞧瞧，這就護上了！」

方皇后最喜歡看小娘子們笑，年紀輕的小娘子無憂無愁，一笑好像滿園的花都開了，便讓行昭和歡宜去花間裡說話。「小姊妹久不見了，悄悄話說不完，我與欣榮商量商量七夕的家宴。」

是和欣榮有話說吧？可又不好當著歡宜的面說？

行昭心裡暗忖，起了身笑請歡宜去裡屋，將拐過屏風，便聽見身後欣榮的聲音。

「阿嫵賜婚旨意還沒下來的時候，賀太夫人便心急火燎地四處尋親事，眼看著都耳順年紀的老人家駝著背、佝著腰地走，我都覺得不忍心看下去。臨安侯是真頹了，見天地酗酒買醉，上回駙馬在大興記請客應酬時見著臨安侯了，說是身邊摟著個姑娘，十七、八的年歲，長得白白圓圓的，眉毛濃，眼神亮，容貌和原先的臨安侯夫人有三、四分像……」

行昭腳下一歪，整個人便往身側的屏風上靠過去。腿軟得抬不動，心裡翻江倒海著。

原來這些話不是歡宜聽不得，而是不好當著她的面說。

歡宜是該聽的她聽全，不該聽的一句話一個字都入不了耳，置若罔聞像是什麼也沒聽見，趕忙伸手去扶行昭，輕聲吩咐蓮玉去拿糖飴，伸手就塞進行昭嘴裡。「含顆糖，陡然眩暈多是因著氣血不足，現今餓不餓？」

行昭搖搖頭再點點頭，反手覆住歡宜的手背，緩緩撐起了身來。

賀琰……賀琰何必呢？

人賤起來，天都看不過去。

什麼痛心疾首，什麼悔不當初，什麼錯過之後才明白真愛在哪兒。

都是屁話！

要是賀琰官沒丟，權寵沒變，勢力沒頹，娶了應邑，當了駙馬，應邑再給他生下嫡子嫡女，他會痛嗎？他會反首再看到母親的好嗎？他會看到他的卑鄙與無情嗎？

他不會，他照樣還是意氣風發地過著養尊處優的日子，甚至還會覺得沒了母親這個拖累，好輕鬆。

既然當時毫不猶豫地選了應邑，如今再做出這番情聖的模樣，反倒叫人噁心！

行昭的臉色慢慢定下來，卻陡然知道了她該怎麼回答那日一早她問蓮玉的那個問題。側過身去輕聲出言。「母親會高興的，不是因為我與哥哥，而是因為賀琰會帶著後悔下去陪她。」母親活了一世，以愛為先，這是讓她最能歡喜的事吧？

歡宜有些擔憂，捏了捏行昭的掌心，輕聲一喚。「阿嫵……」

「沒事，都過去了。」是了，都過去了，她與行景的不原諒就是咄咄相逼，賀琰已是罪有應得。

定京的春過得快極了，前半段是屬於冬日的，後半段是屬於初夏的，連正正經經開在煙花三月的桃花都沒捱得過定京城日漸熱起來的天氣，早早蔫得落在了地上，一瓣瓣既像初雪又像粉嫩的點睛之筆。

一入五月，天便躁起來，人的火氣就起來了，黃嬤嬤鐵面無私一連罰了兩個小丫頭的月錢，又來怒氣沖沖地告那個虞寶兒的狀。

「也就是那日我不在，若我在，這小丫頭就不只是罰跪和扣月錢那麼簡單了，不得結結實實打四十個板子再攆出去，我就不姓黃！姑娘要留，我便忍了這口氣，姑娘自個兒去瞧瞧，她管的那一塊灑掃哪一天是做好了的？我不求一塵不染，至少也別留那麼幾片葉子在那兒吧？她以為她在作畫呢。」

人不同，說話處事也不同。

怒氣沖沖地過來告狀的，瑰意閣上上下下也只有黃嬤嬤做得出來，也只有她敢做。

行昭只好笑著溫聲安撫。「隨她去吧，妳該罵就罵，該罰就罰，別因為是我說要留的，就單單給她顏面。過會兒妳憋出個好歹來，我還得撥兩個小宮人來照顧著黃嬤嬤，得不償失不是？」

留下那個寶兒本就是為了釣魚，如今魚快上鈎了，總不能功虧一簣。

定京城裡躁熱，西北一段大漠、一段草場，黃沙飛揚，樹都難見著一棵，火氣只有更大的，這不三百里加急，說是皇帝新調令的守備親自下令斬了自個兒從定京帶過去的八個兵士，賞了十餘個兵士五十下軍棍。

「皇上怕是臉都快氣綠了。」方皇后心情很愉悅。「守備原是想息事寧人，卻被蔣千戶……哦不，蔣僉事架得老高——『守備是御筆親批調任的，國之棟梁，西北大幸。皇上對您的信任、西北民眾對您的信任就全看在此處了。』京裡九城營衛司那幫兵士從沒見過血，更不知道西北練軍是怎麼練的，以為在西北還能像在定京似的？懶懶散散，朝出暮收，狎妓尋歡，犯了三十二條軍規，不死也要扒層皮，活該！」

定京城裡沒仗打，行軍操練都是得過且過，西北不一樣，訓的是軍人，練的是漢子。

九城營衛司那些人安逸日子過慣了，以為去西北是去混軍功，換個地方繼續過安逸日子的，卻正好碰上蔣僉事要玩陰招拿人殺雞儆猴，這八個倒楣蛋就活生生地被他家守備捨棄了。

死得莫名其妙又冤枉，可他們既然是軍人，就應當知道軍規無情，刀劍無眼。

以身試法，是活該。

正如方皇后所預料，皇帝臉色大變，卻被噎得沒話說。

能說什麼？人是他派過去的守備讓砍的，砍人的理由是他祖宗定下的三十二條軍規，一切都名正言順得很。

皇帝要架空西北財權，要讓方祈的二叔致仕退隱，方家照做，可從九城營衛司派了守備去西北吃相難看的爭兵權，能是這麼好爭的嗎？

八個倒楣蛋一砍，軍中譁然，西北軍與九城營衛司撥過去的兵士對立為兩派，都是血氣方剛的大老爺們一言不合，拔刀相向，險些出現譁變，守備在定京城裡安穩慣了，哪兒見過這副陣仗？縮在城牆上不出來。蔣僉事卻一馬當先，站在城牆上連射三箭，一箭射在西北軍帳篷掛著的紅纓上，兩箭射在九城營衛司麾下的木樁子上，又穩又狠，當即鎮住了場面。

軍營裡崇尚強者，守備既然撐不起架勢來，手一轉，實權又到了蔣僉事手上了。

為這事，方祈真是一張臉笑成了菊花，連稱自個兒挑下屬的眼光好，說著說著就變成了自個兒挑女婿的眼光好，再說就成了皇帝挑臣子的眼光好。

挑來挑去，挑中個軟蛋，眼光能不好？

行昭捂著嘴笑，看著瀟娘一臉與有榮焉的模樣，心裡為她默了把哀。蔣僉事有勇有謀有心計，真漢子一個，照瀟娘的個性，還不得被啃得渣渣都不剩？

瀟娘的親事就定在初夏，送親的時候行昭請旨出宮幫瀟娘添箱。給行明添箱的時候行昭實實在在地拿了兩千兩銀票，是想著賀太夫人鐵定不會幫行明扎扎實實地置辦好嫁妝；二夫人雖是出身中山侯劉家，可卻是庶子嫡女，嫁妝單子也不算太豐厚，與其送幾副華而不實的頭面，還不如送真金白銀，願意買地也好，願意置鋪子也好，都隨行明。

兩千兩銀子雖損不了小富婆多少根基，可到底也算是大出血了一把。

再給瀟娘添箱，便要仔細想了想瀟娘缺什麼。銀錢？方家是盤踞西北多年的土豪，缺什麼也不會缺銀子，瞅瞅方祈每年送行昭的生辰禮，赤金嵌八寶簪子，一整副祖母綠頭面，要不就是直接送金錠，比行昭直接送銀票還要霸氣。

首飾？那倒也不缺，再去擄兩把韃靼，啥首飾都有了。

想來想去，還是薰陶、薰陶瀟娘的藝術情操吧。

行昭著手親自開工，日趕夜趕趕出大漠孤煙直的畫冊，她沒真真見過，越畫越想見，畫工筆要細描認真，常常一個晚上描完，眼睛便乾澀得很，其婉就奉茶來，行昭一抿，是決明子和苦蕎泡的茶。

「是重華宮叫人送的呢。」

重華宮送過來的，不就是老六的意思？

苦蕎是苦的，決明子沒有味，可行昭感覺滿口都是甜的。

請來的全福夫人是黎令清的妻室，有兒有女，高堂尚在，黎令清是帶六皇子的老師，請黎夫人來自然也是六皇子拜託的。歡宜瞅著行昭笑，行昭不做聲看著瀟娘要哭不哭的模樣，眼圈紅了紅再忍了忍，終究說道：「表姊要哭便哭，離家哭嫁本就是舊俗。」

瀟娘眼睛一彎，嘴巴一癟。「絞個面痛死我了！」

就知道她是白操心了。

無論是再大大咧咧的小娘子臨了上轎的時候，憋了憋還是哭出聲了，邢氏靠在行昭身上抹眼淚。

嗩吶鑼鼓喧闐，送行的自然是瀟娘的胞兄桓哥兒，後頭跟著一列的兵士，大紅喜色，鞭炮炸翻的天都漸漸淡去，行昭拿帕子給邢氏擦淚，笑道：「您且放心，蔣僉事可不敢對表姊不好。」

「他要是敢對瀟娘不好，瀟娘自個兒就能拿馬鞭抽他！」邢氏哭是哭，可哭得也是中氣十足。

世間所有的愛都是為了相聚，只有父母的愛是為了別離。

瀟娘嫁得遠，從定京嫁到西北，往返得六天，回門便給省了，只捎了信回來，特意還給行昭寫了一封。行昭拿著信給方皇后唸，瀟娘信裡嫌蔣僉事老愛管她。

「大抵是年歲大的男人，一句話能扳成三段來說，嘮嘮叨叨個沒完，我一凶，他就蔫，好生無趣。往後等妳成了親，得自個兒找事做，聽戲也好，打馬球也好，總不能叫男人束手束腳地管住了。」

信寫到後頭，就從訴苦變成了婚姻指導。

行昭結結巴巴地唸，方皇后就哈哈地笑。

到了七夕，辦的是晚宴，皇帝本是定的都去太平行宮辦筵，再一想總要先去慈和宮行了禮、問個安吧？可惜顧太后癱了，去行宮的提議也就擱置了下來，還跟往年一樣放在太液池畔辦。

七夕前一個晚上，顧青辰到瑰意閣來拉家常，行昭一聽，直接回道：「描紅做功課，忙得很，既只是拉家常，就等家宴之後再拉，也是等得起的。」

瑰意閣的大門都不打開，顧青辰磨蹭了兩把，終是轉身而去。

行昭放下手上的書卷，眼眸有些深沈。

過了家宴，她們兩個還能坐在一起拉家常嗎？

到了正日子，七夕正好風清月明，筵席擺在太液池畔裡的十里長橋上。雕梁畫棟間，披繡闥，撫雕甍，隔五步擺文心蘭，隔十步擺秋海棠，兩柄太師椅放置於十里長橋之首，於其左右兩列順序而下，後置黃花梨木椅凳，銀箸瓷碗次序放置，宮人們統一都穿著靛青褙子、鵝黃綜裙，面目恭謹，垂手而立。

家宴是在入暮才開始，宗親家眷們三三兩兩在晌午之後就入宮了，先去慈和宮隔著屏風給顧太后叩首問安，再往鳳儀殿去給方皇后請安。

豫王妃閔寄柔來得最早，行昭被方皇后叫出來行禮，閔寄柔忙探過身去扶她。「兒媳與阿嫵素日都是姊姊妹妹稱呼，您讓阿嫵給兒媳行禮，豈不是……豈不是……」

「指了婚，訂了親，懋妃說得是，妳往後就是行昭的長嫂了，這個禮也沒什麼受不住的。」方皇后笑了笑說。

蔣明英也動作快，沒讓行昭的膝蓋彎下去就搬了個小錦墩擱在行昭身後。

閔寄柔臉一下從脖子根紅到了耳朵上。

懋妃只要一見二皇子，話裡話外就是要讓二皇子懂上進。「你父皇將路給你鋪得順溜，你就該一步一步地沿著走，別白白辜負了期望。」

期望？什麼期望？是要爭太子，還是準備當皇帝啊？

說一千道一萬，今上還沒死呢。就算老二成了儲君，她王懋妃也只能是個貴太妃，當不了太后，正正經經的太后還坐在殿上呢！

閔寄柔婉轉了眼神，輕言細語。「母后言重了。等阿嫵過了門，既是妯娌又是妹妹，大周以禮治國這是自然，可禮法之中尚存人情。母妃守規矩守慣了，您大人大量千萬莫怪。」

這算是代王懋妃賠了不是。

方皇后端了茶抿了口，再放下時，就順嘴說起了擺在十里長橋裡的秋海棠。「原本想擺山茶，又怕再出大前年那樁事，左催右催，花房總算是趕在七夕之前將秋海棠給育出了朵，算是有個交代。」

「秋海棠也好看，小朵小朵地綴邊，不豔不俗，左右是家宴，一家人聚在一塊兒就是天大的福氣了。」閔寄柔從善如流接其後話。

王懋妃惹出來的口角，方皇后把氣發在閔寄柔身上敲山震虎，閔寄柔委實有些冤枉。

一邊是姨母，一邊是手帕交，方皇后要立威，兩方打擂臺。

行昭嘆口氣，這還只是開始，二皇子和六皇子的爭鬥還早呢，朝堂上喧了天，可惜兩個當事人還兄友弟恭著，二皇子是個性耿直，六皇子是公私分明。兩廂見了面，幼時的情分還在，兩個兄弟都是有情有義的，又還只是半大不小的少年郎。

唉，可惜有人把這兩個放在了對立面。

怕是二皇子還沒意識到吧？

過了會兒，幾位長公主也攜伴來了，中寧長公主看起來很憔悴，不過才三十出頭，平日裡又是養尊處優著，臉上細紋一摺一摺的，眼神耷拉著，別人說到她還得再喚兩聲，她才能反應過來接話。

應邑死後，中寧過得一直不太順遂，方皇后拿不准中寧知道多少，可行昭想起來中寧在鳳儀殿裡就敢來捂她嘴，怕是曉得不少內情，壞主意沒少出，更沒少攛掇。

中寧一家子都靠她的封邑過活，既要維持長公主的顏面，又要養活一府的人手，既要顧裡子又要顧面子。不是所有公主都能活得恣意，公主的封邑是靠皇帝分的，是分個富庶的郡縣，還是分個年年鬧荒的郡縣，全靠公主在皇帝面前的臉面了，可惜中寧這個長女在先帝面前是沒什麼體面的。

中寧慣會煽陰風、點鬼火，出身不高，又和顧家千絲萬縷的聯繫，方家不下黑手整她，都對不起方祈賴皮的名聲。

仙人跳，蠱中蠱，放白鴿（注），你能指望一個在西北大漠裡摸爬滾打長大的魯莽將軍的素質有多高？何況方祈一向也沒認為自個兒是什麼道德高尚的正人君子。

對付中寧，這些市井手法也夠用了。家破人亡倒還談不上，只是要維持體面就需要銀錢吧，可銀錢被人騙得團團轉，就要去當、去貸、去借了吧？一去，就又掉到另一個陷阱裡了。

行昭抬眼看了看中寧髮髻上斜簪著的那支赤金並蒂蓮步搖，上頭還墜了顆光滑鑑人的紅寶石鴿子蛋，中寧真是不遺餘力地打腫臉充胖子啊。

行昭總算是見到行八的那位平樂長公主的長女了，長得是白白淨淨的，看著一副文弱氣，可眼神裡滿滿的全是稚氣。「宋徵娘給皇后娘娘問安。今兒個七夕，可想來想去也沒想到個正正經經的祝賀詞兒，只好照舊例恭賀皇后娘娘長樂未央。」

原是叫徵娘啊……

皇后好奇。「在家中可是行四？」

宋徵娘笑著點頭。「是呢，音律五音順下來，是爺爺給定的名字。」

宮商角徵羽，那位攤上「角」的小娘子或是小郎君的名字……宋角娘？腳娘？呃……真是自求多福。

未嫁的小娘子算上欣榮家的那個牙牙學語的嬰孩也只有三個，人妻們說膳食、說被褥、說夫君，小娘子們說風說雨說……角娘。

「您家行三那位是喚作……」行昭終究沒忍住，給宋徵娘遞了個果子去，壓低聲音問。

「您家行三的是位小娘子還是小郎君呢？」

宋徵娘邊吃果子邊甜笑。「三姊姊閨名是覺娘，乖覺的覺，都是爺爺的嫡親孫女兒，哪兒能隨隨便便安個字上去啊。」

行昭恍然大悟。

說著話，平陽王妃也過來了，帶著長媳劉氏。中寧順下來了一個座，平陽王妃心安理得地坐上了左首之位，一面笑一面同歡宜調笑了兩句。「上回出嫁我算是娘家人沒去觀禮，這回總算是見著了，新嫁娘最漂亮了。」又轉過頭讓行昭湊近點，拉著行昭的手和方皇后說話。「總覺得是一家人，如今果真算是一家人了，多少年了家宴都沒齊整過，今年怕是最齊整的一回了吧？」

歡宜賜婚桓哥兒的聖旨一下來，她是一千顆一萬顆的心都放下了。她便說那小婦養的氣運不能好吧，皇后沒瞧中，皇帝為了補償方家，反倒折了個公主進去。管她善姊兒是在房裡捂著枕頭哭了幾千幾百遍，人家方家的門就是不衝她開，她沒這個福氣！

只要那庶子庶女沒好日子過，平陽王妃便覺著心裡頭像是三伏天喝了冰水一樣爽快。

行昭只顧著埋頭裝羞。

不到一個時辰，殿裡滿滿當當的雲鬢裙捲，暖香芬馥，三妃也過來了，懋妃挨著閔寄柔坐，閔寄柔卻扭頭與欣榮長公主說起了是蠶絲好還是緞面花好，懋妃極力克制住想要挑起來的眉梢，卻一洩氣安安柔柔地重新靠在了椅背上。

注：放白鴿，指以女色為誘餌設騙局。

行昭規規矩矩地坐著，眼神一直盯在遮門的湘妃竹簾上，坐在左首旁的歡宜碰了碰她手背，輕聲問：「等誰呢？人都快來齊了……」話說到這兒頓了頓，抿嘴笑開，語氣異常曖昧。「老六怎麼著也是坐在男眷那處吧？就算再想媳婦兒也不好跑鳳儀殿來。」

行昭是快被這群人打趣得臉皮變得比城牆還厚實了。心想索性快些嫁了，可等正經嫁了人，她們又該打趣生崽子的事了吧？為人妻者，葷素不忌，當真是可怕至極啊。

「要不過會兒我幫你們打掩護，妳和小六去太液池那處的春妍亭裡見個面，說個話，訴訴衷腸再表表心意……」

「我在等顧青辰呢。」行昭臉紅著面無表情打斷歡宜後話。

歡宜話頭一停，眉心再一蹙，張了張嘴想說什麼，卻被向公公隔著窗櫺的通稟打斷。

「皇上已經往十里長橋去了，皇后娘娘可得著緊著些呢。」

方皇后笑著起了身，眼神在堂中掃了一眼，蔣明英貼上去近耳呢喃。「還差顧家娘子，要不要奴婢去催上一催？」方皇后眼神從殿下神色淡定的行昭臉上一晃而過，面上笑一笑，沒回蔣明英的話，招呼著眾人往十里長橋去。

行昭等在最後一個才出正殿門，蓮蓉候在門廊裡，見眾人出來了，遠遠地朝行昭點了點頭。

行昭心緩緩放下來了，一瞬間又提得老高，這事她沒同方皇后說。狗頭軍師直面挑釁，也要做一回先鋒兵了。

上下尊卑坐定，行昭左手邊是歡宜，右手邊是空著的，顧青辰還沒來，宋徵娘隔著空位向行昭展顏一笑，神情動作盡是大方，行昭心頭一動，隨即便將心頭竄上來的那叢火給滅了。方皇后既已經認定羅家了，朝三暮四、朝秦暮楚算什麼道理？宋徵娘太單純了些，掌不住行景那麼複雜的身家，貿然將她扯進賀家之爭，指不定又是一個犧牲品，又是一個方福。

看來看去，還是羅家最好，可惜人家也心疼閨女。

將坐定，皇帝便過來了，男賓跟在後頭。

行昭一眼便看見了不急不緩走在中間，穿著常服、戴幃帽，面容沈靜的六皇子。

好像別的人都是暗的，只有他一人在發光。

可為什麼是二皇子在衝她齜牙咧嘴呢？

行昭低了低頭。這個老二，能不能、能不能有點競爭對手的自覺性啊！

皇帝一來，眾人便起了身，衣料摩挲著窸窸窣窣的聲音響亮極了，更響亮的是三呼萬歲的聲音。

聲音很響亮，女人們的柔婉和男人們的雄渾夾雜在一起，縈繞在十里長橋的夜裡，皇帝感到好像自己每聽見別人稱他為萬歲一次，他渾身的活力好像就充沛了起來。

萬歲，萬歲，與山河同歲，與社稷同德，多榮耀啊！

皇帝輕瞇了瞇眼睛，伸出手來一抬，餘光裡卻瞥見自己的手背上突起的青筋，這分明是一雙垂垂老矣的手，又怎麼能和山河同歲呢？心頭陡升煩躁，語氣短促地草草免禮。

旁人自是沒察覺皇帝的異樣，方皇后卻連看了皇帝好幾眼，再抿嘴一笑，有些嘲諷的意味。

將斂裙落坐，便見那顧青辰輕撚裙裾入了內，一進來便面色緋紅地跪地謝罪，語氣柔婉又有些顫。「臣女罪該萬死，午間小憩睡過了頭，竟然記岔了時候，將去鳳儀殿卻聽小宮人們說皇上與皇后娘娘已經過來了……」說著說著氣就有些不穩了，眼裡迅速蒙上一層霧氣，紅著眼眶眨巴了幾下，反倒顯出了幾分讓人憐惜的倔氣。

方皇后微不可見地蹙了眉頭，偏偏皇帝就吃這一套，大手一揮讓顧青辰先就座，看了眼方皇后，話裡帶了笑。「小娘子貪睡是常有的事，皇后也不曉得讓人去喚一喚。」

「來人這樣多，我拖著皇后娘娘說話，一個兩個的，哪個記得清楚啊？」欣榮撒癡。「今兒個既是家宴，哥哥甭拿出君王威嚴來責備人，欣榮看著怕得慌。」

皇帝順應欣榮的話，低聲笑道：「都是做母親的人了，還在朕跟前撒嬌賣癡。」

既是被打了岔，眾人也順水推舟接著話說下去，一時間熱熱鬧鬧的倒當真顯出了幾分過節的氣氛。

為了避開四皇子那樁舊事，方皇后沒點戲來聽。只讓人排了幾齣歌舞，有麻姑獻壽也有應景的鵲橋相會，伎人們被安排在十里長橋的空當口歌舞，琵琶聲、小鼓點聲、古琴聲像淌進海裡的河，伎人們腰肢柔軟，白紗覆面，媚眼如絲，為天家貴胄們下酒應菜。

人在哪種處境下都是要活的，無論是下九流的伎人，還是自詡身分貴重的天潢貴胄，都要努力掙扎著活下去。

行昭抿了口果子酒，餘光裡映照著顧青辰那張面若桃李的臉，她也在掙扎著活吧？只是有些人只想要活下去，風骨峥嶸地活著，可有些人是想活得更好、爬得更高。

六皇子坐在四皇子下首，靠近中央，行昭卻坐在女眷席上的尾巴，兩人離得遠遠的。

平陽王世子站起身來敬六皇子酒。「恭賀端王喜得良緣。」說完話便拿眼神往行昭這處瞥，可惜隔得太遠了，平陽王世子差點瞥成了鬥雞眼。饒是如此，心裡是有些驚豔的，臨安侯賀琰是定京雙璧，長相風華，可先臨安侯夫人方氏卻是以白圓聞名的，外甥像舅，賀行景就像極了平西侯方祈，這外甥女若是長得也像方祈，那不就砸六皇子手上了嗎？

阿彌陀佛，幸好這溫陽縣主像的是她爹，眉是眉、眼是眼的，杏眼大大的，額頭光潔，像朵花，像束玉蘭花。

平陽王是個附庸風雅的人，附庸風雅者常常喜好紅袖添香，暖玉相伴，平陽王世子倒把自個兒老子的好處學了個十成十，一邊心裡默默地品評著行昭，一邊將杯盞舉得更高些去迎合六皇子。

六皇子指腹摩挲了三兩下杯盞，眼神飛快往上首一瞥，仰頭一飲而盡，「哐噹」一聲便將酒盞擲在了案上。

平陽王世子被嚇了一大跳，連忙將眼神收了回來，皇帝卻放了心。

酒到酣處，靡靡之音纏綿地融進夜色裡去了，四皇子有些醉了，一醉便恍惚起來，眼神朝十里長橋盡處看去，迷濛中卻將那長衫素衣的伎人看成了那個人，顫抖地嘆了一長聲，拄著枴杖吃力地想站起來，侍立於後的宮人便趕緊過來扶，哪曉得甫一起身，袖口裡便有一方透著曖昧的絳紅絲帕輕飄飄地落了出來，夜來晚風一吹，絲帕便捲了幾個圈，最後落在了二皇子跟前。

素青光亮的青石板上蜷縮著一張四角微捲的絳紅色絲帕，顯得既突兀又有一種莫名的美感。二皇子眼神尖，俯身去撈，見絲帕上有字，便唸出了聲。

「纖雲弄巧，飛星傳恨，銀漢迢迢暗度……」唸著唸著便覺得有點不對勁，聲音漸小下去，可正好恰逢樂伎人停鼓更弦之時，二皇子的聲音便隨後緊接而上。

行昭眼瞧著顧青辰背板一正，坐得筆直。

二皇子聲音停了，卻仍舊引起了皇帝的注意。「老二手裡頭拿的是什麼？」

二皇子的手不由自主地緊了緊，將帕子往指縫裡塞，可這絲帕既鮮麗又輕飄飄的，哪裡藏得住？

皇帝疑竇頓生，眉頭緊擰，沈吟一聲。「老二，唸下去！」

二皇子面上有驚慌，飛快地往女眷席的尾處掃了一眼，一個舉動倒將六皇子的心揪了起來。纖雲弄巧，飛星傳恨……秦觀的〈鵲橋仙〉，從四皇子袖口裡落了出來，四皇子、鵲橋仙、情詩……

行昭！

六皇子眉目一擰，手陡然一顫，飛快地看向二皇子。

第七十九章

二皇子口中一滯，再望向皇帝的眼神裡便多了幾分哀求。

「老二！」皇帝的耐心到了盡頭，他倒要看看是誰在他跟前耍手段。「讀下去！」

皇帝一聲令下，伎人們早已經知趣退下，滿席的人不論是真的還是裝的，醉意全都一下子醒了，似是約定好了一樣，眼神齊刷刷地向二皇子看去。

十里長橋夜空靜謐，偶有蟬鳴鶯歌之聲，卻在此等氣氛之下顯得格格不入。

二皇子費力地吞嚥了一下。

顧青辰手揪在袖中，神色緊張卻專注地直直看著二皇子，勝敗在此一舉，是一路榮華還是跌回原形，憑什麼她就是這樣的好命！

「唸！」皇帝手蜷成拳頭重重砸在木案之上。

二皇子眼神再往女眷席尾端看了看，隔得太遠瞧不清楚神色，行昭卻能感覺出其中暗含幾分悲憫。

「纖雲弄巧，飛星傳恨，銀漢迢迢暗度。金風玉露一相逢，便勝卻人間無數……兩情若是久長時，又豈在朝朝暮暮。妾思君無想，常取石榴裙，以慰相思情。君與妾有緣無分，終究情路相隔……」

「呀！」

一聲女人家的輕呼打斷了二皇子後話。

皇帝將眼神移向顧青辰。顧青辰眼眶微紅，有一種不自知的愧疚，緊緊抿了嘴不說話。

「青辰緣何驚呼？」皇帝聽了幾句便明白了，這不過是不能相守的有情人之間的、急切而喁喁獨語的排解，也不是什麼大事。

顧青辰緊緊合了眼，搖了搖頭，再睜開時兩行清淚順著臉頰直直墜下，捂著嘴嚶嚀一聲。「臣女當初看見溫陽縣主與四皇子的情意時就該站出來，一步錯，步步錯，如今羅敷有夫，使君有婦……」

「是溫陽寫給老四的?!」

席上眾人大驚失色，準端王妃卻與綏王暗通款曲，皇家秘辛，天家醜聞！

皇帝大怒，開口欲言，卻聽二皇子遲疑輕聲道：「可……為什麼落款是青辰？」

滿堂啞然！

主人公太多了，平陽王妃表示她根本不知道該往哪處瞅了，顧家小娘子咬出賀家丫頭，老二卻說那絲帕上落的款是顧小娘子。虛虛實實，實實虛虛，兩個小娘子的針尖對麥芒，她看得出個大概，卻想不明白內情。

老四究竟知不知情？絲帕到底是誰的？誰是黃雀？誰是螳螂？

甚至老二有沒有幫襯……

平陽王妃心裡頭不合時宜地升上一股子慶幸，還好還好，平陽王是多情風流了點，可內宅裡頭的把戲頂破天了就是東廂爭點針頭線腦，西廂午膳要多加道紅燜羊肉，再瞧瞧人家皇城裡頭，動不動就是要人命。

女兒家什麼最要緊？不就是那點虛無縹緲的名聲和貞潔。無論是她溫陽縣主，還是她顧家娘子，只要沾上一點來，皇家豈能容下?!

平陽王妃不由自主地打了個寒顫，決定專心一意地瞅著皇帝。下頭人翻了天，只要這一位扔下個定海神針去鎮著，論它狂風暴雨的，都是小意思了。

二皇子話一出，靜默了將近半刻鐘。

「呈上來給朕看。」皇帝沈下語聲交代。

二皇子瞄了眼坐於尾端的顧青辰，心頭嘆口氣，雙手恭恭敬敬地呈上去。

皇帝手一抓，再一展，越看面色越沈，老二沒說錯，落款是落的青辰，也在後頭繡了個顧字，字跡是繡出來的，瞧不太清楚字跡是不是有不同。一個、兩個都不是省心的！接這小顧氏進宮是為了安撫顧家，進個宮鍍層金再嫁高門，如今卻搞出這麼一齣醜事來！

皇帝覺得又頭痛了起來，看這滿室的光迷迷簌簌的，警醒地猛地一搖頭，將絲帕揚手甩出。「妳自己看看，這是不是妳的帕子！」

最後希冀破滅，顧青辰不可置信地陡然張大瞳仁，俯身往前一探，臉色兀地一下變得唰白，脫口而出。「怎麼可能！明明應當是……」話堵在胸口，理智告訴她不應該繼續說下去了，飛快扭身看了眼身側面目模糊的行昭，腿軟得有些站不住，雙手便撐在木案上向前一衝，酒盞受大力衝擊接二連三地往下倒，深絳紅色的果子酒傾在素絹的桌布上，不一會兒就變成了一灘舊色的水漬。

她如今應該做些什麼？她要做些什麼來挽回局面？

顧青辰手在抖，斂過裙裾跌跌撞撞往外走，「撲通」一聲跪在了地上，臉上的淚痕還沒乾，神色哀哀地朝行昭看去，正要開口說話，卻被方皇后一聲打斷——

「諸位怕都累了吧？蔣明英一早便吩咐人將青轎馬車備在了順真門前了，等年節的時候，咱們再聚聚？」方皇后笑盈盈地給坐立不安的眾人一個臺階下。

幾位長公主和平陽王妃如釋重負。哪個希望泥水濺到自個兒身上來？忙不迭地行過禮，頂著皇帝鐵青的面色，三三兩兩攜家眷而去。

方皇后當機立斷，讓宗親們知道那帕子上的落款是顧青辰就行了，只要沒了阿嫵的事，他們不用再繼續聽下去了。

人一走，十里長橋就顯得有些空落落的了，二皇子眉心緊蹙，坐立難安，六皇子舒展了身骨向後一靠，四皇子卻有些手足無措，神情慌張地立在原處，全身的重量都托在了枴杖上。他很迷惘，他什麼也沒做，自段小衣去後，他便深居簡出，少言寡語，他的貼身衣物都是侍女幫忙準備的，一個無寵、沒希望登大寶的皇子，沒有人來捧，更不會有人費心來踩他。這帕子他見都沒見過，要說是行昭或是顧家娘子和他有苟且更無從談起！

四皇子木木呆呆地拄著枴杖靠在最邊上，有些匪夷所思地看著跪在地上的顧青辰，再轉過頭卻看見六皇子朝他比了個手勢，讓他安心。也是，這事再拐來拐去也拐不到他的身上來，頂多就是再多納一房側室，他左右一個廢人，再吃虧能吃到哪兒去？

人走光，好像連時光都安靜了下來。

顧青辰這時候反倒不哭了，跪在地上肩頭聳動，一抽一搭，行昭冷眼瞧過去，愣是沒見著一滴淚。

「這方帕子是不是妳的?!」皇帝再問。

顧青辰身形一抖，她急不可耐，話早已說到了前頭——賀行昭和四皇子早有情意，一切都順遂，準備的帕子落了下來，帕子上頭的字也是原先預想的那樣，嘴一快早先將賀行昭牽扯出來，是為了既有物證更有人證，保證萬無一失。

誰曾料到帕子竟然被掉了包，搬起石頭砸了自己的腳！

如果她承認帕子是她的……她很明白後果是什麼！

顧青辰咬了咬牙回道：「不是臣女的！」飛快抬眸，人在絕境腦子便轉得快極了，趕忙又道：「溫陽縣主與四皇子早有情愫，被臣女撞見，便精心設下此套來誣賴臣女以絕後患，皇上，太后娘娘已是口不能言、眼不能視了，您可得要為臣女作主啊！」

繞得還算聰明。

行昭坐得筆直，腰桿便有些瘆了。情愫這種東西扯不清楚，有物證最好，沒有物證只要在皇帝心裡埋個根，自個兒就能發起芽來，顧青辰一個十四、五歲的小姑娘，絕處反擊雖顯稚嫩，但總沒有一擊之下就丟盔卸甲再難成軍。

顧青辰若當時沒有一時嘴快，在大局未定之時，就隨口攀扯出她來，這個時候她尚存一絲活路——皇帝開恩，嫁給老四為側妃。可惜顧青辰眼看著勝利在望，心一急沒沈住氣，反而落了個攀誣和卸責的名聲。

提起顧太后，皇帝心軟了軟，頭痛欲裂，嘴又乾得慌，想要快刀斬亂麻，便轉身問四皇子。「顧氏所言可是屬實？」

四皇子搖搖頭。「兒臣與溫陽縣主並無苟且，兒臣的貼身衣物一向是侍女打理，更不曉得這帕子從何而來。」

「那你與顧氏可有瓜葛？」皇帝眼色一深。

四皇子看了眼顧氏，一時間不曉得該怎麼樣去回答，默了默再搖搖頭。「也沒有。」

顧青辰一下子癱坐在了地上，大喘了幾口粗氣，如釋重負。

行昭心裡頭一嘆，四皇子個性一向純善儒弱，沒這個心去防人，更沒這個心思去害人。否則在那個時候，段小衣在旁死命攛掇著，瀟娘性命一定不保，到那時方家與天家連表面的平衡都不能維持。

皇帝一時間看不懂這齣戲了，和兩個小姑娘都沒瓜葛，那這張帕子是打哪兒來的？皇帝不曉得該信哪個了，顧青辰說的那番話也有道理，內情敗露，賀家丫頭下手陷害這個可能性存在，顧青辰情根深種在老四身上，這個也有可能。

天越晚了，太液池畔升了幾籠河燈，映照在池水裡像畫了一個亮白的餅。

方皇后事先是不知情，可見此形容，心裡頭哪裡還有不明白的。佝了腰壓低聲音道：「兩家各說各有理，阿嫵是我外甥女，青辰是您外甥女兒，老四一向老實，出了……那樁事之後更緘默了，我倒是信他的。我瞅了瞅帕子是雲羅錦的料子，鳳儀殿有，慈和宮也有，字跡是繡上去的，也瞧不出真切兒來。唯一能順藤摸瓜的就是帕子是怎麼放進老四兜裡去的，您要不要召老四宮裡的宮人來問上一問？」

這事必須查下去。

行昭是欽定的端王妃，若是當真屬實，就不是退婚禁足那麼簡單了，身有婚約尚與外男互通情箋，放在民間是浸豬籠，擱在宮裡一碗藥賜下去，香消玉殞。

「召！」皇帝大手一揮。

行昭一顆心落了地，雙手放在膝上，輕輕抬了頭，六皇子安靜地坐在上首，也沒說話。只有她與六皇子今兒個晚上一句話也沒說，從一開始到現在，置身於事外，自然不會引火燒上身。

從寶兒被罰被顧青辰的宮人撞見，顧青辰就頻繁地開始接觸寶兒，賜金賜銀，自以為做得極隱蔽，可這世上哪兒有不透風的牆？更何況一早便有人守著寶兒監視，寶兒要從她宮裡偷布料子、偷字帖出去，她放手讓寶兒去偷，只是寶兒一偷完，她就請蔣明英按她的分例又送了兩疋一模一樣的雲羅錦去慈和宮，她的字不好學，要在這幾天裡頭學有所成，根本不可能。

既然學不會她的字，就只有上手繡了，繡成的字當然看不出是誰的字跡。

顧青辰那頭一做好帕子，瑰意閣就做了一方一模一樣的，只一點不一樣，落款。

四皇子無寵無身家，身邊服侍的人自然油水少，顧青辰不過費了三錠銀子就使喚動了四皇子身邊的侍女。

調包，很簡單。

宮裡頭有頭有臉的宮人才會寫、會畫，下頭的侍女字都不認識，兩塊一模一樣的帕子一調包，誰能發現得了？銀子是顧青辰給的，帕子是顧青辰給的，連怎麼做、什麼時候做都是顧青辰教的，行昭揀了個落地桃子，只需要把帕子一換，其他的步驟和原樣一步一步地來。

不一會兒那宮人便被領了過來，渾身發顫地跪在地上。

向公公問她。「帕子可是妳遞給四皇子的？」

那宮人連忙搖頭。「奴婢不曉得有什麼帕子！」

皇帝頭痛得失了耐心，手一揮，那宮人就被拉了下去。

宮裡頭折磨人的方法有無數種，向公公有的是時間挑種最見效的，沒一會兒就滿頭大汗地過來通稟。「那丫頭一上刑，哇的一聲叫出來，之後就老老實實全招了，說是慈和宮宮人交給她的帕子，讓她塞到四皇子的衣兜裡去！」

向公公辦事面面俱到，話音將落，小榮子就捧著一個布兜恭恭敬敬過來，捧過腦頂，尖了聲音回稟。「從這宮人的屋子裡搜出來的三錠銀子，成色極好，嶄新嶄新的。」

皇帝越發鬧不明白了。

「小娘子家的，有些事說不出口，寫下來就好受多了。」方皇后輕聲出言解惑。「一腔心意不叫老四知道也有些遺憾，寫在帕子上送過去，就像話本子寫的那樣，未必有更多的想法，只是全了少女綺思罷了。」

「不巧絲帕眾目睽睽之下掉出來，顧氏面子上掛不住，便隨口攀扯出行昭……」

方皇后說得在理，皇帝已然信了，低聲接話繼續說道，越想越發覺得顧青辰嚷嚷出賀家丫頭來就是為了擺脫嫌疑，打死不認，虛晃一招，他竟然還有那麼一瞬間覺得顧青辰說得也有道理！

行昭就怕皇帝沒跟著思路走，聽其後言，鬆了鬆後勁。

顧青辰雙耳都是嗡嗡作響的，臉色慘白，手撐在地上低聲嚷。「誣衊，都是誣衊！賀行昭……」

「把顧氏送回慈和宮。」皇帝耐心用盡。「明兒個送到寺裡去靜心養氣吧。」

皇帝一錘子買賣定完音，便甩甩手長溜溜地去顧婕妤那處了。

三個皇子也不好死乞白賴留這兒了，行過禮，告了退，一南兩北地往外走。六皇子神色如常將拐過長廊，心裡頭有些不放心，折身隔著柱子往回瞅。

二皇子悶聲笑。「今兒個合著就沒你媳婦兒的事。得嘞，顧青辰給老四遞情信，被拉扯出來，她是個沒長眼的，反咬你媳婦兒一口……嘖嘖嘖，那小顧氏是屬狗的啊，逮誰咬誰。」

呵，這兒還真有人屬狗。

六皇子其實看不太清楚，隔得遠了，模模糊糊有個影子，明兒個是她生辰吧？等了這麼幾年，小娘子才將滿十二歲，本命年得送點貴重的東西壓住，金子實在不好看，玉器又太尋常，體現不出意味。

六皇子本來是琢磨今兒個這齣戲來著，哪曾想一想自家媳婦兒，想著想著就歪了道。

二皇子衝他樂，卻想起自個兒府裡頭的事，嘆口氣，哪家都有本難唸的經，老六的丈母娘是個難相與的，自個兒家裡頭正妃、側妃滿天飛，偏偏他又是個看不得女人哭的，明明是偏向阿柔那處，亭姊兒一哭一求再一抹脖子上吊，他的心就軟下來了……還不如有個難捱的丈母娘了，夾在兩個女人中間，難受！

顧青辰如今是真哭了，一滴淚接著一滴淚地往下砸，不喧聲鬧嚷，也不抱著方皇后的腿求情。

至少沒哀聲求饒。

這倒叫行昭刮目相看，顧太后那樣生性涼薄、自私又愚蠢的女人家裡，倒還養出了一個稍稍有了些風骨的小娘子，可惜骨氣是有了，心智和心眼還是顧家人的內瓤子，可惜這麼一張如花似玉的臉。

行昭輕撚著裙裾從她面前走過，卻聽顧青辰埋著頭，輕聲問：「虞寶兒是妳的人？」

行昭腳下頓住，眼風往下一掃，多可樂啊，這麼簡單一個局到現在都還沒看透，就曉得急急慌慌地給別人下套了！

「她在瑰意閣當差，不是我的人，難不成是妳的？」行昭一頓，細聲細氣再言。「我差點忘了，她早就變成妳的人了。」

人蠢無藥醫，靠著漂亮臉蛋，安分守己一點，自然好運氣就接踵而至了。爭，天經地義。正正經經地爭，成王敗寇，認了。

只一條，甭將別人都當傻子。全世間就你一個是聰明人，你想踩著別人的腦袋上位，你就得防著別人一把將你給薅下來，一不留神摔得個四仰八叉的，多難看啊。

回瑰意閣已經很晚了，蓮蓉端著只瓷碗守在門廊裡，見行昭回來了，趕忙迎了過去低聲回稟。

「寶兒已經被拿下來，捆得死死的在柴房裡頭。據她說，顧青辰許了她，只要這事成了，就跟著把她給要過去，一准當慈和宮的女官，等大了些就跟著顧青辰當作媵嬙一塊兒嫁。」頓了頓，接著說道：「八、九歲心智都還沒長成，一去綁她，她就渾身抖，抖著抖著就抽擂起來，衣裳褲子全打髒了，就算嘴裡不塞布團，她怕是也說不成話來。」

這事若是成了，她老早一碗藥被顧青辰灌下肚了。女官！女官是這麼好當的？

八、九歲的小姑娘，心怎麼生得這麼大？

她八、九歲的時候天天擔憂著自個兒能不能順順當當地活下來，到寶兒那兒，當真是上進要趁早！

虞寶兒再不能留了，吃裡扒外的東西，蠢出了格調，蠢出了水平。

可去哪兒呢？

行昭陷入了迷津，她很清楚這樁事若是成了的後果——她壞了名節，沒了命，連帶著方家與顧家，皇家的矛盾激化，甚至賀家或許也會竄上頭來分一杯羹，局勢更亂，到時候死的絕不只她一個。

可這事到底沒成，人世間沒有什麼比性命更重要，顧青辰尚且還留著一條命，受她唆使的人沒道理連命都沒了。

「賞完啞藥，送她去顧青辰那兒吧，明兒個和顧青辰一道送去廟裡頭。」既然早就變成顧青辰的人了，權當全了她的心願。

到了第二日，皇帝說是今兒，那一定就要是今兒，顧青辰去的寺廟就是應邑去的那一座正正經經的皇家寺廟，皇帝在顧婕妤那處沒起得來，方皇后自然接手全權收拾善後，既然是鳳儀殿在安排，行昭插個人進去會難嗎？

顧青辰是黃昏的時候坐的馬車離開，只帶了一、兩個箱籠走，冬天的衣裳都沒帶上。

「她是覺著她還能回來。」

正殿裡，方皇后一會兒拿銀籤子挑蜜餞吃，一會兒和蔣明英說話。「未出閣的小娘子被家裡人送到廟裡頭去，對外說是養病，對內誰不明白是怎麼回事？不是丟了臉面就是造了孽。放在大戶人家裡頭，等過了三兩年再把女兒嫁得遠遠的就是了，放在皇家……」

放在皇家，皇帝昨兒個沒一條白綾賜下去，就算給足了顧家體面了！

皇帝這時候還在顧念母家情分，他怎麼就不曉得顧念、顧念妻族情分?!

「應邑長公主前車之鑒在前，看皇上的意思，顧娘子怕是回不來了。在大覺寺待個三、五年，金尊玉貴的小娘子一早磨成了既不說話也不動彈的木頭了，罪妃在那處瘋了的有，尋短見的也有，吃食是不缺的，可顧娘子被人捧慣了，一下子摔下來比什麼都叫人難受。」蔣明英邊說，邊眼瞅著一小碟的蜜餞被方皇后挑來挑去快用光了，便笑。「說溫陽縣主愛吃甜食這是隨了誰，原是隨了您。您可少用些蜜餞，仔細正經用不下晚膳了。」

方皇后停了手，正想開口說話，卻聽外間有窸窸窣窣的走動聲，抿抿嘴，將笑斂了斂，這時候看上去有些端肅。

不一會兒，行昭便撩簾進來了，覷了覷方皇后的臉色，再往蔣明英那處望。

蔣明英笑咪咪地朝行昭擺擺手。

「蔣明英……」方皇后眼色往旁邊一掃。「偷摸做什麼小動作，甭以為我沒瞅見。」

方皇后久居上位，不怒自威。

行昭當然曉得方皇后在彆扭些什麼，蹭掉木屐便往炕上滾。正好趁現在還沒抽條，一張圓包子臉放在哪兒都是人畜無害，壓下聲音聽起來便有些軟綿綿的。「姨母別生氣，阿嫵知錯了，阿嫵下回不敢了。」

「哪兒錯了啊？牙齒錯了還是嘴巴錯了呀？」方皇后沒看小娘子撒潑賣嬌。

「都錯了，不應當將事瞞住您……」

皇后眉梢一挑。

行昭便止了話頭，想一想，再想不出哪兒做得有漏失了。

人是一早盯準的，套兒也是一早就布好的，連那個去扶四皇子起身的那個丫頭都是買通好的。否則一方輕飄飄的絲帕怎麼就飄著飄著，飄到了離皇帝最近的二皇子的腳下了？

這是顧青辰沒想到的，她都幫忙想到了，還有哪兒沒做好？

「疏漏有四，其一，妳瞞著我便不對，人手勢力妳才經營多久？姨母又經營了多久？其二，下手不夠明確，要是二皇子沒看見，要是顧青辰沒一早接茬，要是皇帝不想問下去，妳該怎麼辦？其三，留下四皇子身邊那個丫頭是敗筆中的敗筆，要是那丫頭反咬妳一口，妳會接著被拖進這泥潭沼澤裡去。其四，到最後，老四否定與顧青辰有瓜葛牽連，而沒有人引導皇帝往顧青辰一廂情願上想，這個局又有何意義？」

方皇后神色平靜言道：「這是疏漏，想來妳也是有應對後手的，其實也不能太算作是疏漏。可妳卻有兩個鐵板釘釘的錯處，第一，太心軟，留她一條命做什麼？給自己添堵？送到顧青辰那兒去，這步棋倒還下得好，可這世上本就不應該有她這個人了。」

她的阿嫵一雙手長得最好看，纖若玉蔥，可如今不想沾血已經不行了，定了老六，就意味著前路是血鋪成的，不想是自己的血，就只能是別人的血。

行昭點點頭，等著方皇后說下一句話。

等來等去沒等到，只好自己先解釋前言。

「阿嫵瞞著姨母是有理由的，您庇護著阿嫵，可總有一天阿嫵要自己撐起門面來。按照您的個性，只要將事情同您說了，您一定前前後後全都安排妥帖，最後通知阿嫵去看這場戲。二皇子不可能看不見，他若看不見，自然有人提醒他看見，二皇子對任何事物都懷著一種好奇的心態，不可能明哲保身，視而不見。顧青辰若一早出聲，那事情就會往另一個方向走，這種情況下她能得到的最好結局也不過是賜予四皇子為妾。皇上若問了就接下去，若不問……」

行昭其實是沒想到這個問題的。想了想才說道：「若不問，驚呼的人便會變成阿嫵，事涉阿嫵，皇帝不可能不會問下去。其三，四皇子身邊那個收了顧青辰銀錢的丫頭根本就不知道阿嫵，和她有過接觸的人只有顧青辰，阿嫵不過是讓人將她藏著的帕子給調了包，何來反咬阿嫵？」

疏漏解釋完了，行昭在考慮該怎麼解釋錯處，想了想，嗯……真是沒臉去解釋。她下不了手親自擊殺寶兒，不是憐憫寶兒，更不是矯情和偽善。

「皇帝雖然沒明說讓顧青辰剃度侍佛，可明白人都知道顧青辰已經回不來了，既然她出不了大覺寺，那跟在她身邊的寶兒自然也出不去大覺寺。古佛青燈常伴左右，又說不出話來，還能翻得起什麼風浪？」行昭也承認，直接擊殺承擔的風險更小，可是……嘆了口氣，她到底是方福的女兒，兩輩子加在一起，也只能當個狗頭軍師，當決策者還缺了點膽量、魄力和決心。

行昭包子臉聳成一團，方皇后看在眼裡心情愉悅起來。

「我已經託付了大覺寺住持看著她們，若有異動，那宮人當場擊殺。」方皇后風輕雲淡地說：「妳光看見事沒成，若事成了呢？那宮人裡應外合的時候，有想過妳的命嗎？若妳陷進去，整個方家為了保妳定會竭盡所能，到時候的局勢大亂，根本不容許咱們再有任何猶豫。」

行昭心裡一暖。

為了瀟娘，方祈情願交出兵權。為了她呢？方皇后怕是情願和別人拚命吧？

行昭酸著鼻頭，重重點了點頭。

突然想起來還有個錯處方皇后沒說，仰頭便問。

方皇后展顏笑開了。「訂了親，下了旨，妳就是老六的人了，有人來尋釁妳，哪兒用得著妳親手去收拾？應當全交給老六去辦，女人家若是堅毅狠了，別人看著不是敬佩，是可憐。」

行昭哪兒想得到方皇后的意思是這個？

當下默了默，紅著臉轉過頭去，專心找蜜餞吃。

第八十章

到了夜裡，「已經成了他的人」裡的他，送了個黑漆楠木匣子過來，其婉捧著匣子賣乖。「為了避人耳目，奴婢可是繞了八、九個彎彎，您得好好賞奴婢。」

行昭伸手抓了把瓜子，財大氣粗。「討老六賞還沒討夠？還要嗎？這一碟瓜子都賞妳了。」

其婉嘴一癟，轉過眼去。

匣子還沒一個巴掌大，上頭精雕細刻了寥寥幾筆君子蘭，行昭輕手輕腳地抽開蓋子，當下愣了愣。

這是一個雞血石印章，但它又不是個普普通通的雞血石印章，因為它上頭篆刻著「周慎」兩個字……

這是六皇子的私章。

本命年得有貴重的東西壓住，老六直接把自個兒壓上去了。

石頭冰冰沁沁的，看上去那麼小一塊，拿在手上卻頗有分量。

行昭好想笑，手一摸上了臉，才發現嘴角已經是止不住地往上揚了。

第二天去給方皇后請安，行昭大大方方說了個全。

方皇后朗聲笑。「別看老六平日裡不開腔不出氣的，一出手就知有沒有，討女孩子歡心倒是無師自通。」扭了身去給蔣明英壯聲勢。「碧玉押的是翡翠頭面對吧？是妳贏了吧？上完值就讓她給妳一兩銀錢。」

她們竟然還在擺莊下注！到底是哪個不長眼的說鳳儀殿裡頭規矩嚴？

行昭氣結，想了想伸頭去問。「蔣姑姑押的是什麼來著？」

「老六置辦下的地契和文書！」

怪不得說蔣明英贏了，可不是嘛，手裡頭握著老六的私章，時人看重印章證明，風雅者常常刻有幾顆乃至十幾顆的私章，可把玩品賞，也可贈親饋友，可那都不算是正經的印章，不太具有效力和功用。

老六昨兒個送的這顆，是能代表他的。

買賣過戶，信箋往來，留字刻印……都是可以的，都是有效用的。

古時有帝王賜下私章給臣子，持著印章便有如朕親臨的意思在，六皇子送這私章過來，是想讓她睹物思人呢？還是想告訴她，她與他兩人之間不分巨細呢？還是想跟她說，往後咱家的錢都歸妳管呢？

小娘子的心思你甭猜，六皇子當真狡黠，他不來猜小娘子的心思，反倒叫小娘子琢磨起了他的心思。

狡猾得很、狡猾得很哪。

顧青辰一去寺裡，宮裡沒刻意按下這個消息，不到三日滿朝上下就傳得沸沸揚揚的，到底顧忌著顧家還有個婕妤在後宮裡頭十分得寵，不敢當著顧先令的面說道，可背地裡說什麼都有。三人成虎，眾口鑠金，傳著傳著就變成──「顧家娘子不安分，一手勾著六皇子，一手摟著二皇子，兩隻腳還想將四皇子攏住」、「顧娘子在是給二皇子做小還是給六皇子做小上搖擺不定」。

赫然一副絕世妖姬的嘴臉。

顧家有氣悶在胸口，可總不好吼一句「老子家裡的姑娘沒胃口大到將三個皇子都吞進口，人家只是想專心攻略一個而已」吧？

顧先令就這麼一個嫡女，還指望顧青辰延續顧太后的榮耀和打翻身仗呢，仗還沒打起來，陣前頹了，連帶著一屋子小娘子的名聲都壞透了，能不叫人鬱氣？悶著氣容易燒心，顧家家主，中軍都督府顧大僉事稱病不上早朝，皇帝連朱批都沒批，直接把他稱病的摺子退了回去。

顧家不比賀家和陳家，這兩家是有底蘊的，賀家勢頹到如今這個地步，定京城裡的人也不敢輕蔑對賀家人的態度，為什麼？因為賀家的人脈和底蘊。在官場混最重要的是什麼？才學能力固然重要。可朝中有人好做官這句話也著實不假，只要賀家有一個人冒出頭，只要皇帝或者新帝還願意給賀家一條活路，賀家隨時能打翻身仗。臨安侯賀琰打不了了，可他的庶弟頂起來了啊，他的兒子也在朝廷裡頭做官啊。

而顧家呢？顧家倚仗的只有一點──皇帝的信重和偏袒。

要是磨啊磨，將皇帝最後這一點顧念都磨光了，顧家的榮華盡於此。

顧夫人遞摺子進宮求見顧婕妤，就算只是旁旁旁旁支，顧婕妤也姓顧，在外人看來他們打斷骨頭連著筋，方皇后允了，哪曉得顧夫人剛出宮，顧婕妤轉眼就到鳳儀殿裡求見了。

饒是宮裡頭美人兒多，行昭兩輩子加在一塊兒，也得承認顧婕妤長得是真美，在宮裡頭排得上頭號。

美人淚目含憂幾多愁，明明顧婕妤是和皇帝一塊兒吸食五石散的吧？怎麼皇帝一副被酒色掏空，滿面烏青，暴躁易怒，容易被別人牽著鼻子走的模樣，顧婕妤反倒更顯容光，白得比邊上刷的粉漆還亮？

所以說話本子都是取材於生活的，狐狸精們吸了書生的元氣就能活得更長，變得更美。

「旁人是刀子嘴豆腐心，臣妾那嫂嫂卻是豆腐嘴刀子心。臣妾將進京裡來時什麼都不懂，嫂嫂給過臣妾什麼？統共一支銀釵子、五兩白銀，連裝銀子的布包袱也要扯走，生怕臣妾占了他們家便宜……」

顧婕妤邊說邊哭，素指向上一翹，面容很是傷心。「青辰論起輩分來是臣妾姪女兒，可人與人的感情是相處出來的，臣妾與青辰的血脈親緣本就離得遠，皇上金口玉言都下了真章了，臣妾當真這樣大的本事能扭得回皇上的意思來？臣妾曉得自個兒幾斤幾兩重，只好婉言推託，哪曉得嫂嫂……」

半坐在梨花木椅凳上，大約是傷心極了，話都說不下去了，就著帕子擦淚嚶嚶地哭。她哭得說不了話，她後頭的宮人便忿忿不平地闖出來，跪在地上接其後話。

「顧家夫人好生無禮，婕妤小主是姓顧，可出嫁從夫，如今也算是皇家人。顧夫人手指頭都快指到婕妤小主的鼻梁上了，婕妤小主當下就傷心起來，憋著話就等著同皇后娘娘說，千萬望皇后娘娘給小主出氣作主。」

這哪兒是來求方皇后作主出氣的啊，這分明是來表忠心的——「皇后娘娘您放心，顧家人對我又不好，我憑什麼做牛做馬地要把那顧青辰從寺裡頭撈出來？您放千萬個心，我是不會臨陣倒戈的。」

行昭看得很明白了，要不乾脆就長在貧家裡像顧婕妤一樣，看盡了人情冷暖，也明白了世事無常，反倒練出了趨利避害的能力；要不就順順當當地長在通天的富貴人家，一輩子別受挫折，不需要太用心，權勢和財力就能保證安危。這一點太難了，前朝的元后之子算一個，可惜早夭了，不對，可惜被顧太后算計了去，如今若是元后之子上位，怕是一切都會有所不同吧？至少不會嗑藥嗑得這樣迷糊地偏聽偏信。

「顧夫人再不好也是娘家人，不幫忙說道、說道，難保不會落下個寡情薄義的名聲。妳在皇上跟前一向得寵，說錯了話，哭一哭再將罪責往旁人身上一推，皇帝捨不得怪妳。皇帝若是責難了妳，還有本宮替妳撐腰呢。」方皇后最擅長的就是借力打力。

用小顧氏已經用得順手了，要不是她，行昭和老六的婚事沒這麼容易定下來。

顧婕妤一聽就明白了，帕子擦了擦淚痕，連連稱是。

把罪過往旁人身上推，旁人是誰？自然是來宮裡頭找顧婕妤求情的顧夫人。

顧婕妤泫然欲泣的模樣叫女人家看了都覺得心軟，何況是磕了藥，日漸昏庸的中年帝王。左右還得牢牢傍在方皇后身邊，顧婕妤既會說話又會繞彎，一哭一推，就讓皇帝聽得火氣冒了起來。

「今兒個嫂嫂……哦，就是顧夫人來宮裡頭看妾身，話裡話外都是捨不得青辰，大覺寺是個什麼地方，臣妾從鄉下地界來的，沒聽說過，可也曉得寺裡頭有多苦，粗茶淡飯、粗布素衣，連話都不能大聲點說。旁人不曉得，妾身卻是感同身受，將到定京來的時候，嫂嫂就讓妾身住在驪山上的一個小寺裡頭，一想到青辰受這般苦，妾身便可憐她……」

苛待了小顧氏，如今還非得讓她來幫自家行差踏錯的小娘子求情？是哪兒來的臉面？

第二日早朝，你顧先令不是生病不起了嗎？正好，革了你正二品中軍都督府的官職，貶為五品圍場指領史，聽起來還是滿威風的，可圍場就是大周天家的別院獵場，也管事……咳咳……可惜管的都是飛禽走獸，高檔點您能管一管老虎崽子或者是東郊那一窩新出生的小兔子，降品降級再從實權變成了閒職，顧青辰徹底沒了翻盤的機會，連帶著顧家也受此波及。

這不僅是搬起石頭砸了自己的腳背，那石頭大得連一家人的腳背都被砸腫了。

四皇子在整個事件中都是無辜的，也算是因禍得福，他總算是在段小衣事件以後再次進入了皇帝的視線了，久久懸而未決的婚事也定了下來，新郎官都快十七歲了，陳家長女也快十六歲了，一定下來日程就有些趕得急了，定的是明年開春就辦，統共半年時間準備。

行昭扳著手指頭等陳家出么蛾子。皇帝後悔將陳家長女指給老四，陳家更覺得虧了，否則也不可能教唆那伶人來毀四皇子名聲從中獲利了。可等來等去，從盛夏等到深秋，再等到開年要辦婚禮前一個月，也沒等來陳家出招。

「陳顯在朝堂之上有個名號……」

樹葉被風吹落下來，行昭提著裙裾小心翼翼地避開，見六皇子光顧著盯著自個兒瞅連話都不說了，小臉一紅連忙解釋。「沾了雪氣的葉子一踩上去就貼在了鞋底，走起路不舒服。」

兩人真是難得見次面，要在皇上跟前注意著點，又得避嫌，老六又忙，就算住在一個宮裡頭也沒空見。如今還得靠歡宜打掩護才能見上一面，一見到他，整個人就歡喜得不行，真是越活越回去了。

「陳顯的名號是什麼？」行昭趕忙重提舊話。

「泥鰍。」六皇子笑起來，一笑便如沐春風。「滑不溜手，跟泥鰍一樣，任誰也別想捉到一點錯處。失個女兒換來皇帝歡心，不虧。何況陳家長女不算出眾，陳家更看重的是陳家次女，請來名士大儒悉心教導，陳顯更是將陳家次女放在自己身邊教養，這才是陳家的寶貝和寄託信譽的下一輩。」

所以上輩子陳婼被推出來嫁給了上位成功的二皇子，而這一世十五歲的陳婼還沒有訂親，合著是要留著好貨釣大魚啊！

大魚是什麼？

陳家是讀書人家，陳顯入閣，隱有天下讀書人之首的架勢，他們家看在眼裡的大魚，怕是只有坐在龍椅上那個人了。

無論皇帝將不將陳家和二皇子綁在一塊兒，陳家都是更心儀老二上位的。老二梗直，心不在此處，易掌控也好蒙昧，可老六……

六皇子站得筆直，青衫長靴，負手於背，月涼如水之下，依稀可見的眉眼從模糊變得清楚。

行昭莫名心安，再低頭將擋在小石板路上的沾著雪粒的枝葉一腳踢開，聲音悶悶地說：「我不喜歡陳家和陳婼。」

六皇子心頭陡生愉悅，整顆心都好像舒朗了起來。二哥經驗之談，自家媳婦兒願意在你跟前撒潑賣嬌這才叫真愛，凡是那些個規規矩矩、溫順的、相敬如賓的女人家們大多都只是將媳婦兒當成一個行當在做。

「我也不喜歡陳家。」六皇子亦悶下聲音，嘴角一勾。「陳顯的心機手段和忍功絕非顧家可比，妳才多大的小娘子？顧青辰算計妳，妳就該立馬跑來同我說，她打的什麼主意我能不知道？貿貿然自個兒出手，妳究竟曉不曉得我當時在筵上心揪得有多緊？」

行昭心裡頭是又甜又酸，甜的當然是六皇子的回護，酸的就像自己又多了個娘。

一邊將繡鞋頂在小石粒上輕踹，一邊胡亂點頭。

六皇子想拿手去揉小娘子的頭，克制了半天才忍住，輕咳一聲，轉身望月。「顧青辰不需要妳再擔心了，等過了春，她會向住持自請剃度，從此往後皈依佛門，再不理會凡塵俗世。」

前頭的麻煩他沒顧上解決，後頭的麻煩他總要清理乾淨吧？

方皇后自然也使喚了人去把顧青辰看管著，可自個兒媳婦兒自個兒疼，老叫丈母娘護著算什麼事？

顧青辰是因為什麼下定決心割斷那三千煩惱絲，行昭不知道，總是六皇子的手段，威逼也好，利誘也罷，她只知道顧青辰剃了頭髮是當真出不來了，既然出不來了，那這個世上再沒了一個叫顧青辰的美貌姑娘睜著一雙綠眼，覬覦著她的郎君。

就像人死了一樣。

行昭邊仰臉笑，邊輕聲說：「陳顯之子陳放之遠在西北，西北的勢力沒那麼容易被中央或是陳家歸順，陳顯必定會將重心挪到定京來，他是讀書人出身，仗義每多屠狗輩，負心多是讀書人。老陳大人官做到五品就撒手人寰，陳顯長子撐起門面，陳家既要維護世家體面，又要精打細算過日子，陳太夫人性情堅毅，硬是頂起了家門來，又幫陳顯定下了一門親事，定的是滄州知府家的姑娘，門第不顯，可是陳家當時最好的選擇了。陳顯連進三次考場，蹉跎十年，終得兩榜進士，皇恩加身，再振家威。升官發財死老婆，前兩項陳顯都做到了，可第三項陳顯沒做，不僅沒做，還在春風得意之時婉拒了上峰（注）賜下的妾室、伎人。男人做到這個程度，阿嫵敢問阿慎一句，是否容易？」

六皇子眉間緊鎖，輕輕搖頭。

「男人家看人常常是從廟堂之上的角度出發，可女人看人卻喜歡從一個人的幼時、妻室和兒女相看。上一回阿嫵見到陳夫人時，是在歡宜姊姊大婚禮上，大約是年少之時幾經蹉跎，陳夫人不過四十歲，已顯老態，可就算如此，陳顯也沒有再納美妾新婦，由此可見，陳顯是一個極重情意，或者說是極重諾言之人。陳顯之子陳放之年少無知，貿然參奏賀現，陳夫人第二天就提美酒兩壺上臨安侯賀家的門去拜訪賀太夫人，亦能看出陳家是能屈能伸。當

注：上峰，指上級長官。

初阿慎作戲，為陳家說好話、行好事之時，陳家的反應，你還記得嗎？」

「沒有反應。」六皇子沈聲而道。

「對了，沒有反應，巍然不動。陳家當然明白皇帝的意圖，可到底立儲人選有二，五五分的機會，賭對了就是從龍之功，賭錯了呢？灰飛煙滅。在你率先下臺階套近乎的時候，陳家或明或暗都沒有與你接洽的意思。」

六皇子眉梢一抬，行昭所說都是他從未注意到的地方。

最後登上皇位的要嘛是他，要嘛是二哥，人的天性便是得隴望蜀，奪嫡爭儲此等大事，照陳顯滑不溜手的個性，會可能將寶全都押在一處嗎？

也是有可能的，除非他篤定了會是二皇子即位，根本不用再考慮其他選擇。

「重情意，能屈能伸，心志堅定，押寶卻押得一點退路都沒留……」六皇子輕聲默唸，蹙緊眉頭。「他還有什麼底牌在？文臣最利的不過是枝筆桿子，刀一揮便落了下來，他到底藏著什麼後手？」

行昭抿了抿嘴，心裡有些惆悵，好容易當回先鋒兵，結果被方皇后罵完被老六罵，這下可好了，如今又回歸了老本行——狗頭軍師。

陳顯是重情意，他看準了老二下了注，前世裡他到底沒捨得把陳婼先送到豫王府裡頭去做小，而是在老二登基之後，欽天監才說了什麼「夜觀天象，七星歸一，百舸爭流，隱有紅光從東郊破軍而出，分明是百鳥朝鳳的命格」的屁話，東郊一尋可不就是陳婼了嗎？

陳顯傲氣，以這樣的手段逼閔寄柔讓位，扶陳婼坐上鳳座，絕不肯讓陳婼在之前嫁入豫王府為妾室。

陳顯到底還有什麼底牌？

行昭心裡有個想法，可卻隱隱覺得有點不可能。

皇帝總不會糊塗到想送走虎，卻引來狼吧？嗯……再想想其實也是有可能這麼糊塗的。

「九城營衛司。」行昭壓低聲音，帶了幾分遲疑。

六皇子猛地低下頭，愣了三刻，燦然笑開了，素日沈靜的少年郎一笑……嗯……怎麼說呢，行昭感覺有點驚悚……

咧著個大白牙，您老裝什麼小清純？

「哐噹！」

外頭有打更的聲音，棒槌敲在銅鑼上一震，好像要把天上的月亮震得都嚇得黯了，行昭身形一抖，不由自主往裡一縮。美人兒在懷，六皇子表示今兒個走這麼遠的路值了！

所幸天黑得五指都瞧不見，行昭抵在六皇子胸口前，臉紅得跟畫了兩團濃抹的胭脂似的，氣氛太曖昧，行昭連忙啟步往前站了站。

六皇子眼睛裡亮亮的，一邊輕笑一邊給行昭咬耳朵說話。「妳哥哥應當是過了年要回來的。」

一副邀功的語氣。

行昭一喜，隨即眼神往六皇子臉上一瞥。「皇后娘娘都還不知道……」

「武將出行得四方瞞著。」六皇子言簡意賅。

也是，行景在福建不是去享福的，海是得出的，仗是得打的，可你把人都打了，還不許海寇們得了消息，趁你形單影隻的時候堵你給打回來？經過戰事的武將樹的敵不比在朝堂上勾心鬥角樹的敵人少。

是得瞞著。

四方都瞞著，你又是從哪兒知道的？行昭又一個眼風掃過去。

六皇子從善如流。「戶部掌著錢袋子，外官回京的車馬費、打點文書費、路間食宿費，都是朝廷撥款。」何況是大舅子回來，不得前前後後掙個表現立個功？

他是沒怎麼見過賀行景的，可聽旁人說賀行景是方祈帶出來的，既是外甥也是兒子，關係就像方皇后和行昭那樣親密。更可怕的是，行昭是被方皇后帶大的，可方皇后強硬剛烈，小娘子到底還是朵溫溫柔柔、淳淳善善的玉蘭花；行景是不僅長得像方祈，個性更像……想一想就覺得有點絕望。

賜婚旨意將下來的時候，方祈天天下了早朝就在小巷裡頭堵他，也不說正事，要不領著他去街邊吃餛飩，要不領他去酒館喝酒，領著去吃餛飩他還能理解，阿嫵喜歡吃素三鮮餛飩那個味。可親愛的舅舅啊，能不能別在喝酒的時候，一臉嫌棄得跟看隻狗兒一樣看他啊？酒量小，真的不是他的錯啊，是您點的酒太烈了好嗎？

也是戶部掌著天下銀錢，細心點哪兒的支出多了一筆，一查就能查到。

行昭頓時歡喜起來，行景離京三年，逢年節也不回來，打的什麼主意，她明白得很。一回來就要交際，可一交際別人便稱呼他為「臨安侯賀家的公子哥兒」，當定京城裡的公子哥兒們還在養花逗鳥的時候，行景早已過上了在刀口上舔血求生活的日子了。

道不同不相為謀，見過血闖出天地的狼，又怎麼可能再和溫馴謙和的圈養小鹿把酒言歡？更何況一回京就意味著要直面賀家。

她還能賴在鳳儀殿裡待嫁，可行景呢？長房嫡孫，賀太夫人一紙訴狀遞到順天府尹去，行景的前程便毀了。

轉身回鳳儀殿，行昭便同方皇后說了。

方皇后沈吟片刻，讓林公公明兒個出去帶話。「從西北抽調三百名精兵暗中護送景哥兒回京。」摟了摟行昭，有些感慨。「方家的將來靠桓哥兒，妳的將來硬不硬氣，靠的是景哥兒。只有哥哥像座山，妹妹才能過得舒心。」

行昭不願行景無堅不摧，她只想自家長兄能過得快活些。

四皇子的婚事，行昭沒去，託辭是待嫁小娘子不好出門，可無論如何和四皇子卻是一塊兒長大的，沒託老六，反而託二皇子給四皇子封了一封紅包去。

陳家長女一嫁，好像又回到了四角平衡的局面。

可行昭卻很清楚，沒有任何一方放鬆了戒備和進攻。

四皇子娶了親，闔宮上下就剩了一個六皇子還沒娶媳婦兒了，哦，如果算上還不太會說話的七皇子，就有兩位皇子。六皇子著急，十三、四歲也是能出閣的年歲了，就怕夜長夢多，萬一皇帝突然不迷糊了，這個媳婦兒不就飛了嗎？

方皇后才不著急呢，她得先專心把行景的事給定下來。

羅家一考慮就考慮了整整兩年，也沒拿出個准信來，既沒說不要，也沒說要，反正就篤定了方家做不出仗勢欺人的行當來唄！

方皇后的鬥志被激了起來。「阿荇這個小娘子我喜歡，估摸著景哥兒也會喜歡。」

阿荇就是羅家小娘子的閨名。方皇后至少把人家閨名打聽到手了，逢年過節的便召到鳳儀殿來瞧瞧，越接觸就越覺得這小姑娘挺好，說話條理分明，看事情也曉得輕重緩急，不卑不亢，小聰明有，大道理也明白。

還懂得爭，想一想山茶宴那回，那株頂尖山茶花最後戴到了誰的頭上？

「人家小娘子也陪著您耗了這麼兩年，既不敢說親又不敢亂動，左右哥哥快回來了，兩廂一見面，讓哥哥嘴巴甜點，還能有不成的？」

行昭倒是對自家長兄很有自信，他十萬大軍都搞得定，還搞不定一個嬌小姐？

——未完，待續，請看文創風194《嫡策》5

文創風 177-180

嫡女難嫁

全套四冊

蘇小涼

超人氣點閱好戲登場！

字裡行間・溫柔情懷　親情愛情・動人至極

前世如同作了一場噩夢，
夢中就算再痛苦、再淒慘，她如今都醒了……
既然重生，
她要改寫所有的悲慘遭遇，
終結嫁錯人的所有可能！

金陵商家大戶楚家嫡長女楚亦瑤，
家道中落，家業被奪，連夫婿都有人眼紅著要分一杯羹。
怎麼看她都是人生失敗的典型例子。
她人生慘敗到連老天都看不過眼，於是讓她重生回到過去，
既然讓她重活一次，她勢必要保住楚家，
就算三次說親都嫁不成又如何、就算未婚夫婿被搶又如何？
就算做個人人眼中的拋頭露面、不像名門閨秀的女子又如何？
只要能守住父母留下的家業，
不再過那種看夫君眼色的可憐女子，
那些閒言閒語她都不在乎，
只要能活得不再憋屈，一切都值得了……

好評滿分·經典必讀佳作

描情寫境，深入人心

董無淵

真情至性代表作

嫡策

全套六冊

至親的冷血相待，摯愛的殘酷背叛，
磨光了她敢愛敢恨、稜稜角角的性子。
重生而來，看透世情人心之餘，
她再不要被情愛蒙蔽了心眼，絕不再白活一遭……

文創風 190　1

一個侯門千金前世死乞白賴嫁給心不在自己身上的男人，
死去活來重生之後，她不再是那個敢愛敢恨的自己，
這一世她看透了、心寬了，只想好好活下去……

文創風 191　2

她又一次失去了母親，再一次失去了這個世間最愛護她的人。
既然父親冷血逼死了母親，生養她的賀家無情逼迫著她，
要想血債血償，她得想盡辦法先逃離這背棄她的家……

文創風 192　3

父親的冷情自私、祖母的硬心捨棄，讓她的心也狠了起來，
在皇后姨母的庇護下，一步步精心設計，讓仇敵自食惡果，
卻也讓她懷疑起為了愛連命都捨了，值得嗎？

文創風 193　4

她喜歡六皇子，就在他說他想娶她之後，
原本搖擺不定的一顆心終於落到了實處。
前世被愛傷透的她還是喜歡上他了，
就因為他願意承擔起娶她的一切後果……

文創風 194　5

她願意信任六皇子。
從痛苦死去，到懷著希望活過來，
再到眼睜睜地看著母親飲鴆而去，
再到現在……明天，她就要幸福地，
滿心揣著小娘子情懷地去嫁他……

文創風 195　6 完

六皇子說：「我們爭的是命，老天爺把我們放在這個位置，
要想自己、身邊人活命，就要爭。等爭到了，妳我皆要勿忘初心。」
她何其有幸遇見這個男人，值得用心去爭……

愛恨嗔癡慾，信手拈來／雨久花

神醫病殃殃

全套七冊

他以為自己是因為同情她沒多少日子好活才不肯和離，
最終才發現，這根本是他自欺欺人的藉口，
原來，他早已深深愛上了這個女人，他的妻子……

文創風 158 1

她也太衰了吧？穿回古代卻碰上將軍夫婿沈鍾磬迎娶紅顏知己的熱鬧場面，
緊接著，當她還茫無頭緒之際，她丈夫就發話趕她去祖宅住了 ?!
也好，這種元配都上吊了還有閒情逸致納妾的冷血丈夫，她也不屑！
不料，到了祖宅後，她才發現這副軀殼的原主人甄十娘竟懷孕了！

文創風 159 2

甄十娘化身為簡大夫，靠著寄賣的阿膠打出名號，漸成遠近馳名的神醫，
偏偏就因這阿膠太有名，沈鍾磬也找上藥鋪，欲採買一些送給愛妾，
幸好，除了「瑞祥藥鋪」的老闆夫妻外，沒有外人曉得她就是簡大夫，
若被夫家知道她堂堂將軍夫人竟在外行醫賣藥，還不知要如何收拾她呢！

文創風 160 3

產子時血崩，之後又沒錢調養身子，還得努力工作讓一家子溫飽，
這使得甄十娘空有一身好醫術，到頭來卻落了個燈盡油枯命不久的境地，
既然她沒有時間追尋幸福了，那麼，不和離便是她目前最好的選擇，
想為兩個兒子留下一份家業，最快的辦法就是從沈鍾磬身上獲取！

文創風 161 4

她不祈求和他天長地久，也不奢望他會無可自拔地愛上她，
只希望，這份小小的平淡中的幸福，能夠這麼持續下去，
更希望，他在得知她的大夫身分、得知他有兩個兒子後，能不發火，
唉，要他不發火實在有點難，要不她先自首吧，都說坦白從寬不是？

文創風 162 5

那楚姨娘為了上位，一再對她趕盡殺絕，害她好忙，
嘖，她短命，沒時間浪費，只想專心為兩個兒子打下一番事業啊！
而他明知愛妾痛下殺手之事，卻還將之嬌養在府中主持中饋 ?!
原來，這就是愛與不愛之間的差別啊，她算是徹底看清了……

文創風 163 6

即便知道為了兩個兒子的生命著想，她該讓他絕育以絕後患，
但，她卻不忍心看他自戕，斷了後半生的幸福。
就算他另有所愛，她也希望他能保重自己，開心地活著，
只要他和兩個兒子過得好，那麼，她在泉下也會瞑目的……

文創風 164 7 完

那一日，她無意間聽見他在佛前起誓，求佛祖把他的命續給她，
他說不求永生，不求永世，只求今生能與她共白首，
結果，因為憂心她日漸孱弱衰敗的身子，他竟一夜間白了髮！
原來，佛祖竟是要他們這樣白髮相守？佛祖，祢何其殘忍……

文創風
193

嫡策 4

國家圖書館出版品預行編目資料

嫡策 / 董無淵著. --
初版. -- 臺北市 : 狗屋, 民103.06
冊 ; 公分. --（文創風）
ISBN 978-986-328-312-6（第4冊 : 平裝）. --

857.7　　103008955

著作者	董無淵
編輯	王佳薇
校對	曾慧柔　王冠之
發行所	狗屋出版社有限公司
地址	台北市104中山區龍江路71巷15號1樓
電話	02-2776-5889～0
發行字號	局版台業字845號
法律顧問	蕭雄淋律師
總經銷	知遠文化事業有限公司
電話	02-2664-8800
初版	103年6月
國際書碼	ISBN-13　978-986-328-312-6
原著書名	《嫡策》，由起點女生網〈http://www.qdmm.com/〉授權出版

定價250元

狗屋劃撥帳號：19001626

網址：love.doghouse.com.tw　E-mail：love@doghouse.com.tw